KB231819

너를 잊지 못할게야

우리가 사랑하고 떠나보낸
동물들에 관한 이야기

바바라 애버크롬비 엮음 | 이상구 옮김

너를 잊지 못할 거야

openHouse

길런을 위하여

다리 관절이 좋지 않고
이제는 몸이 많이 쇠약해진
나이가 많은 나의 개 해티가
내 뒤를 따라 걷다 발을 헛디뎌
눈 위에서 미끄러졌네.
걷다가 내가 멈추면 해티도 멈춘다.
다리가 접혀지는 테이블처럼
한쪽으로 불편한 다리를 기울이고서.
이제는 길을 잘 찾지 못하는
열네 살의 해티.
고개는 숙이고
한쪽 귀는 땅으로 늘어뜨리고 걷는다.
그렇게 하면 땅의 소리로 길을 찾을 수 있을지 모르니까.
늦가을의 눈부신 단풍이 찾아오고
제 몸을 불태우듯 혼연히 색이 바래면
해티도 자연의 법칙에 순응해야 할 때가 오리라.
지난여름, 내 개가 죽기 전에
내가 먼저 죽을 수도 있다고 생각했다.
하지만 내가 틀렸다.
이제 해티는 나를 앞서서 걷는다.
여전히 흔들리듯 조심스런 몸이지만
불현듯 들리는 소리에 굵은 저음으로 짖다가
가만히 멈춰 서서 자그마한 떨림을 보인다.
이 세상의 바깥으로 이어지는
지점에서 흥분을 감추지 못하며.

－테드 쿠저, 「1월 19일」

황인숙 시인

어미와 떨어졌거나 기르던 사람한테 버려져 삑삑 울어대고 있는 새끼 고양이를 만나게 되는 일은, 새끼 고양이한테는 미안한 말이지만, 내게는 거의 재앙이다. 고양이를 맡아 길러 줄 맞춤한 사람을 찾기가 여간 힘든 게 아니기 때문이다.

경제 여건도 되고 동물을 싫어하지도 않는데 고개를 젓는 사람들이 난처한 미소를 지으며 대는 이유는 대개 한 가지다. 언젠가 고양이가 죽을 텐데 그때 그 상처를 어떻게 감당할지 상상만 해도 무섭다, 그 무서운 일을 피하느냐 당하느냐 선택할 수 있는 지금 왜 내가 피하지 않겠는가?

맞는 말이다. 동물은 사람보다 수명이 짧다. 그러니 동물을 기르면 그 동물의 죽음을 감당해야 하기 마련이다. 하지만 그래서 다행한 일이다. 사람이 더 수명이 짧으면 남은 동물은 어쩐 말인가? 나는 내 고양이들보다 오래 살아야 한다! 내 고양이 셋은 다 일곱 살이 넘었다. 문득 그 아이들의 죽음을 생각하면 과연 상상만으로도 고통스러워 넋이 나갈 것 같지만, 그 사무치는 슬픔과 상실감을 감당하는 게 내 고양이들에 대한 내 도리이리라. 그렇더라도 그날이 오면, 아, 너무 힘들 것 같다. 그때 다소나마 위안이 돼 줄 것은, 내가 내 고양이들을 한껏 사랑해주었다는 것뿐이리라.

《너를 잊지 못할 거야》는 스물한 명의 작가들과 그들이 사랑하고 떠나보냈던 동물들에 관한 이야기를 담은 책이다. 개, 고양이, 말, 돼지, 햄스터…… 그 동물들과 함께한 나날이 얼마나 생기롭고 행복했는지, 그들의 맑은 영혼과 교류할 수 있어서 자기가 얼마나 더 관대하고 온정 어린 인간이 됐는지, 혹은 그 무구한 동물을 자기가 어떻게 저버렸는지, 작가들은 생의 한 세월을 채워준 동물들에게 고마움과 새삼 솟구치는 슬픔과 못다 한 사랑을 토로한다.

반려동물을 잃은 친구들에게 그들 인생의 개, 그들 인생의 고양이를 함께 추억하며 이 책을 권하고 싶다.

로버트 골드만 수의사

나는 가정 수의사이다. 주요 진료 대상은 개와 고양이지만, 가끔은 토끼, 기니피그, 햄스터, 쥐, 도마뱀, 거북, 뱀, 새도 치료한다. 강아지나 새끼 고양이에게 예방접종을 하고 구충제를 투여하고, 성견이나 성묘가 되기 전에 중성화 수술을 하는 일도 한다. 고양이의 종기를 치료하기 위해 살을 째기도 하고, 다른 동물들에게 물렸거나 혹은 유리에 찔려 살이 찢어진 강아지들의 상처를 봉합하기도 한다. 노령견이나 노령묘의 암이나, 백내장, 심부전 같은 보다 복잡한 질환의 경우, 환자들이나 보호자들에게 종양학, 안과학, 심장학 관련 전문 수의사들을 소개해주기도 한다. 그리고 동물들이 생의 마지막 여행을 끝마칠 수 있도록 의학적인 도움을 주기도 하고, 그들의 고통을 줄여주며 평화롭고 아늑한 잠에 빠져들 수 있게 안락사를 집행하기도 한다.

수의사로서 가장 힘든 점이 있다면 단연코 동물들의 마지막 죽음을 지켜보는 일이다. 그토록 아름답고 훌륭한 창조물이 삶의 끝을 맞이하고,

그 생명체의 곁을 오랫동안 함께해왔던 훌륭한 한 사람이 말로 표현할
수 없는 상실감을 겪는 것을 지켜보는 일은 되도록이면 정말 피하고 싶
은 안타까운 순간이다.

그 경우 내가 할 수 있는 일은 눈물을 훔칠 손수건이나 화장지를 건네
거나, 물을 한 잔 권하고, 따뜻한 손길로 손을 잡아주고, 위로의 말을 해
주는 것이다. 그러나 사실 그 어떤 행동도 크게 도움은 되지 못한다. 나는
그들이 온전히 애도할 수 있도록 다른 방에 물러나 있곤 한다.

그들에게 위로의 편지를 쓰는 경우도 있었고, 가끔은 꽃을 보낸다거나
죽은 동물의 이름으로 기부를 하기도 했다. 어떤 경우 정신과 상담을 권
유하기도 했다. 꼭 반려동물의 죽음을 맞이한 경우가 아니더라도 어쩔 수
없이 다른 곳으로 키우던 동물을 보내야 하는 경우나 이혼으로 자신의
반려동물과 헤어져야 하는 경우, 사고로 동물을 잃어버린 경우에도 전문
인과의 상담은 상당한 도움이 된다.

전문 수의사 일을 거의 20년가량 수행해오면서, 그간 수없이 많은 동
물들과 헤어지는 아픔을 겪었다. 환자로 돌보며 정이 들었다 병세가 악화
되었던 경우도 있었고, 유기동물을 잠시 맡으며 만났던 경우도 있었으며,
내가 직접 키우던 동물을 하늘로 보낸 경우도 있었다. 그때마다 도무지
채워질 것 같지 않은 내 자신의 상실감을 위로하는 것은 물론이고, 반려
동물과 함께했던 보호자들을 위로하고 그들의 아픔을 공유할 수 있는 직
접적인 도움이 되는 책이 있었으면 했다.

반려동물을 잃는다는 것은 생각조차 하기 힘든 극도로 고통스러운 경
험이다. 하지만 아직도 키우던 동물이 죽었다고 뭐 그리 울고불고하느냐
는 시선이 존재한다. 내가 아는 많은 사람들이 자신의 반려동물을 잃었을
때 부모나 배우자를 잃었을 때만큼 격한 슬픔이 밀려와 목놓아 울었다는

고백을 털어놓곤 한다. 동물을 잃은 슬픔을 그냥 참고 견디는 사람들이 있다. 하지만 사람에 대한 상실감과 마찬가지로 동물에 대한 상실감 역시 막무가내로 참고 견디기만 하면 고통이 격해질 뿐이다. 상실감과 슬픔에 대한 적절한 이해가 반드시 필요하다.

이 책의 저자들은 동물에 대한 자신들의 상실감을 인정한다. 경이로울 정도로 영리했던 개, 괴팍하고 짜증을 잘 냈던 고양이, 경주용 말이었다가 은퇴한 말, 그리고 다정스럽기 이루 말할 수 없는 돼지들까지. 이 모든 이들이 그들의 사랑스러운 동물친구들을 잃은 혼돈을 극복하고 삶의 또 다른 의미를 찾기 위해 고군분투한다. 바람이 있다면, 독자들도 내가 그러했듯 이 책을 읽으며 반려동물과 함께했던 그 모든 사랑과 기쁨의 삶을 반추하며 위안과 위로를 느끼는 것이다.

바바라 애버크롬비

우리는 이야기를 뗏목처럼 타거나,
테이블 위에 지도를 펼치듯 내려두네
— 윌리엄 키트리지

이 책에 대한 아이디어는 내 스물여섯 살 먹은 말 로빈을 급성 제엽염 때문에 안락사시키게 되면서 떠올랐다. 너무도 사랑했던 나의 말 로빈. 로빈은 이마에 하얀색 물방울무늬가 있는 적갈색의 폭스 트로터 종으로서, 미국산림부 소속으로 관광객을 태우고 숲길을 안내하는 일을 했다. 남편이 경매소에서 로빈을 오백 달러에 샀고, 로빈은 은퇴 후 삶을 몬태나에 있는 우리 집에서 보내게 된 것이다. 솔직히 그때까지 난 말에 대해 아는 게 아무것도 없었다. 게다가 멀쩡한 정신의 사람이 처음으로 말타기에 도전장을 내밀기에도 나이가 너무 많았다. 하지만 난 이내 로빈과 사랑에 빠지고 말았다. 로빈은 인내심이 강했고 관용을 베풀 줄도 아는 말이었다. 난 마치 로빈의 전담 호스 위스퍼러라도 된 것 같았다.

나는 블로그에 로빈의 죽음에 대한 글을 올렸다. 내가 로빈을 얼마나 사랑했으며, 로빈을 잃은 슬픔 때문에 얼마나 지독한 상실감을 겪고 있는지에 대해서 얘기했다. 수많은 답글을 받았는데, 그중에는 한 수의사가 이러한 동물에 대한 사랑과 애정 그리고 상실감에 대한 이야기들을 모은 책이 꼭 필요하다고 주장한 것도 있었다. 그 순간 내가 정말 읽고 싶고, 의지하고 싶은 게 바로 그런 책이라는 생각이 들었다. 사랑하는 반려동물을 잃은 다른 사람들은 어떻게 그 슬픔과 외로움을 극복할까, 동물들과의 삶에서 어떤 의미와 배움을 이끌어낼까 하는 궁금증이 밀려들었다. 심지어 애완동물에 대한 제도적 장치와 공감대가 폭넓게 형성된 미국에서조차도, 자신이 함께했던 친구 같고 자식 같은 동물을 떠나보낸 슬픔을 나누는 일은 외롭고 고독한 일이었기 때문이다.

그래서 내가 아끼고 감탄하는 작품을 쓴 작가들에게 이메일을 보내기로 했다. 그들 중에는 친구도 있었지만 안면이 없었던 작가도 있었다. 하지만 용기를 내어 내가 생각하고 있는 책에 대해 글을 써줄 수 있는지 물어보았다. 이메일을 보낸 모든 작가들이 답변을 보내주었다. 모두 자신의 동물친구들에 대해서 마지막을 함께 보내야 했던 슬픈 추억 말고도 행복했던 추억, 재미있었던 순간들, 통제 불능의 말썽으로 고생했던 얘기들, 결국 어쩔 수 없이 다른 곳으로 입양 보내야 했던 얘기까지 여러 가지 얘기들이 있었고 동물들에 관한 얘기라면 문제없다는 흔쾌한 답변들이었다. 여러 작가들과의 공동 작업을 진행하다 보니, 처음에 내가 구상했던 생각에 보다 넓은 시선과 다종다양한 시각이 보태졌고, 그렇게 해서 이 책은 깊이와 다양성이 더해졌으며, 애초 기획을 뛰어넘는 보다 풍부한 이야기로 탄생하게 되었다.

난 항상 동물들과 함께 살았다. 딸들이 모두 커가는 동안, 우리에게는 모두 세 마리의 개와, 네 마리의 고양이 그리고 한 마리의 토끼가 있었다. 세 마리 개들 중 하나가 바로 제니퍼라는 이름의 뉴펀들랜드 종 강아지였다. 그런데 꼭 새끼 곰 크기의 체구를 가진 녀석이 그 커다란 머리를 우리 베개에 올려 놓고 침대에서 자는 것을 그렇게 좋아라했다. 잠만은 꼭 욕실 세면대 안을 고집하는 앨리스라는 고양이도 있었고, 예거라는 고양이는 차에 치이는 사고를 당해서 골반 뼈가 부서지는 바람에, 큰돈을 들여 꼬리 절단과 함께 골반 재건수술을 받기도 했다. 예거는 재건수술 이후에도 차량 사이를 통과하다 다시 턱뼈가 부서지는 사고를 당했지만 용케 또 살아남았다. 물론 그 후에는 외출을 엄격하게 금지당한 실내용 고양이 신세를 면치 못했다. 가장 어린 고양이였던 시드니는 쓰레기통에서 생리대를 귀신같이 찾아냈다. 마치 입에 시가라도 물고 있는 것처럼, 그 곤란한 물건을 물고 사방 곳곳을 오르락내리락 하는 고약한 취미가 있어서 우리를 당혹게 했다.

또한 십대 때 내가 뉴욕에서 구해온 와인스버그라는 이름의 고양이가 있었다. 와인스버그는 거의 20년 가까운 삶을 살았으니, 내 나이를 감안했을 때 나와는 거의 반평생을 함께했다. 정말 오랜 시간 동안 긴 여정의 동반자였던 셈이다.

반려동물을 잃는다는 경험은 그런 것이다. 당신의 아름다운 삶의 퍼즐 한 조각이 그 죽음과 함께 갑자기 사라지는 것이다. 누구보다도 당신을 사랑했고, 당신과 낮과 밤의 모든 빛과 어둠을 함께 나눠 가졌는데, 그렇게 사라진 조각 하나가 마음 당신 인생의 커다란 구멍으로 존재하게 되는 것이다.

나는 캘리포니아에서 스튜어트와 샬롯이라는 두 마리의 나이 든 고양이들과 함께 산다. 내가 막 이혼을 했을 때부터 독신녀 생활을 거쳐 두 번째 결혼을 하는 과정을 모두 함께 겪은 고양이들이다. 두 녀석 모두 이제 나이가 열여덟이다. 고양이 세계의 미식가였던 스튜어트는 신장질환을 앓고 있고, 스튜어트의 부끄럼 많은 여동생 고양이 샬롯은 당뇨병이 있어서 하루에 두 차례 인슐린 주사를 맞는다. 물론 두 고양이들이 걱정되는 것은 사실이다. 하지만 동물들이 우리 인간에게 베푸는 교훈 중의 하나가 현재를 충실하게 살아야 한다는 가르침이다. 두 녀석들은 지금 이 순간에도 내 책상에 아무렇게나 웅크리고 누워서 온화한 햇살을 즐기며 가르랑거리며 행복한 시간을 보내고 있다.

지난여름 몬태나에 갔을 때 강가 목초지에 있는 로빈의 무덤을 방문했다. 이 사랑스럽고 용맹했던 말은 내게 상냥함과 참을성으로 말이라는 동물에 대해 알려주고, 그 동물과 사랑을 나누는 법을 가르쳐주었다. 로빈을 만나면서 나는 내 평생 어느 순간에도 갖추지 못했던 용기를 지닐 수 있게 되었다. 바람의 냄새를 맡고, 건초의 향을 음미하던 로빈의 모습을 기억한다. 로빈의 귀 뒤쪽의 그 부드럽고 포근한 곳을 어루만졌을 때의 촉감을 기억하고, 오랜만에 만났을 때 내 귀와 코, 얼굴 여기저기에 입을 비벼대며 풋풋거리던 감촉을 똑똑히 기억한다. 로빈에 대한 그 모든 기억이 내게 언제까지나 생생한 고마움으로 남아 있기에 로빈을 잃었을 때의 슬픔이 내 가슴에 잔잔하고 평화롭게, 조금의 파문이나 동요도 없이 그렇게 사랑스런 추억으로 남을 수 있었다고 생각한다.

이 책에 등장하는 스물한 명의 작가들은 자신의 경험과 공존의 기억을 바탕으로, 동물에 대한 사랑이란 무엇인가를 적절한 단어와 비유를 빌어 표현하고 있다. 그 모든 이야기 속에서 우리는 반려동물들과 함께했던 기쁨과 좌절, 안타까움, 웃음, 슬픔 그리고 그 모든 추억에 대한 진심어린 고마움을 목도하게 된다.

제2차 세계 대전 당시 조 모건스턴의 부모님은 조가 사랑하는 강아지를 없앨 아주 기발한 방법을 생각해냈다. 조는 자신의 개 플러프가 어떻게 전쟁의 도구인 군견으로 차출되어 갔는지를 기억한다. 아직도 살짝 무서운 감이 없지는 않지만, 빌리 머닛은 자신의 새 아내가 데려온 무서운 외모의 핏불 테리어 종 강아지 몰리와 어떻게 사랑에 빠지게 되었는지를 다음과 같이 표현한다. "그리고 얼마 지나지 않아 난 몰리의 순종적 부하가 되고 만다." 제인 스마일리는 애마 미스터 T를 안락사시킨 후, 차가워진 친구의 곁에 앉아 있었던 기억을 글로 표현한다. "우리는 이제 미스터 T가 그곳에 없음을 깨닫는 순간까지 충분히 오래도록 함께 있었다. 그러니까 이 몸은 말 자신이 몰던 차 같은 것이었고 이제 주인이 거기에서 하차한 것이다."

주디스 루이스 머닛에게는 17년을 살고 일주일 사이에 나란히 저세상으로 간 두 마리 개가 있었다. 그 개들은 머닛이 알고 있었던 사랑과 갈등과 헌신에 대한 개념을 완전히 바꾸어놓았다. 머닛이 그 아이들을 만나기 전에 알았던 관계와 사랑은 다른 종류의 것이었다. 로빈 롬은 애처로운 눈빛으로 자신에게 희망과 사랑을 갈구하는 떠돌이 개를 집 안으로 들였는데, 머시라는 이름의 원래 키우던 강아지가 그 아이를 위협하고 냉대하는 바람에 어쩔 수 없이 키우기를 포기해야 했던 경험에 대해 얘기한다. 작가 토마스 맥게인의 말들 중 한 마리가 안락사에 처해지게 됐을 때, 수의사가 그에게 이런 말을 했다고 한다. "우리 인간들은 인간의 시각을 버리고 동물들이 그들에게 일어날 일에 순응하고 그 과정을 받아들인다는 것을 이해해야 한다. 동물들은 알고 있다." 제니 러프는 인터넷 동물보호 사이트에서 신장질환을 앓는 고양이 사진을 보자마자 곧바로 사랑에 빠져서 입양을 하려고 한다. 그리고 가상에 존재하는 그 고양이를 향한 집착을 통해 자신에 대해서 중요한 무언가를 깨닫게 된다.

앤 라모트는 자신의 강아지가 집에서 죽음을 맞이했던 경험을 두고 "무언가 거대한 조수가 그렇게 밀려 왔다가, 또 일순간에 빠져 나가는 황망함"이었다고 기록한다. 캐롤린 씨는 그녀가 살고 있는 협곡 주변에서 굶주리고 바짝 야윈 몸으로 나타난 코요테 잡종견이었던 아이샤가 어떻게 사랑과 행복의 시간을 함께 나누는 가족의 일원이 되었고, 여왕 코요테가 된 아이샤가 어떻게 캐롤린의 딸 리사를 사랑의 노예로 변모시켰는지에 대해 이야기한다. 마이클 칫우드는 '우리는 왜 작문을 하며 그 작문의 진정한 대상은 무엇인가'라는 주제로 새로운 글쓰기 창작 수업을 준비 중이다. 그는 주기적으로 자신의 병든 열여섯 살 고양이 장군이를 보러 나간다. 장군이의 이야기는 다음과 같은 결론으로 끝을 맺는다. "장군이의 이야기는 결론이 나겠지만, 절대로 끝나지는 않을 것이다. 이야기에 있어서 가장 진실된 부분이란 바로 그러한 점이다. 끝났다고 해서, 결코 끝난 게 아니라는 것."

당신이 동물을 사랑하는 사람이라면, 당신 역시 자신만의 이야기가 있을 것이다. 이 책의 모든 이야기들이 동물에 대한 당신의 사랑과 이해를 돈독히 하고, 당신을 기쁘게 하고, 당신에게 웃음을 선사하며, 혹시 최근에 사랑하는 동물친구를 잃었다면 당신에게 위로 한 조각을 건넬 수 있는 기회가 되었으면 한다. C.S. 루이스는 다음과 같은 말을 남겼다. "우리는 혼자가 아니라는 사실을 확인하기 위해 책을 읽는다." 이 책의 모든 이야기들은 그들의 동물들과 추억을 함께 나눴고, 그들의 죽음을 진심으로 애도했으며, 궁극적으로는 그들에게서 인생에서 진정으로 중요한 것이 무엇인지를 가슴으로 느끼고 배운 우리네 영혼의 축복된 경험이다.

 차례

In Molly's Eyes
몰리의 눈 속에서

빌리 머닛

우리가 사랑하는 존재에 대해 알게 되는 건 그가 무얼 사랑하는가를 통해서이다.

몰리는 땅을 파는 걸 좋아했다. 몰리가 지나친 자리에는 무슨 회오리바람이 지나가기라도 한 것처럼 땅이 소용돌이무늬로 변해 있었다. 몰리는 차를 좋아했다. 어디 여행이라도 떠날 때에는, 자기가 먼저 차에 들어가서 떠나기를 재촉하며 한참을 앉아 있기도 했다. 또한 운전 중에 보는 몰리는 더욱 귀여웠다. 룸미러를 통해 보면, 녀석은 뒷좌석에 가만히 앉아 운전대를 잡고 이리저리 손을 움직이고 있는 내가 신기했던지 귀를 쫑긋 세우며 나를 응시하곤 했다. 혹시 운전대를 넘겨주면 당장이라도 차를 몰 기세였다.

몰리는 자신의 구역 안의 온갖 물건을 깨부수기를 좋아했으며 물어뜯지 못하는 것이 없었다. 마치 강철로 만들어진 위를 가지고 태어난 것 같았다. 구두나 펜, 리모컨은 기본이고 심지어는 건전지도 물어뜯어서 조각냈다. 몰리는 굴을 파고들듯 침낭으로 밀고 들어오는 것을 좋아했으며 침대 위로 올라와서 뒹굴다 이불에 둘둘 말리기도 했다. 몰리의 잠자리는 거실의 안락의자 아래 담요이지만(이건 몰리의 코 고는 소리를 감안했을 때 좋은 버릇이긴 하다), 아침이 되면 늘 내가 자는 침대 위로 올라와서 몸을 비비고 얼굴을 핥아대면서 이불 속으로 들어오려 했다.

몰리는 자기 체구의 4분의 1밖에 되지 않지만 힘에서라면 절대 밀리지 않고, 귀청이 떨어질 정도로 큰 소리로 짖는 우람한 케언 테리어 종 강아지 토마스를 좋아했다. 토마스와 레슬링을 하며 장난을 칠 때에는 얼마나 재미있는지 그칠 줄을 몰랐다. 둘은 같이 뛰고 뒹굴며, 마치 영화에서 서로 다른 두 종류의 육식 공룡이 이빨을 드러내고 포효하며 싸우는 듯한 모습을 연출한다. 하지만 몰리는 절대로 토마스가 다칠 정도로 공격을 가하는 일이 없었다. 초보 권투 입문자를 스파링하는 숙련자의 배려가 저런 것일까 싶었다. 몰리는 무조건 물고 밀고 들이대는 토마스를 향해 신기하게도 장난의 수준에서 으르렁대다 멈췄다. 어디서 저런 동물적이면서도 동시에 인간적인 자제력을 배웠을까 신기하고 어리둥절한 느낌까지 들기도 했다.

몰리는 뛰고 달리는 것을 좋아했다. 한창때는 정말 실성한 개처럼 달렸다. 몰리 목 주위에는 둥그렇게 커다란 흉터가 있는데, 도그 파크에서 뛰쳐나오다 차에 치여서 생긴 흉터였다. 오른쪽 옆구리에 있는 상처는 암 때문에 생긴 것이다. 아마도 암과의 사투에서 죽을 수도 있다는 사실 때문에 몰리가 같은 종류의 개들에 비해 얌전했는지도 모르겠다.

몰리가 처음 집에 왔을 때는 정말 유순한 강아지였다. 온화하고 평온한 얼굴에, 기다란 코가 전형적인 불 테리어 종의 모습과는 다른 여성적인 모습을 보여주기도 했다. 꼭 코미디 영화 『우리들의 갱』에 나온 페티처럼 하얀 얼굴에 한쪽 눈에만 갈색 털로 동그란 얼룩이 진 강아지였는데, 몰리의 그 풍부한 감정이 서린 눈을 바라보고 있자면, 마치 중세의 고결하기 그지없는 귀족이 몰리의 몸을 빌려 환생해서 살고 있는 것은 아닌가 싶은 착각이 들기도 했다.

진정한 사랑, 그것은 우리에게 얼마든지 있다. 하지만 살다 보면 한때의 사랑, 옛 연인, 의붓 형제, 연락이 두절된 친했던 친구 등 열렬했던 순간의 감정이 무색해질 정도로 관계의 부재가 일어나는 경우가 많다. 의심의 여지가 없는 사랑이나 절대로 틀어지지 않는 사랑은 이제 영화에 더 많이 등장하는 것 같다.

하지만 나는 진정한 사랑이라는 그 천국의 길을 걸을 수 있었던 몇 안 되는 행운아라고 생각한다. 난 상실의 고통에 대해 불평하고자 하는 것이 아니다. 순수한 사랑만큼 영원에 가까운 감정도 없을 것이고, 순수한 사랑이 있었기에 상실의 고통 역시 오래 지속되는 것이라고 믿기 때문이다.

관계의 문 역할을 하는 사람들이 있다. 그들을 만나면 세계관이 넓어지고 사유의 폭이 깊어진다. 주디스는 내가 결혼을 고려 중이었던 여자로 각각 두 마리의 개와 고양이와 함께 살았다. 난 그녀를 통해 동물 세계에 입문한 셈이다. 고양이들은 친해지는 데 별다른 노력이나 힘든 점이 거의 없었고, 죽은 토토와 완전히 똑같이 생긴 개 토마스는 귀여움의 극치였다. 하지만 주디스가 손에 쥐고 있던 목줄 끝의 몰리를 처음 봤을 때, 정말 깜짝 놀랐다. 개에 대해 거의 아는 바가 없었기 때문에, 난 모든 핏불 테리어 종 개들은 포악하고 흉포한 견종이라고 생각했다. 몰리에 대한 첫 인상은 마치 공포 영화에서 천둥이 치면서 등장하는 뭔가 불길한 캐릭터 같았다. 주디스가 엄청난 괴물을 데리고 서 있다고 생각했다. 번갯불이 반짝이며 드러난 몰리의 날카로운 이빨 사이에 목줄을 쥐고 있는 주디스의 절단 난 손목이 물려 있는 환영이 보이는 것 같았다.

하지만 주인인 주디스와 깊은 사랑에 빠지면서, 나 역시 그토록 두려웠던 첫 인상의 몰리에게 아무런 거부감도 느끼지 않게 되었다. 당시 주디스와 나는 캘리포니아 베니스 해변의 아파트에서 나란히 이웃사촌으로 살았다. 내가 주디스보다 일찍 집에 들어오는 날이면, 내 차량 엔진소리에 맞춰 주디스의 집에서 개들이 짖기 시작했다. 주디스의 부탁으로 문을 열고 뒷마당에 몰리와 토마스를 풀어주면, 몰리는 아주 격렬한 호응으로 나를 맞이했다. 꼬리는 바람개비라도 되는 것처럼 미친 듯 휘저었고 좋아 죽겠다고 까악 소리를 내면서 커다란 머리를 내 넓적다리를 향해 세차게 돌진하며 반겼다. 난 원래 강아지들은 사람이 없는 곳에 있다 나오면 저렇게 맹렬하게 반응을 하는 것이려니 하고 별다른 호응을 보여주지 않았다. 하지만 주디스의 설명은 달랐다. 강아지들이 그렇게 짖고 스킨십으로 접근해 오는 것은 그 사람과 함께 있고 싶다는 표현이라고. 주디스는 그런 애달픈 구애를 내가 무시한 거라며 서운해했다.

갑자기 내게도 개가 생긴 셈이다. 매일 아침, 몰리는 주디스의 집에서 나오고 싶어 했고, 주디스가 몰리를 풀어주면 몰리는 아파트 뒷마당을 통해 우리 집으로 와서 문을 두들기기 시작했다. 처음으로 집에 들이자마자 거실의 안락의자 밑을 떡하니 점령했고 지금은 완전히 자신의 은신처가 됐다. 그때 이후 몰리는 계속해서 그 자리에 눕거나 앉아서 나를 흠모하는 눈빛으로 관찰하곤 했다.

그리고 얼마 지나지 않아 난 몰리의 순종적인 부하가 되고 만다.

여기에 당신이 친분을 쌓은 개들로부터 소개받게 되는 몇 가지를 소개
하고자 한다.

첫째, 인근의 나무와 화초, 도로 주변의 주택 조경이나 잔디밭.
둘째, 몇 가지 먹을 수 있을 법한 물체들.
셋째, 산책 중 햇빛 아래 앉아 있는 기쁨의 시간을 확보하는 능력.
넷째, 주변에 존재하는 모든 개들. 또한 무모한 청설모의 세계.

주디스의 고양이들을 키운 것은 몰리였다. 태어난 순간부터 고아가 된
두 마리의 오누이 고양이들의 엄마노릇을 하며 목숨을 구해낸 개가 바로
몰리이니 녀석이 나를 받아들인 것은 사실 놀라운 일이 아니다. 몰리는
고양이 빈과 플라워가 싫어라 해도 전혀 아랑곳하지 않고 고양이들을 혀
로 핥아서 더러운 곳들을 깨끗이 해주고 돌봐주었다. 그러니 나는 그 개
가 나를 평가하는 머릿속의 소리를 들을 수 있을 것만 같았다. "저 남자는
개가 필요 없다고 생각하는 것 같아. 내가 그걸 바로잡겠어!"

개와의 관계에 미숙했던 나는 몰리가 다정다감하면서도 짓궂게 내게
관심을 표현해올 때마다 다소 당황했다. 산책할 때 몰리는 언제나 앞장서
서 걷는다. 훌쩍 앞에 서서 전방을 감시라도 하듯 길을 걷다가도 주기적
으로 되돌아와서 내가 따라오는지를 확인한다. 하지만 나랑 걸을 때만 그
런다. 만약 주디스와 내가 토마스와 몰리를 모두 데리고 산책을 나가면,
어떤 이유에서건 몰리를 데리고 내가 뒤로 물러나야 한다. 왜 그러는지

모르겠지만 몰리는 그런 조합에서는 절대 앞장서서 걸으려 하지 않는다. 뒷발이 마치 브레이크라도 되는 양 굳건하게 땅을 딛고 서서 원하는 순서가 될 때까지 움직이지 않는다.

지금이야 몰리가 살아 있는 어떤 생물체에도 해를 가하지 않을 것이라고 확신하지만, 딱 한 번 순간적으로 몰리의 동물적인 본성을 확인한 적이 있었다. 어느 날 우리는 레스토랑의 야외 테이블에서 몰리를 의자 다리에 묶어놓고 식사를 하고 있었다. 그때 술이 잔뜩 오른 남루한 행색의 중년 남성이 우리가 앉아 있는 곳으로 오더니 몰리를 보고 귀엽다고 칭찬하기 시작했다. 몰리는 평소처럼 그냥 무던하게 앉아서 사내의 손길에 몸을 맡기고 있었다. 하지만 사내가 자기도 이런 개를 키운 적이 있다며 술 냄새를 풍기며 휘청거리듯 내게 가까이 접근하자, 몰리가 갑자기 으르렁대면서 사내에게 이빨을 드러내며 달려들었다. 내가 빠르게 몰리를 제압하긴 했지만 큰일이 났을 수도 있는 상황이었다. 그때 나는 몰리가 자신의 남자를 보호하기 위해서라면 다른 사람의 목을 물어뜯을 수도 있다는 사실을 깨달았다.

도대체 몰리는 왜 그러는 걸까? 근육질 덩어리에다가 단단한 괴물처럼 생긴 녀석이 왜 그토록 방마다 날 쫓아다니거나 내가 돌아올 때까지 낑낑거리는 걸까? 몰리는 그저 나를 좋아하는 것이겠지만 도대체 나의 어떤 점이 몰리로 하여금 그토록 간절한 바람을 품도록 만든 것인지 알 수가 없었다.

나는 어쩌다 개를 사랑하게 된 것일까. 사람들은 무의식적으로 자신과 닮은 사람에게 끌리게 되는 경향이 있다는 것을 알고 있다. 주디스와 나는 사랑으로 연인이 되었다. 우리는 몰리의 까만 코와 사랑에 빠지게 되었다. 몰리도 내 코를 좋아해서 나와 사랑에 빠지게 된 것일까?

좀 냉소적으로 생각하면, 나에 대한 몰리의 호감은 그저 사회성을 익혀가는 과정에 불과할지도 모른다. 나는 그저 주인 다음으로 친숙한 사람에 불과할지도 모른다. 하지만 말 그대로 몰리는 그냥 내 개라 해도 오해를 사지 않을 정도로 내게 친숙한 행동을 보인다. 그 정도면 뭔가 내 안의 특정한 모습이 녀석에게 대단히 흡족하게 다가간다고 봐도 무방하리라. 도대체 그게 무엇일까? 어쩌면 몰리는 내 체취나 냄새를 좋아하는지도 모른다. 주디스의 주장으로는 내가 자기보다 천성적으로 조용조용한 면이 있어서 몰리가 안심이 돼서 좋아하는 것이라고 했다. 하지만 나에 대한 몰리의 막무가내식의 사랑은 뭔가 인간과 개 사이의 교감 이상의 기운이 느껴진다. 인간에 대한 신의 사랑이 있다면 그런 식의 초월성을 띠지 않을까 싶었다. 나는 짐작도 못 하는 내 안의 어떤 좋은 성정을 몰리가 알아채고 있는 것일지도 모른다.

나는 몰리를 쓰다듬는 방법을 알고 있다. 나만의 방식으로 몰리의 부드러운 이마 쪽 털을 만져주면 몰리는 언제나 최고로 좋아한다. 이것이 내가 몰리에게 사랑을 전하는 방식이다. 어느 날 밤 나는 소파에 눕다시피 앉아 주디스와 얘기를 나누면서 한 손으로는 연신 몰리의 가슴을 만져주었다. 내가 만지고 있는지도 몰랐을 정도로 그냥 무의식적인 행동이었는데, 내가 쓰다듬는 것을 멈추고 자리에서 일어나려고 하자, 갑자기 몰리가 앞발을 내 가슴에 올리면서 나를 제어했다. 몰리가 전달하는 메시지는 누가 봐도 명확했다. "멈추지 말고 계속 쓰다듬어!"

그 후로 며칠 동안 나는 기쁨에 겨워 외치곤 했다. "이것 봐, 몰리가 내게 앞발을 내밀었어!" 시간이 지나면서 그것이 몰리와 나의 일상이 됐다. 내가 몰리를 쓰다듬거나 어루만져주면 앞발이 더 해줄 것을 요구해왔다.

그 일의 시작은 캠핑 여행에서였다. 어느 날 밤 몰리가 기침을 시작했는데 소리가 점점 커지면서 옆 텐트 사람들을 깨우는 일이 벌어졌다. 그때 시작된 기침이 계속되면서 나중에는 경련으로 이어졌다. 나는 몰리를 수의사에게 데려갔다. 약을 처방받거나 가벼운 수술 정도를 예상했는데, 의사가 사무실로 부르더니 심각한 표정으로 엑스레이 사진을 쳐다보았다. 마치 자동차 사고 현장에 첫 번째로 도착한 응급대원 같은 걱정스런 표정이었다. 몰리의 폐 한쪽과 대동맥 주변에 외과 수술로도 어떻게 할 수 없는 종양이 발견되었다는 것이었다. 관건은 과연 우리에게 얼마만큼의 시간이 남았는가의 여부였다.

몰리는 아주 예민하고 경계심이 많은 편이어서, 기침을 억제하도록 처방된 바이코딘을 싫어했다. 심지어는 몰리가 가장 잘 먹는 음식 안에 숨겨놓는 방법을 동원해도, 귀신같이 찾아내서 알약을 뱉어버리곤 했다. 약을 먹으면 잠시나마 아픔을 완화시킬 수 있을 테지만, 도무지 약을 먹으려들지 않았다. 몰리는 바닥에 눕는 것도 마다하고 소파 옆에 기대고 앉아 있었다. 그러다 조금씩 마약 중독자들처럼 몸을 흐느적거리며 쓰러지다가 45도 각도로 멈추었고 결국 내가 자신의 몸을 바닥에 누일 수 있게 돕도록 내버려두었다.

한번은 몰리가 정원에 있었는데, 언제나 그렇듯 익숙한 동작으로 맹렬하게 바닥을 파기 시작했다. 잠시 후에 몰리는 기침이 터져 나오면서 힘들어하더니 땅을 파는 동작을 멈추었다. 그리고 당혹스러움과 고통스러움이 혼재된 감정을 담은 눈빛으로 나를 바라보았다. "왜 이런 일이 생긴 거죠?" 몰리는 내게 묻고 있었다. "기침을 멈추게 해줄 수는 없나요?" 가슴이 찢어지는 느낌이었다. 나는 몰리를 다시 안으로 들여놨고, 몰리가 진정될 때까지 가슴팍의 부드러운 털을 계속해서 매만져줬다.

그러다가 주디스가 멀리 떨어진 곳에 있었던 어느 날 몰리에게 일어난 발작이 도저히 멈추지 않는 일이 생겼다. 몰리는 금방이라도 무슨 일이 생길 것처럼 가쁜 숨을 몰아쉬었고 나는 차로 20분 거리의 병원까지 교통신호도 무시하며 미친 속도로 운전했다. 내가 하느님에게 제발 몰리의 이름을 명부에 올리는 불상사가 일어나지 않도록 기도하는 동안, 몰리는 차 뒷좌석에서 숨쉬기가 힘들어서 쌕쌕거렸다. 우리가 병원에 도착했을 때, 몰리는 차에서 내려올 기력조차 없었다. 나는 몰리를 안고 엘리베이터에 탔다. 끔찍하게도 몰리는 엘리베이터 안에서 오줌을 지렸다. 그 아픈 상태에서도 바닥에 드러눕는 행동마저 거부했던 몰리의 고결함을 잘 아는 나는 눈물이 났다. 엘리베이터가 도착하고 병원 문을 열어젖히면서 나는 큰 소리로 외쳤다. "산소 호흡기가 필요해요!"

간호사가 다급하게 몰리를 내게서 받아 안았다. 몰리의 입에 산소 호흡기가 장착되고 난 후 몇 분 동안 나는 안절부절 어쩔 줄 몰라했다. 이번 발작은 심각한 상태로 갈 수도 있었다. 몇 분만 늦었더라도 몰리는 응급실 침대에서 그대로 세상과 이별했을 수도 있었다.

난 요 몇 년간을 흔치 않은 행운과 함께 보냈다. 조부모님들이 십 수 년도 전에 돌아가신 뒤로는 죽음과 상당한 거리를 유지하며 살 수 있었던 것이다.

우리는 몰리와 함께 산속으로 주말여행을 계획하고 있었다. 하지만 날씨는 매섭게 추웠고, 도시는 과도할 정도로 관광객으로 붐볐고, 몰리의 계속되는 기침 소리는 아이들을 놀라게 할 정도로 위협적이게 되었다. "이 개는 왜 이러는 거예요?" 우리가 길을 지나갈 때, 걱정스런 표정으로 몰리를 쳐다보던 여자아이가 물었다. 주말여행을 위해 빌렸던 오두막에 도착했을 때, 몰리는 침대에 누워 굉장히 걱정스런 표정으로 우리를 바라보았다. 나중에 주디스는 그때 몰리가 우리에게 마음의 준비를 하라고 쳐다봤던 것 같다고 했다. 우리는 각종 예약을 취소하고 중도에서 여행을 포기한 채 집으로 돌아가기로 결정했다.

집으로 돌아와서 우리는 몰리를 침대 위에 눕혔다. 나는 몰리의 부드럽고 따뜻한 배를 두 팔로 보듬고, 마치 다른 개들이 그러하듯 몰리의 코에 코를 맞추었다. 몰리와 나는 그렇게 서로의 숨소리를 들으며 한동안 함께 있었다. 몰리는 그저 단순하게 숨을 쉬는 과정만을 계속해서 반복했고, 눈망울은 조금씩 닫히고 있었다. 몰리는 더 이상 과거의 위풍당당한 개가 아니었다.

주디스는 몰리의 마지막 식사인 스테이크를 굽는 중이었다. 몰리는 조심스러운 가운데 꽤나 집중해서 스테이크를 먹었다. 다음 날 아침 의사가 집에 왔고, 우리는 몰리를 데리고 마지막 짧은 산책을 나갔다. 몰리는 드물게 활기를 띠었다. 아마도 이번 낯선 사람의 방문이 심상치 않다는 것을 눈치챈 듯했다. 몰리 또한 피할 수 없는 그 순간을 미뤄왔는지도 모른다. 녀석은 마치 태양과 풀과 바람에 안녕을 고하듯 발걸음을 옮겼다.

수의사가 주사에 대해서 설명하고, 드디어 첫 번째 주사를 집어 들자 나는 몰리를 안고 토닥거려주었다. 첫 번째 주사액인 진정제가 몰리에게 투여됐고, 나는 몰리의 이마에 가볍게 입을 맞추었다. 이 주사는 두 번째 치명적인 주사를 위한 준비단계였지만, 어쩐 일인지 몰리는 첫 번째 주사만을 맞고 숨을 멈추고 눈을 감았다. 의사가 깜짝 놀라서, 몰리의 배에 청진기를 가져다 댔다. 몰리의 심장 박동은 여전히 힘차게 뛰고 있었다. 아마도 마지막 순간이라는 것을 알고 몰리 스스로 기운을 조절하고 눈을 감은 것이 아닌가 싶었다. 그 후 두 번째 주사액이 몰리의 혈관 속으로 들어갔고, 그렇게 몰리는 세상에 작별을 고했다.

주디스와 나는 서로를 껴안고 큰 소리로 울기 시작했다. 집 안에는 전에 없던 황망함이 감돌았다. 우리는 서둘러서 이제는 단순히 애완견 용품에 불과한 몰리의 물건들을 치워버렸다. 도저히 사랑했던 개의 부재를 쳐다볼 용기가 나지 않았기 때문이다.

몰리가 죽고 난 후 채 일 년이 지나지 않아서 아버지가 돌아가셨고, 난 몰리의 죽음과 아버지의 죽음에서 유사한 감정을 느꼈다. 비유하자면 사람들에게 거의 알려지지 않은 미지의 나라 깊숙한 곳에 발을 딛고 선 기분이랄까. 온전히 나 혼자서 살아나가야 할 것 같은 외로움이 밀려드는 느낌이었다. 하지만 나는 아버지의 죽음을 비교적 담담하게 견뎌낼 수 있었다. 아마도 몰리가 내게 전해준 이별의 선물이 있다면, 사랑하는 사람의 죽음에 대처하는 감정을 훈련시켜준 것이 아닐까.

화장을 하고난 후 몰리의 뼈와 재는 나무 상자에 넣어서 내 침대 곁 책장 선반 위에 보관하고 있다. 물론 아버지의 유골을 태우고 남은 재가 아버지가 아니듯, 책장 위의 몰리 역시 몰리가 아니다. 생명이 죽고 난 후 영혼이 어디로 가는지 알 도리는 없다. 하지만 나는 영혼이 어디에 있든 사랑하는 사람과는 서로 소중한 대화가 가능하다고 생각한다. 유골함에 넣어져서 책장 위에 놓이든, 한 움큼씩 손가락 사이로 빠져나가 강물 위에 흩어지든, 언제든 어디서고 사랑했던 존재의 영혼과의 교감은 가능하다고 생각한다.

집 정원 관목숲 안쪽에 커다랗게 흙이 파인 곳을 발견했다. 녹색으로 피어난 풀 위로 희미하게 밝은 갈색의 털 뭉치가 놓여 있었다. 몰리가 땅을 파헤치다 남겨 놓은 털 뭉치였다. 땅에 새겨진 몰리의 흔적. 나는 자세히 보기 위해 몸을 숙였다. 몰리는 그렇게 꽤 깊고 큰 구멍을 율동적인 동작으로 파냈을 테고 하얀 가슴 털에는 흙들이 달라붙었을 것이다.

몰리가 헐떡이며 자신의 엉덩이 길이만큼 풀밭 가운데 둥글게 구멍을 만든다. 그런 뒤 의심의 여지없는 만족의 미소를 띠고 뒷발은 몸뚱이 아래에, 앞발은 꼰 채로 그 속에 들어가 있다. 몸은 그늘에, 머리는 햇살 아래 놓고선 녀석이 나를 향해 고개를 돌린다. 이빨은 반짝이고 혓바닥은 쑥 내밀고 짙은 눈은 초롱초롱하다. 몰리가 내게 미소짓더니 머리를 앞발 위로 내려놓으며 편한 자세를 취한다. 아마도 천국으로 가는 문을 지키고 있는 것이겠지.

Wonder Dog
원더 도그

빅토리아 잭하임

남편이 집을 떠나자, 우리 아이들은 혼란스러워하고 두려워하는 등 심각하게 불행해했다. 내가 아이들의 마음을 위로하려고 노력하면 할수록 아이들의 감정은 깊은 곳으로 도망갔다. 어느 날 오후에 나는 무슨 기발함이 발동한 건지, 아니면 어리석음의 발현이었는지 몰라도 열한 살짜리 아들을 데리고 동네 애완동물 상점으로 갔다. 매튜는 곧장 조그만 오스트레일리안 셰퍼드 믹스견(판매원은 이 개가 7킬로그램까지만 자랄 것이라고 맹세했다. 세상에!)에게 푹 빠져버렸고, 코커스패니얼과 미니 푸들을 교배한 강아지를 보고는 그의 아홉 살짜리 여동생에게 안성맞춤이겠다는 데 뜻을 같이 했다. 강아지를 앨리사에게 데려갔을 때 아이는 뜻밖의 선물에 비명을 질렀고, 기뻐서 완전히 넋이 나갔다. 그날을 마감할 무렵에 매튜는 푸키를 보살피는 책임자가 되었고, 앨리사는 제 품에 안긴, 자기가 머피라고 이름을 붙여준 강아지에게 모성애적 본능을 한 방울도 남기지 않고 쏟아 붓고 있었다. 나는 아이들이 새로운 반려동물과 있는 장면을 지켜보았다. 그들 얼굴에 떠오르는 기쁨과 다정함을 보았다. 그리고 얼마만큼은 손이 갈지언정, 이 강아지들이 내 아이들에게 기쁨을 가져다 줄 것임을 확신하게 되었다.

4년 후에 열네 살이 된 매튜는 제 아버지와 살게 됐고, 앨리사와 나는 팔로 알토의 어느 집으로 이사했다. 이 낡았지만 거의 완벽에 가까웠던 집의 유일한 흠은 뒷마당이었다. 나무와 꽃을 심고 채소밭을 꾸리기에는 부족함 없는 넓이였지만, 덩치가 매우 커진 푸키가 뛰놀기에는 턱없이 작았다. 특대 사이즈의 혈기왕성한 개에게는 그보다 훨씬 큰 공간이 필요했다. 당시 매튜의 아버지는 개를 맡을 여력이 안 되었기에, 우리는 혹독한 결정을 내려야 할 처지에 직면했다. 지상에 존재하는 가장 사랑스럽고 똑똑한 개의 하나인 푸키를 어떻게 할 것인가. 나는 아들을 몹시 실망시키는 것까지 감수하면서, 푸키를 오래도록 봐오면서 경탄해 마지않고 아껴주던 한 여인에게 주고 말았다. 그러나 그녀가 몇 천 평이나 되는 강아지 놀이터에 살고 있다는 사실조차도 죄책감을 누그러뜨리지 못했다.

나는 산타크루즈 마운틴스 기슭에 있는 나른한 로스 가토스 지역 사회를 벗어나 활발하고 교육열이 높은 팔로 알토로 이사하기로 결정을 내렸다. 앨리사가 이 문화적으로 풍요롭고 새로운 곳에서 잘 자라나리라고 믿었지만 내가 잘못 생각한 것이었다. 나의 딸에게 찾아온 사춘기는 녹록하지 않았다. 우리가 간 곳은 아는 사람 하나 없는 곳이었음에도 불구하고 아이는 중학교를 대견하게 견뎌냈다. 고등학교에 들어가서는 매력적이고 아름다워졌고, 새 친구들을 많이 사귀었다. 하지만 나는 바야흐로 과보호를 하고 있었고, 아이의 선택을 믿지 못하는 일이 잦아지게 됐다. 우리는 그칠 새 없이 말다툼을 벌였다. 저 아이는 정말 저 옷을 입고 학교에 가겠다는 말인가?(노려본다) 애초에 숙제할 생각이 있기는 한 걸까?(눈알을 굴린다) 저 차에 올라타서 어딘가 모를 곳으로 사라지기 전에 그 친구의 가족을 한번 만나보자고 하는 게 그토록 무리한 부탁인가?(문이 쾅 닫힌다) 나의 딸, 아니, 나마저 이 시절을 살아낼 수 있을지 의문이 들던 시간이었다. 나는 더 나은 엄마, 더 포용하며 쥐락펴락은 덜 하는 엄마가 되려면 어떻게 해야 하는지 자문을 구하고 다녔다.

내가 이 과정을 통과하는 동안 우왕좌왕하면서 엄마가 도대체 무엇을 원하는지, 뭘 이루겠다는 건지 하는 궁금증으로 내 딸을 밀어 넣고 있을 때, 그녀의 삶에서 그녀를 절대로 실망시키지 않는 존재가 있었다. 딸아이는 그 존재에 대한 사랑을 잊은 날이 없었다. 그 존재는 딸아이가 청소년기라는 불편한 시기를 겪으면서 시시때때로 격심한 고통이나 번뇌에 빠져들 때 돌아서버리거나 땅이 꺼져라 한숨을 쉬지도 않았다. 그 꾸준한 존재는 바로 머피로, 가장 다정하고 변함없는 동반자였다. 딸이 설령 총으로 무장을 했다고 해도, 총알이 내 심장을 뚫고 지나쳐 벽에 맞고 파이프에 맞고 방향이 바뀌어 어찌어찌해서 머피에게 날아갈지도 모른다는 두려움 때문에 결코 방아쇠를 당기지 않을 것이다!

키가 크고 망아지 같으며 얼굴 주위로 적갈색 머리칼이 흐트러진 소녀. 겨우 1년 전만 해도 치아교정기 때문에 모습이 튀었던 열다섯 살짜리 소녀를 상상해보라. 그녀는 불현듯 미운 오리 새끼에서 아름다운 백조가 되어 있었다. 나의 딸은 마음이 넓고 다정했으며, 자기가 얼마나 아름다운지 의식하지 못했다. 그러면서도 무언가가 바뀌어가고 있음은 눈치채고 있었다. 자, 이번에는 혼란에 빠져 있고, 자기 생이 어디로 갈지 궁금해하며, 미래라고는 고작 며칠 뒤까지밖에 내다보지 못하는 소녀를 그려보라. 두려웠을까? 자기의 세계가 안전하지 않게 느껴졌을까? 나는 딸아이를 보호하고 싶은 마음뿐이었다. 받아들여지고 사랑받는지 따위는 물어볼 필요도 없는 안식처를 마련해주고 싶었다. 그 과업이 늘 성공을 거둔 것은 아니었다.

간격을 메워준 것은 머피였다. 복슬복슬한 머피는 그녀의 방으로 쏜살같이 달려 들어가, 침대에 뛰어 올라 이불 속에서 그녀의 발로 돌진했다가 곧장 몸을 돌려 불빛이 있는 곳으로 올라간다. 그러고는 베개에 머리를 툭 떨어뜨리고 딸아이의 눈을 들여다보면서 차가운 혀로 그녀의 얼굴을 한번 쓰윽 핥는 것이다. 그런 뒤 둘은 연대의 한숨을 내쉬고는 잠든다. 나의 아름다운 여인이자 꼬마인 앨리사가 머피를 들어 올려 안을 때는 또 어땠는가? 개는 양 발을 그녀의 어깨에 짚으며 포옹으로 되돌려주었다. 이 개 덕분에 사춘기의 혼란에서 비롯되는 고통이 조금 덜어졌다.

기나길고 힘겹던 수개월 동안에 딸이 머피의 다정한 본성을 나와 나눠 가져야 했을 때도 있었다. 엄마는 엄마대로 고뇌를 겪고 있었으니 말이다. 나는 똑똑하고 변덕스러운 한 남자와 사랑에 빠졌었다. 내 인생에 되풀이되는 주제로서, 감정을 정착시킬 줄 모르는 남자였다. 이 관계가 무너지고 나서 나는 상실감에 허우적거렸다. 솔직히 상실감에 빠진 정도가 아니었다. 숨도 제대로 쉬지 못했다고 할까. 신파적이다 싶기는 하지만 쓸모없고 한심한 똥 덩어리 신세로 떨어졌다는 표현이 더 정확할지도 모르겠다. 나는 하루 종일 일했고, 앨리사에게 숙제와 책임감에 관해 저녁 내내 잔소리를 늘어놓았으며, 울면서 잠이 들었다. 나의 가여운 딸은 제 자신의 머리가 물에 빠지지 않도록 살피면서 엄마의 구명조끼가 단단히 조여져 있는지 확인하는 일 사이에서 찢겨지고 있었다. 머피가 입장한다. 딸에게 사랑을 주는 응원군의 역할과 더불어, 십대가 겪는 고통과 가슴에 상처를 입은 여자에 대해서는 아무것도 모르지만, 머피는 이곳에 자기라는 사랑스러운 존재가 필요하다는 것을 예민하게 감지했다. 머피를 곁에 두면서 우리는 둘 다 소중히 여겨지고 이해받는다는 느낌이 들었다.

재앙이 불어닥친 건 앨리사가 열여덟 살을 앞두고 고등학교를 졸업해서 대학에 입학하려던 참이었다. 주말에 어디를 다녀온 우리는 집에 도착해서 내 침대에 있는 머피를 발견했다. 머피는 둥글게 몸을 말고 누워 있었는데 사방이 똥 천지였다. 나는 미친 듯이 화가 나서 내려오라고 고함을 질렀고 머피는 내려왔지만, 늘 하던 대로 주방이나 개 출입구를 통해 쏜살같이 밖으로 나가지 않고, 바닥을 따라 뒷다리를 끌면서 종종걸음을 쳤다. 앨리사와 나는 머피를 데리고 동네 동물병원으로 황급하게 달려갔고, 병원에서는 밤새 살펴보는 게 좋겠다며 머피를 입원시켰다. 이튿날 병원에서 머피의 척추골이 파열되었으며, 손 쓸 도리가 전혀 없다고 알려왔다. 영구적으로 마비된 것이다.

우리는 중대한 결정을 내려야 할 기로에 섰다. 수의사는 수술은 아무런 소용이 없다고 말했지만, 아주 미약하나마 희망의 여지가 있다면 어쩔 것인가? 이 개는 우리 가족에게 제 모든 것을 아낌없이 내주었고, 분명 어떤 수를 써서라도 회복할 기회를 가져야 마땅했다. 우리는 여러 수의사와 이야기를 나누어보았고, 산타크루즈에 있는 한 병원이 척추 수술 전문이며 때때로 마비증세를 고치기도 한다는 사실을 알아냈다. 우리는 예약을 하고서 희망을 담은 주문을 중얼거렸다.

수술을 마치고 머피를 집으로 데려왔다. 우리는 다음 몇 주 동안 머피의 상처를 보살피며 편안하게 해주려고 애썼다. 나는 매일 잔디밭으로 녀석을 데리고 나갔고, 방광에 지압을 해주었다. 스스로 방광을 비울 능력이 더는 없었기 때문이다. 머피는 항상 고개를 돌렸다. 마치 기쁨으로 넘치던 삶이 어쩌다가 이 지경이 되었는지 창피해하는 것 같았다. 우리가 너무 많은 걸 기대한 건 아닐까? 머피가 다리 두 개만으로도 행복한 삶을 누릴 것이라고 우리 스스로를 설득하며 이기적인 노력을 기울인 것이 아니었을까? 머피는 걸을 수 있거나 없거나 우리에게 끝도 없는 사랑을 뽑아서 줄 것이었지만, 그 대가는 과연 무엇인가?

나는 되는 대로 지지대 비슷한 것을 만들어 머피의 몸통 중간에 감고 동네에 산책을 나갔다. 두 뒷다리는 땅 위로 떠서 흔들거렸지만 앞다리로는 변한 게 아무것도 없다는 듯 달음질쳤다. 침술을 전문으로 하는 수의사가 집에 와서 신경을 자극하는 부분에 침을 놓고 마비된 다리를 대신할 바퀴 달린 장치도 구입했다. 하지만 안타깝게도 아무런 변화가 없었다. 장치를 달지 않거나 지지를 받지 못하면 그 다리는 뼈 없는 살덩이처럼 질질 끌렸다. 설상가상으로 머피는 조용하고 내성적으로 되어갔다.

진실을 받아들여야 하는 날이 끝내 오고야 말았다. 성인이 된 앨리사와 엄마 노릇을 가까스로 이해하게 된 그녀의 엄마인 나. 우리는 이 문제를 차근차근 이야기하고 임박한 비탄을 함께 나누며 올바른 결정을 내리는 데 있어 필요한 감정적 지원을 서로 해줄 수 있게 되었다.

예약한 날에 우리는 산타크루즈 마운틴스로 다시 넘어가서 수술 후 검사를 받았다. 앨리사가 머피를 대기실까지 옮겨서는 꼭 끌어안았다. 검사는 몇 분밖에 걸리지 않았다. 결과는 우리가 두려워했던 대로 척추골 파열이 여전히 심해서, 어떻게 되돌려볼 길이 전혀 없다는 것이었다.

둘이서 상의하라고 앨리사와 나만 남겨졌다. 우리 둘 다 어떻게 해야 할지 알았지만, 선택은 고통스럽다는 말로는 부족할 정도였다. 우리는 어쩔 수 없이 해야 하는 일을 두고 흐느끼면서 우리 얼굴을 핥는 머피를 사이에 두고 서로 껴안았다. 의사와 조수가 주사기와 약병을 챙기는 동안에 우리는 우리의 개를 살포시 안고 사랑을 담아 쓰다듬으며 말을 걸었다. 우리는 머피에게 우리 삶에 오랫동안 기쁨을 안겨준 것에 감사하다고 말했고, 자유롭고 고통 없이 뛸 수 있는 곳에 가서 살기를 기도했다. 앨리사는 머피의 머리를 잡고 웅얼거리고 나는 귀 뒤를 쓰다듬으며 평화로운 여정이 되길 소망하는 가운데 사랑스러운 우리의 개는 조용히 숨을 거두었다.

나는 머피를 사랑했다. 심지어 나에게 달려와서 긁어달라고 배를 뒤집고 시시때때로 오줌을 누었어도, 녀석은 특별했다. 세상을 떠난 지 20년이 더 넘었는데도 그 개에 대한 기억이 이토록 강렬한 감정을 불러일으킨다는 사실은 머피가 우리 삶에서 어떤 역할을 했는지 이루 말할 수 없이 많은 것을 말해준다. 생이 언제 시작되느냐 하는 질문에 대한 농담이 하나 있다. 세 명의 성직자가 입씨름을 벌인다. 신부는 생은 임신과 더불어 시작된다고 주장하고, 목사는 생은 출산과 함께 시작된다고 말한다. 그 와중에 랍비가 공표한다. "생은 아이들이 대학에 가고 개가 죽으면서 시작되는 것이라오."

머피의 죽음은 새로운 시작이 아니라 강렬한 긴장과 불확실성, 청소년 시기의 혼돈, 자식을 통제하려는 엄마의 욕구로 범벅이 된 우리 삶의 한 시기에 종지부를 찍는 사건이었다. 또한 그 시절은 사랑과 수용, 따스함과 기쁨의 시기로 조그맣고 털이 복슬복슬한 강아지와 함께 나타났다. 그 강아지는 내 딸이 스스로가 사랑스럽다는 것, 중요한 사람이라는 것을 매일같이 상기시켜주었다. 인생이 제아무리 고난스러워 보일지라도, 엄마가 제대로 된 엄마 노릇을 못한다고 할지라도, 머피는 딸아이를 위해 항상 자리를 지켰다. 그녀와 베개를 나누어 베고 그녀의 비밀을 들어주었다. 그리고, 절대 입도 뻥끗하지 않았다.

A Story about The General
장군이 이야기

마이클 칫우드

이번 학기 창작 글쓰기 수업의 수강생들과의 첫 만남을 준비 중이다. 오늘 아침 내내 내가 한 일은 학생들에게 나눠 줄 인용문들을 정리하는 것이었다. 우리는 왜 글을 쓰는가, 혹은 글쓰기의 진짜 주제는 어떤 것이어야 하는가 등에 대해 유명한 작가들의 말로 빼곡한 유인물이다. 아마도 그 유인물을 통해 수강생들은 감정을 소설이나 시나 에세이로 풀어내는 가장 좋은 방법을 배우게 될 것인데 대개는 있는 그대로 바라보지 않는다.

그 와중에 나는 한 시간에 한 번 정도는 하던 일을 중단하고 차고로 간다. 내 사랑하는 열여섯 살 고양이가 차고에 있는 이불 위에 몸을 말고 있기 때문이다. 그 녀석은 불편하게 뒷다리 중 하나에 깁스를 한 상태다. 사

흘 전에 내가 차를 후진하다 사고로 녀석을 쳤기 때문이다. 나의 고양이
는 귀머거리에 가까운 수준으로 귀가 들리지 않는다. 매번 차 밑에서 잠
을 자곤 하는데, 시동 거는 소리를 듣지 못했던 게 틀림없다. 뒷바퀴가 녀
석의 다리를 밟고 지나가는 느낌이 들었으며, 무슨 일인지 내려서 확인했
을 때는 이미 녀석이 절뚝거리며 전혀 쓸모없어진 다리를 질질 끌고 어
디론가 움직이는 상황이었다.

"당신의 느낌을 굳이 말로 표현할 필요는 없다. 중요한 것은 가슴으로 느
끼고, 두 눈으로 바라보는 것이다. 그렇게만 하면 당신이 느꼈던 바가 표현
되고, 모든 것이 반향으로 돌아오게 된다."
– 제임스 메릴

집스를 하고 나서 첫째 날, 녀석은(고양이의 이름은 '스털링 프라이스 장
군'인데, 존 웨인 영화 『진정한 용기』에 나오는 고양이의 이름을 그대로 땄다)
담요에서 조금도 움직이려 들지 않았다. 나는 음식을 조그만 종이 접시에
담아 머리 옆에 두었다. 장군이는 일어서려 하지도 않았고, 그저 머리가
닿는 대로 혓바닥을 할짝거려 먹이를 먹다가 조금 뒤에는 앞발로 접시를
잡아당기기도 했다. 내가 차고 바깥으로 나가자 녀석은 머리를 접시에 박
고 잠을 자기 시작했다.

"당신이 꼭 말했어야 했던 그 말, 물론 모든 말을 다 하고 싶었겠지만, 그
말이 대부분의 경우 새롭지 않은 경우가 많다. 말하는 방법은 어쩌면 그럴
수도."
– 찰스 라이트

내가 녀석의 다리를 차로 쳤던 그날, 열네 살 난 아들이 말했다. "이 고양이는 우리와 평생을 함께한 고양이라구요." 아들은 마치 그 사실을 방금에서야 깨달은 것처럼 무척이나 놀란 표정으로 말을 했고, 난 내게 꼭 필요했던 말을 해줘서 무척이나 고마웠다.

장군이는 사고가 있기 전에도 나이가 든 기색이 역력했다. 체중이 많이 줄었고 먹는 것에도 지나치게 까탈스럽게 굴었다. 이미 얘기했듯 장군이는 청력의 대부분을 상실했고 시력 또한 많이 안 좋은 상태였다. 이웃집 강아지는 담 너머로 장군이를 볼 때마다 사납게 짖어대곤 했다. 장군이가 자신이 가장 좋아하는 장소에서 잠을 자고 있으면 이웃집 강아지 녀석이 따라 올라와서 신경을 거슬리게 하는 꽤 사나운 목청으로 짖어대곤 했다. 그래도 장군이는 아무 일도 없다는 듯 평화롭게 잠만 잤다.

"단편 하나를 완성하는 데 필요한 것은, 단 하나의 감정과 사면이 벽으로 둘러싸인 방 한 칸이다."

— 윌라 캐더

장군이는 차고에 있는 것을 좋아하지 않는다. 장군이는 바깥 활동을 즐기는 고양이다. 차고 생활 첫째 날, 내가 차를 꺼내기 위해서 차고 문을 열었을 때 장군이가 불편한 다리를 끌고 문을 향해 걸어왔다. 비록 지금은 저 모양이지만 한창때 장군이는 진정한 싸움꾼이자 밤의 난봉꾼이었다. 한번은 너구리하고 붙었는데도 절대 기가 꺾이지 않았다. 장군이는 아침마다 털이 한움큼 뽑힌 채로 들어오는 게 다반사였고, 어떤 날은 어깨에 상처를 입고 피를 흘리며 집에 돌아 온 적도 있었다. 장군이의 귀는 꼭 전쟁에서 찢기고 해진 깃발 같았다.

장군이는 심지어 새끼 고양이였을 때도, 용감무쌍하기 그지없었다. 장군이를 집에 들인 지 겨우 2주 정도 지난 어느 토요일 오후, 나는 뒷마당에서 해먹에 누워 있었다. 겨우 오렌지색 천 조각이라고밖에 할 수 없을 정도의 새끼 고양이였던 장군이는 메뚜기를 쫓으며 놀고 있었다. 잠깐 졸았나 싶었는데, 그때 갑자기 장군이의 애처로운 야옹 소리가 들렸다. 처음에는 도무지 녀석을 찾을 수 없었다. 차분히 소리가 나는 곳을 따라서 눈길을 돌렸는데, 놀랍게도 장군이가 있던 곳은 해먹의 한 쪽 끝을 기다랗게 매달아 놓았던 커다란 소나무 줄기로 지상에서 7~8미터는 족히 되는 높이였다.

집에 그 정도 높이의 사다리는 없었다. 장군이가 올라가 있던 곳은 잔가지도 별로 없는 쪽이어서 오도 가도 못하게 된 장군이는 점점 패닉 상태가 되어가고 있었다. 사실 어쩔 줄 몰라하기는 나도 마찬가지였다. 일단 정신을 가다듬고, 집 안으로 뛰어 들어가서 침대에서 베개를 집어 들고 나왔다. 내가 밖으로 다시 나왔을 때 아기 고양이 장군이가 가까스로 나뭇가지에 매달려 있는 위태위태한 상황이 벌어졌다. 가지를 쥐고 있던 발톱이 풀어졌고, 난 떨어지는 장군이를 베개로 받아냈다. 정말 천만다행이었다. 정말로 무던하기도 했던 장군이는 아무 일도 없었다는 듯 또다시 메뚜기를 쫓기 시작했다.

하지만 이제는 그렇게도 천방지축이던 장군이가 차고 한쪽에서 아픈 몸을 누이고 있고, 난 장군이의 담요를 갈아주고, 차고 여기저기에 널린 장군이의 오줌 흔적을 닦아내고 있다.

"보통 처음에는 성격을 판단하는 것부터 시작하지만, 일단 아이가 두 발로 서서 움직이기 시작하면, 그 다음부터 내가 할 수 있는 일이라고는 아장아장 걷는 아이의 뒤를 종이와 연필(혹은 베개)을 들고 바짝 따라다니며, 가능한 걸음걸이가 오래 지속되도록 노력하면서 아이의 말과 행동을 받아 적는 것이 전부이다."

— 윌리엄 포크너

내 아들이 젖먹이였을 때, 우리가 보지 않으면 장군이가 유아용 침대로 들어가서 아이 머리에 오줌을 싸는 일이 있었다. 난 고양이가 자신이 소외당한다고 느껴져서 이 새로운 동물을 향해 영역 표시를 하는 것이라고 판단했다. 그 후로 중성화 수술을 했음에도 장군이는 천상 공격적이고 전투적인 사내 녀석으로 남았다. 줄잡기 놀이를 할 때에도, 조금만 방심하면 장군이는 어느새 내 팔뚝 높이 이상으로 뛰어올라 날카로운 발톱으로 내 셔츠자락을 잡곤 했다. 장군이는 늘상 거칠게 행동했고, 조그마한 일에도 귀를 뒤로 바짝 젖히고 경계 태세를 보이면서 앙칼지게 위협적인 소리를 내곤 했다. 새로 태어난 아이도 마음에 들지 않았거니와, 물어뜯고 싸움을 좋아했던 장군이는 그렇게 점차 항상 바깥으로 떠도는 야외 활동을 고집하는 고양이가 되어갔던 것이다.

"이야기에는 항상 성격이라는 미스터리가 극적인 방식으로 수반되곤 한다."

— 플래너리 오코너

우리는 장군이가 네 살 정도 되었을 때, 작았던 신혼집을 떠나 이사를 했다. 장군이는 고양이 특유의 호기심으로 온갖 상자 더미와 가구들에 관심을 보였다. 책이 가득 담긴 상자를 킁킁거리며 냄새를 맡고 다녔고, 분해된 침대 여기저기를 오르락내리락하며 관심을 보였다. 우리는 장군이를 옮길 나름대로의 계획을 세웠고, 장군이는 맨 나중에 떠나게 되었다. 모든 이삿짐을 다 싸고, 이제 새로운 집으로 떠나기만 하면 되는 순간에 장군이를 종이 상자에 집어넣었다. 장군이는 아주 어렸을 적에 우리 집에 처음 왔었을 때를 제외하고는 한 번도 차를 타 본 적이 없었다. 비록 서비스 마케팅의 일환이긴 했지만, 장군이를 맡았던 수의사는 드물게 왕진 서비스를 해주는 의사였기 때문이었다. 어쨌든 우리는 장군이를 종이 상자에 넣어서 8마일에서 9마일 정도 떨어진 새 집으로 이사를 가게 되었다.

"시는 두 가지 얘기를 한 번에 해야 하는 흔치 않은 기회이다. 나에게는 내가 아는지 나조차도 몰랐던 것을 기억해낸 놀라움에 처음에는 즐겁기 그지없었다. 시인에게 놀랍지 않으면 독자들에게도 놀랍지 않다."
— 로버트 프로스트

새 집으로 옮긴 뒤 사흘째 되던 날, 장군이가 갑자기 보이지 않았다. 장군이를 부르는 오랜 트릭 중의 하나인 놀이 상자 흔들기에도 장군이가 뛰어오지 않았다. 우리는 온 동네를 놀이 상자를 흔들며 헤매고 돌아다녔다. 우리는 전단지를 만들어 붙이고 사례금을 내걸었다. 동네를 사방팔방 돌아다니며 "장군아아!" 하고 마치 전쟁터에서 장군님을 부르는 병사들처럼 목청껏 외쳤다. 하지만 소용이 없었다.

그 다음 주 우리가 집을 팔았던 예전 동네 사람이 전화를 했다. "커다란 오렌지색 고양이를 키우지 않았던가요?" 남자가 물었다. "네에!" 나는 반색을 하며 무척이나 놀란 목소리로 대답했다.

"그 녀석이 여기 있네요. 정원 관목 사이를 어슬렁거리고 다니는 것을 제가 발견했어요." 장군이는 새집으로 차를 타고 오면서 상자 속에만 있었기 때문에 전혀 길을 본 적이 없었다. 장군이가 그 집에 가기 위해서는 커다란 개울을 통과해야 했을 것이고, 건널목 및 질주하는 차량으로 붐비는 수십 개의 도로를 건너야 했을 것이다. 난 신문이나 뉴스에서 뛰어난 후각을 지도 삼아 예전 집을 찾아 왔다는 개의 이야기는 들어본 적이 있었지만, 고양이에게도 그 정도까지의 귀소본능이 존재하는 줄은 전혀 생각지 못했다. 나는 예전 집으로 가서 장군이를 데리고 왔고, 아마도 그 이후에야 장군이는 새 집을 자신의 거처로 인정하지 않았나 싶다.

이제 장군이는 물을 마시는 양이 급속하게 줄어들었다. 내가 턱 밑으로 그릇을 밀어주면 그때서야 겨우 우유를 조금 할짝대는 정도다. 다친 다리는 점점 감염이 심해졌다. 내가 장군이를 병원으로 데리고 갔을 때, 수의사는 장군이의 신장기능이 저하되고 있다는 말을 전했다. 장군이는 이제는 자신을 그만 보내달라는 무언의 시위라도 하는 양, 이틀 동안이나 담요에서 조금도 움직이지 않았다. 나는 이 이야기가 어떻게 끝날지를 알고 있다. 조만간 나는 이 이야기의 끝을 내 스스로가 결정해야 한다. 장군이의 이야기는 여기서 결론이 나겠지만, 절대로 끝나지는 않을 것이다. 이야기에 있어서 가장 진실된 부분이란 바로 그러한 점이다. 끝났다고 해서, 결코 끝난 게 아니라는 것.

Party Girl
파티 걸

모니카 할러웨이

마이클과 난 겨우 결혼 3개월 차였기에 한창 집 안에만 붙어 있어야 할 때였지만 지역 동물보호소를 하루에도 몇 번씩이나 들락거렸다. 그 개를 찾아내기까지 총 6주의 시간이 걸렸는데, 최종 결정까지 시간이 그렇게까지 지체된 이유는 단모종과 장모종 사이에서 결정을 못 내렸기 때문이었다. 하지만 우리 공주님을 처음 봤을 때, 그런 식의 구분이 얼마나 부질없는 것이었는지 깨우치게 되었다. 우리가 원하는 강아지는 바로 이 녀석이라는 것을 단번에 알 수 있었기 때문이다.

하루 동안 파사데나에서 글렌데일, 산타모니카까지 수십 킬로미터를 돌아다닌지라 우리는 완전히 기진맥진한 상태였다. 나는 서부 로스앤젤레스 동물보호소에서 마지막으로 한 번 더 강아지들을 둘러보고 있었고,

마이클은 이미 집으로 돌아가기 위해 주차장으로 향하고 있었다. 내가 동물보호소 철장 안의 아이들을 신중하게 들여다보고 있던 그때, 그 녀석이 등과 다리를 바닥에 붙이고 완전히 발라당 자빠져서 너무나도 편한 자세로 잠에 빠져 있었다. 뒤로 젖혀진 귀가 시멘트 바닥에 납작하게 붙어 있었는데, 귀 안쪽의 분홍색 피부가 너무도 부드러워 보여서 당장이라도 입을 맞추고 싶을 정도였다. 솜털처럼 부드러워 보이는 털은 로레알의 어떤 제품을 사용해도 같은 효과를 낼 수 없을 만큼 매끈했다. 그리고 발라당 누운 배 위로는 정확히 텍사스 지도 모양이랑 똑같이 생긴 얼룩무늬가 그려져 있었다.

내가 그 녀석을 손가락으로 가리키자 자원봉사자 청년이 강아지를 깨우려고 쓰다듬듯 건드렸다. 하지만 녀석은 앞발을 허공을 향해 쭉 뻗으며 기지개를 펴더니, 하품을 하며 더욱 깊은 잠에 빠져들었다. 할 수 없이 청년이 철장 문을 열고 양 손으로 잠에 취해 있는 강아지를 꺼냈다. 나는 가만히 손바닥을 녀석의 텍사스 위에 올려놓았다. 잠에 취해 있었던지라 머리가 여전히 뒤로 젖혀진 상태라서 이빨이 환히 들여다보였다. 앙증맞게 배열된 이빨이 깨물려도 좋을 정도로 귀여웠다.

"셰퍼드 믹스 종입니다." 청년이 내게 말했다. "아마도 셰퍼드와 콜리 믹스 같아요."

그 녀석은 대부분 검은색이었지만, 다시 보니 가슴 중앙에 하얀색 털이 둥그렇게 나 있었다. 마치 어두운 색깔의 식탁보 위에 홀로 남겨진 둥그런 커피 잔 접시 같았다. 마침내 그 녀석이 몸을 일으켜서 앉았는데, 바삭바삭한 부드러운 토르티아처럼 생긴 삼각형 귀의 윗부분이 수줍은 듯 가지런하게 접혀 있었다. 왜 책을 읽다가 귀퉁이를 접어놓은 것을 개의 귀를 접어놓았다고 하는지 알겠다 싶었다. 그리고 그 까만 코! 다른 부분은 모두 셰퍼드를 닮았지만 코만은 누가 봐도 콜리 종의 코다 싶게 멋지고 기다란 모양새를 자랑했다. 녀석의 속눈썹은 우아하고 길었는데, 그 정갈함이 어린 나이답지 않게 세월을 초월한 듯한 현학적인 분위기를 풍기기도 했다. 철장 표지판에는 나이가 대략 3개월 정도라고 적혀 있었다.

내가 그 녀석을 데려가고 싶다고 했더니, 청년이 녀석의 앙증맞은 발을 가리키며 대형견이니 아주 큰 몸짓의 사자처럼 거대한 앞발을 지닌 녀석으로 자랄 거라고 했다.

"남편에게는 말하지 마세요." 나는 그렇게 간청하고, 강아지를 품에 안고 비벼대며 냄새를 맡았다.

마이클과 나는 아파트에 살고 있었기 때문에 중소형견으로 고르자고 했지만, 이제 그 협약은 이로서 깨질 것이 분명해졌다.

나는 강아지를 출입구 쪽으로 데리고 가서 동물보호소 앞에 차를 세워놓고 다음 보호소로 출발하기 위해 나를 기다리고 있던 마이클을 부르며 손짓을 했다. 마이클이 고개를 돌리자 나는 강아지 머리를 가리키며 외쳤다. "찾았어, 어때? 예쁘지!"

마이클이 입가에 미소를 띠며 시동을 끄고 글러브 박스에서 수표책을 꺼내들었다. 총 비용은 중성화 수술비를 포함해서 45달러가량이었다.

첫눈에 반한 이 녀석이 이제 우리 강아지가 된 것이다. 우리는 녀석의 이름을 할리라고 지었다.

지금은 3월이고, 할리를 처음 만났던 그때 이후 16년이 지났다. 할리는 여전히 텍사스 무늬를 지니고 있지만, 더 이상 등을 바닥에 대고 벌렁 드러눕는 것을 좋아하지 않는다. 우리 아들 윌리스의 말에 따르면 사람 나이로 치면 일백 살 하고도 스무 살이다 보니 재롱이 줄어서 그렇다고 한다. 그런 이유로 지금은 할리 배의 텍사스를 한 자리에서 오랫동안 볼 수 있는 기회가 거의 없다.

할리의 코는 여전히 까맣지만 전체적으로 몸은 슬레이트 석판 같은 색이라고나 할까, 예전의 기름을 칠한 것처럼 완벽한 검은색은 아니다. 할리의 상반신에는 보드라운 웨이브의 털이 아직도 윤기를 잃지 않았고, 눈은 보기에도 흐릿하고 침침해졌지만 명민함은 살아 있다. 그런데 할리는 더 이상 소리를 듣지 못한다.

우리는 녀석에게 매일 작별인사를 한다. 할리는 오른쪽 뇌에 수술이 불가능한 뇌종양을 지니고 있다. '최대 6개월'이라고 8개월 전에 수의사가 선고했고, 실제로 녀석이 크리스마스 직전에 쓰러지기도 했었다. 그때는 정말 수의사의 말이 현실이 될 것 같은 느낌이 들었는데 다행히 위험한 고비는 무사히 넘겼다. 그 날 이후부터 할리가 우리 모두를 알아보는 것 같지는 않았다. 그냥 좀 혼란스러운 상태에서 두리번거리는 것 같았다. 할리는 카펫이나 마룻바닥에 자기도 모르게 오줌을 지리기도 했다.

하지만 2009년 새해 이브가 다가왔고, 모닥불을 중앙에 두고 둥그렇게 둘러앉아 사람들이 소망과 바람을 잉걸불에 실어 하늘로 떠나보내는 의식을 지켜보던 할리 역시 굳건하게 또 한 해를 살아냈다. 나는 이 상황이 누구보다도 할리에게 의미심장하다고 생각했다. 할리는 평생 자신의 삶 속에서 가장 힘들었던 일 년을 떠나보내고 마치 재부팅이라도 하듯 성공적으로 새로운 한 해를 맞이했던 것이다.

새해 아침 눈을 떴는데 놀랍게도 할리가 턱을 하얀색 침대 시트 위에 걸치고 나를 지켜보고 있었다. 거의 5년 동안 하지 않았던 행동이었다. 아마도 배가 고팠던 모양이다. 나는 무의식적으로 할리의 인중에 있는 부드러운 털을 쓰다듬었다. 할리가 다리를 절면서 문을 향해 걷더니 "나를 따라 오세요"라고 말하듯 돌아보았다. 이 역시 그간 아주 오랫동안 보지 못했던 할리의 습관이었다. 나는 이제야 상황 판단이 되었다는 듯 용수철처럼 침대에서 튕겨져 일어나 할리를 따라 주방으로 갔다. 자다 깬 마이클 역시 깜짝 놀라서 뒤를 따랐다.

"할리가 돌아왔어." 나는 주방 선반 위에 있던 처방된 사료캔을 보며 마이클에게 말했다. 할리의 어슬렁거리는 움직임에 잠이 깬 우리 두 마리의 골든 레트리버들도 합류해서, 주방 안은 세 마리의 대형견들이 먹을 것을 기대하며 어슬렁거리는 상황이 펼쳐졌다. 나는 녀석들의 밥그릇을 가지고 왔다.

새 식구가 된 레오 헨리는 이제 겨우 5개월이고 버디 로즈는 세 살이다. 버디 로즈는 골든 레트리버 종이었던 카우보이가 죽은 직후 들였는데 우리 모두를 위로하고 기쁘게 해줬던 대단한 치유 능력을 보유한 개였다. 특히 심한 자폐증 증세를 보여서 언제나 안정이 필요했던 우리 아들에게 강아지 때부터 좋은 반려견이 되었다. 카우보이와 함께 살게 되면서부터 월리스가 여러 방면에서 진척을 보이는 걸 지켜보며 우리는 개가 월리스의 좋은 친구가 될 수 있음을 깨닫게 되었다.

할리는 아이들에게 맞는 개가 아니었음에도 불구하고 월리스에게 다가오는 사람에게 으르렁대며 그 아이를 끔찍하게 지켰다. 사실 할리는 자신을 놀라게 하지 않는 어른들을 더 좋아했고, 보통 뒤에서 지켜보고 듣는 역할을 선호했다. 뒹굴며 싸움을 하거나 노는 것에는 별 흥미가 없었다. 하지만 카우보이는 바보 같은 게임을 죄다 좋아했고, 진흙투성이가 될 정도로 뛰고 뒹굴기를 좋아하는 아이들을 위한 개였다. 카우보이가 월리스의 친구였다면 할리는 동생을 못살게 구는 녀석이 없는지 가만 가만 뒤에서 살피는 큰언니 같은 존재였다.

새해 아침에 할리는 버디, 레오와 카펫 위에 앉아서 우리와 함께 •로즈볼 퍼레이드를 보고 있었다. 그러다 똥을 싸고 싶었는지, 갑자기 몸을 일으켜 세워서 주저 없이 뒷마당으로 가서 일을 보는 것이었다. 지금껏 없던 일이었다.

나는 윌리스에게 말했다. "할리 좀 보렴."

이번엔 마이클이 말했다. "할리가 새해를 정말 완전히 새롭게 맞이하려는 모양이구나."

"할리가 행복한가 봐." 윌리스가 맞장구를 쳤다.

나는 미소를 지으며 답했다. "할리가 정말 행복해 보이는구나." 할리는 대부분의 시간을 담요가 덮인 푹신한 자기 쿠션 위에서 보냈다.

시끄러운 것을 좋아하지는 않았음에도 불구하고 새해 이브 파티에서 할리가 시끌벅적한 거실에서 사람들의 다리 사이를 천천히 왔다 갔다 하는 것을 보고서 친구 린이 한 말을 똑똑히 기억한다. "할리는 사람들이 쓰다듬거나 입을 맞추는 것은 그다지 좋아하지 않지만, 그래도 파티에서 사람들이랑 어울리는 것을 좋아하는 파티 걸이구나. 참 정이 많은 개야."

할리는 13년 전 우리가 키우는 유일한 개였을 때에도 파티에 참가하는 것을 좋아했다. 산책을 나간다거나 밖에서 뛰어노는 것보다도 집에 있는 것을 좋아했다. 나와 함께 여행할 때도 자동차 유리창을 통해 보는 세상을 더 좋아했다. 특히 달리는 차 안에서 창문턱에 앞발을 올린 채 눈을 가늘게 뜨고 바람을 맞는 것을 좋아했다.

윌리스를 임신했을 때, 나는 입덧이 너무 심해서 낮이고 밤이고 거의

• 대학미식축구 경기인 로즈볼 게임을 앞두고 벌어지는 퍼레이드

양변기를 붙들고 토하는 게 일이었다. 토하고 기진맥진한 상태로 화장실 타일바닥에 앉아 있는 내 곁에는 늘 할리가 있었다. 할리는 그 부드러운 검은색 코를 살짝 내 뺨에 맞추며 나를 위로했다. 찌는 듯 더운 날씨여서 사람 곁에 붙어 있는 것이 쉽지 않았을 텐데도 할리는 내가 자신을 필요로 한다는 것을 알았고, 자기가 해줄 수 있는 일이 그렇게 함께 있어주는 것밖에 없다는 것도 잘 알고 있었다. 어떤 때는 그렇게 화장실에서 몇 시간씩 함께 붙어 있을 때도 있었다. 내 이마에서 흐르는 땀이 할리의 털에 떨어져도 할리는 내 곁을 떠나지 않았다.

마침내 아기 윌리스가 병원에서 퇴원해 집으로 왔을 때, 할리는 새로운 인간이 자신의 영역에 들어온 것을 보고 처음에는 뭐가 뭔지 무척 당황스러워하는 눈치였다. 그러다 윌리스가 그대로 계속 자신과 함께 사는 존재가 될 것임을 깨달은 순간, 할리는 초고도 경계 태세를 완비했다. 자신의 역할이 새롭게 주어진 것이다. 바로 엄마와 아기를 동시에 보호하는 것.

내가 하얀색 흔들의자에 앉아서 윌리스를 돌보는 동안, 할리는 내 발치에 앉아서 고개를 들고 내가 움직이는 모든 방향으로 고개를 움직였다. 심지어는 먹는 것이나 고무공을 줘도 잠깐 반응을 보일 뿐 한자리에서 부동자세를 유지했다. 임신했을 때와 마찬가지로 아이를 돌보는 것도 땀이 줄줄 흐를 정도로 힘들었는데, 할리는 털북숭이 몸을 내게 잔뜩 밀착시키고 움직이지 않았다. 나는 더워서 미칠 지경이었지만 할리의 그런 행동이 내 곁에 있어서 너무 안심이 되고 편안하다는 표현이니 녀석을 물리칠 수도 없었다.

할리는 집에 들어오는 모든 사람들을 경계했다. 특히 매일 우편물을 가져다주는 집배원 토니에게는 그 정도가 유독 심했다. 토니가 우리 집

마당에 들어오기만 하면 할리는 갑자기 사납게 짖으며 복도를 왔다 갔다 하기를 반복했다. 그럴 때마다 불쌍한 전직 해병대 군인 집배원은 정문 우편물 투입구에 우편물을 잽싸게 집어넣고 안전 구역까지 곧바로 물러났다. 그가 할리에게 된통 찍힌 건 어느 날 앞마당 •데크 의자에 앉은 내 품에 안겨 있던 윌리스에게 인사를 하러 갑자기 다가왔기 때문이었다. 할리는 토니가 윌리스에게 다가오는 것을 보고 그를 쫓아 달려가며 거의 발목을 물어뜯을 정도까지 접근했다. 난 좀 당혹스러웠으나 한편으로는 집에 도둑이 들 일은 없겠구나 싶은 생각도 들었다. 그 후 마이클은 순전히 토니를 위해 우편함을 외부에 설치했다.

모든 종류의 트럭은 할리를 미친 듯 흥분시켰으며, 누구라도 자동차를 운전하는 사람만 보면 마구 짖어댔다. 어느 흐린 날 오후, 할리는 ••UPS 트럭을 쫓기로 결정했다. 우리가 가장 좋아하는 UPS 배달원인 스펜서가 코너를 돌자, 할리가 집 앞 나무 울타리를 뛰어 넘어 트럭을 향해 정면으로 돌진하기 시작했다. 다행히 스펜서가 제때 멈췄기에 망정이지 큰 사고가 날 뻔했다. 급브레이크를 밟으면서 타이어 타는 냄새가 집 안에까지 날 정도였다. 우리가 나가 봤을 때, 할리는 울타리에서 겨우 몇 미터 떨어진 곳에 앉아 만족스러운 얼굴로 우리를 처다보고 있었다. 그 일 이후 우리는 울타리 높이를 거의 두 배로 올렸다.

할리는 사람들을 앞서 가는 것을 좋아해서 우리와 함께 하이킹을 가면 우리를 앞질러 경사진 언덕을 빠르게 뛰어 올라간다. 그 후 흙먼지를 뒤로 한 채 우리를 향해 다시 뛰어 내려온다. 마치 고속으로 질주하는 스포

● 집의 앞쪽이나 뒤쪽에 있는 쪽마루
●● 미국에 본사를 둔 세계적인 물류 운송업체

츠카가 흙먼지에 휩싸여 달리는 것처럼 보인다.

우리가 트리 피플 파크에 하이킹을 갔을 때 윌리스는 네 살이었다. 윌리스가 우리를 몇 걸음 앞서서 아장아장 걷고 있었고 그 앞에는 할리가 앞장서고 있었다. 갑자기 할리가 멈춰서서 짖기 시작했다. 윌리스가 길을 되돌아 오더니 말했다. "땅에 거미가 지나가요."

"무슨 색깔이지?" 내가 물었다.

"갈색이요. 할리가 흥분했어요." 윌리스가 땅바닥을 가리키며 말했다.

할리가 꼼짝도 하지 않고 코를 땅에 고정한 채로 서 있었다. 나는 그냥 일반적인 거미려니 생각하고 다가갔는데, 할리가 코를 바짝 대고 대치하고 있던 거미는 치명적인 독거미의 일종인 타란툴라였다. 할리도 거미도 둘 다 움직이지 않고 있었다. 할리는 윌리스와 내가 지나갈 때까지 기다렸다. 나는 윌리스를 안고 잽싸게 길을 지나친 후 할리를 불렀다. 할리는 그 상태에서 뒤로 살짝 점프해서 물러서더니 우리에게 뛰어 왔다. 타란툴라는 구멍 아래로 사라졌고, 어디선가 나타난 다람쥐 한 마리가 무슨 일이라도 있냐는 듯한 표정으로 우리를 지켜보고 있었다.

입이 바짝 마른 상태로 내가 말했다. "하마터면 큰일 날 뻔했구나."

"타란툴라가 문다 해도 큰일 날 정도는 아니에요, 엄마."

"정말? 난 독이 있는 종류인 줄 알았는데."

"독은 있지만 걱정할 필요는 없어요. 그래도 타란툴라에게 물리는 건 싫어요. 난 그 어떤 것에도 물리고 싶지 않아요."

"엄마도 그렇단다."

윌리스가 나뭇가지를 집어 들어 할리를 가리키며 말했다. "그럼 할리가 잘한 거네요. 타란툴라는 나이를 먹으면 흉곽에 털이 벗겨진대요." 윌리스는 자폐증 때문에 사진기 같은 기억력을 지니고 있다. 우리가 함께 책에서 타란툴라를 봤던 것이 2년 전 일이었는데, 그때 봤던 거의 모든 내용을 윌리스는 기억하고 있었던 것이다.

"그럼 할리가 정말 잘한 거지. 생각해보렴. 아까 그 타란툴라가 할리에게는 얼마나 커 보였을지."

어쩌면 그 타란툴라가 할리에게 전혀 위협이 되지 않았을지도 모른다. 할리는 지난 8년 동안 각종 동물들을 봐왔기 때문이다. 윌리스는 지금까지 골든 레트리버 강아지를 제외하고도 햄스터와 소라게, 개구리, 거북, 토끼 등등의 각종 동물들을 집에서 키운 경험이 있다. 할리는 그 모든 동물들과 곤충들을 신기하면서도 당혹스러운 눈동자로 관찰하고 지켜보았지만 그 어떤 동물들과도 문제를 일으켰던 적이 없었다.

할리는 우리를 보호하고 지킨다. 그것이 자기의 일이라고 생각한다. 특히나 윌리스에 관해서는 그 원칙이 아주 엄격하다. 할리와 윌리스 사이에는 깊은 사랑이 존재한다. 뭐랄까, 이모와 조카 같은 관계? 윌리스에게 할리가 엄마만큼 친밀하지는 않고 다소 서먹한 부분이 있지만 그래도 할리가 자기를 아끼고 사랑하는 것만큼은 엄마 못지않다는 것은 확실히 알고 있다. 새해를 맞이하고 2주 정도 지났을 때 드디어 윌리스는 할리에게 은혜를 갚게 되었다.

실로 오랜만에 햇빛이 좋았던 어느 토요일 오후, 윌리스의 나이 열두 살 때 윌리스와 버디, 레오 그리고 할리가 우리 집 풀장 주위를 걷고 있었고 나는 현관 앞 데크에 앉아 있었다. 윌리스와 개들이 점점 더 수영장 가까이로 다가가고 있었고, 그때 레오가 수영장 위에 테니스공이 떠 있는 것을 보고 뛰어들었다. 그 와중에 레오가 할리를 실수로 쳐서 할리도 물에 빠지게 된 것이다. 할리는 수영을 아주 잘하는 개였지만 거의 6년 동안 물에 들어가지 않았던 탓인지 마치 돌처럼 그대로 물속으로 가라앉았다. 할리는 자신의 다리로 계단을 딛고 수영장 위로 올라설 힘이 없는 상태였다.

나는 황급히 뛰어갔다. 하지만 결과적으로 그럴 필요가 없었다. 할리가 물에 빠지자마자 윌리스가 즉시 물속으로 뛰어들었던 것이다. 윌리스는 코와 눈을 완전히 가릴 수 있는 물안경이 없으면 수영을 거부하던 아이였고 옷이 젖는 것을 극도로 싫어했다. 그런 윌리스가 두꺼운 바지에 후드 티와 어그 부츠를 신은 상태에서 차가운 물속으로 주저 없이 뛰어든 것이다. 심지어 윌리스는 할아버지가 선물한, 자기가 가장 좋아하는 뉴욕 메츠 야구 모자도 쓰고 있는 상태였다. 내가 뛰어갔을 때는 이미 윌리스가 할리의 몸을 안고서 수영장 바깥으로 나오고 있었다. 윌리스의 야구 모자는 수영장의 깊은 바닥에 가라앉아 있었다. 나는 서둘러 계단으로 가서 윌리스와 할리를 보았다.

"세상에 어쩌다 이런 일이!" 내가 말했다.

"할리는 수영을 못해요." 윌리스가 입과 코에서 물을 흘리며 헉헉거리는 목소리로 말했다.

나는 먼저 할리를 밖으로 꺼내고 그 후 윌리스가 물 밖으로 나오도록 도왔다. 그리고 입고 있던 티셔츠로 윌리스의 얼굴을 닦아주며 말했다. "네가 할리 목숨을 구했구나. 네가 할리 목숨을 구한 거야."

윌리스가 웃으면서 말했다. "제가 거기 있어서 다행이었어요."

한 손으로는 윌리스의 허리를 안으며 말했다. "그래, 그렇구나."

"나 지금 젖어서 2킬로그램은 더 나가는 것 같아요." 윌리스가 고개를 들어 집 쪽으로 발걸음을 옮기며 말했다. 타일 위로 아이가 신었던 어그 부츠에서 물이 흘러나왔다.

나는 거의 울먹이며 말했다. "할리는 수영을 잘하는 개였지만 이제는 몸을 움직이는 것도 힘들어해." 윌리스도 수영장에서 노는 것을 좋아하지만, 그렇다고 수영에 능숙한 편은 아니다. 그런데도 그런 일이 벌어진 것이다. 나는 둘이 수영장 밑에서 몸부림치는 모습을 상상했지만 그런 일은 전혀 일어나지 않았다. 할리를 품에 안으며 윌리스에게 말했다. "안으로 들어가자꾸나." 그 와중에도 레오와 버디는 수영장 안에서 테니스공을 물기 위해 수영을 하며 놀고 있었다.

집 안으로 들어와서 할리를 큰 타월로 감싼 후에, 윌리스에게 뜨거운 물로 샤워하라고 했다. 윌리스가 샤워하는 동안, 나는 할리를 무릎 위에 눕히고 부드러운 털을 쓰다듬으며 윌리스가 나오기를 기다렸다.

그날 밤 나는 엄마 친구들에게 우리 꼬마 영웅 이야기를 들려줘도 되는지 윌리스에게 물었다. "당연하죠. 다른 개도 아닌 할리를 구했는걸요. 저는 할리의 영웅이에요." 윌리스는 얼굴에 잔뜩 미소를 띠고 소파에 앉은 내게 한껏 기대왔다.

지금은 7월이고, 이제 정말 할리와의 시간이 얼마 남지 않았다는 것을 느낀다. 우리는 가능한 한 많은 순간을 할리와 함께 하려고 노력하고 있다. 할리는 또 다시 카펫에다 오줌을 지리기 시작했고, 매일 처방된 약을 주고 있는데도 방향감각이 무뎌지기 시작했다. 하지만 그래도 할리는 매일 좋은 시간을 보내고 있다.

할리의 용변 문제와 더불어 레오의 화장실 훈련이 겹치면서 패밀리 룸의 카펫을 교체해야 할 시기가 왔다. 꼭 고양이 모래상자처럼 너저분했다. 하지만 우리는 새 카펫을 살지 말지 결단을 내리지 못하고 있었다. 나는 스스로에게 물었다. '도대체 무엇을 기다리고 있는가?' 물론 질문에 대한 대답은 이미 알고 있었다. 누구도 입 밖으로 꺼내지 않는 말이었지만, 우리는 모두 상상도 하기 싫은 어떤 상황을 기다리고 있었던 것이다.

내 친구 에밀리가 물었다. "새 카펫을 샀는데 할리 오줌 전용이 되어버리면 낭비라고 생각하지 않아?" 맞다, 당연히 낭비라고 생각한다. 하지만 너저분하고 찌든 카펫은 내가 하루하루 할리의 죽음을 기다리고 있다는 죄책감을 상기시켰다. 새 카펫에 대한 낭비라는 기분보다 그게 더 싫었다. 우리는 일어나지도 않은 상황을 두고 섣불리 할리에게 작별 인사를 하려고 들었던 것이다.

할리는 삶 속에 있었고 우리도 마찬가지였다. 마이클과 나는 새 카펫을 주문했고, 커다란 비닐 보호대를 그 위에 덧씌웠다.

오늘 아침, 윌리스의 마지막 햄스터였던 테디가 죽었다. 네 살짜리 테디는 윌리스가 햄스터들을 키워온 거의 12년 중에서 가장 오래 살았다. 테디가 죽은 것을 처음 발견한 게 나였는데, 테디는 철장 안의 빨강색 바퀴에 머리를 늘어뜨리고 앞발을 가슴 위에 놓은 채로 죽어있었다. 눈을 뜬 채로 죽은 것은 아니었지만 입을 벌린 상태였다. 나이가 많이 들었음을 증명이라도 하듯 가늘고 길었던 송곳니 하나가 빠진 상태였다.

나는 파란색 천으로 테디를 감싸 안았다. 테디의 몸은 여전히 부드러웠다. 할리는 내 옆에 서 있었다. 나는 무릎을 구부려서 할리가 테디의 냄새를 맡도록 했다. 할리는 죽은 테디를 킁킁거리더니 나를 쳐다보고 이렇게 말하는 것 같았다. "와, 이 녀석 참 편안하게도 누워 있네."

나는 할리의 콧등에 입을 맞추며 얘기했다. "너는 우리 모두보다도 오래 살 거야." 할리는 나를 따라 침실로 걸어왔다. 침실에는 내가 준비해둔 완벽한 신발 상자가 있었다. 내가 생각한 완벽한 신발 상자는 장식이 없는 평범한 것이어야 했다. 반면에 윌리스는 플라스틱 보석이나 형형색색의 잎사귀와 각종 글씨로 자기가 키웠던 동물들의 관을 독특하게 꾸미는 것을 좋아했다.

나는 테디를 상자에 넣고 조그만 얼굴만 보이도록 천으로 몸을 조심스레 감쌌다. 나는 테디가 들어간 신발 상자를 벽난로 위에 올려놓고 윌리스를 기다렸다. 따뜻한 난롯가에 앉아서 할리의 얼굴을 쓰다듬었다. 할리가 살짝 눈을 감으며 얼굴을 내게 들이밀었다.

버디와 레오는 마이클, 윌리스와 함께 산책을 나갔다. 집에는 나와 할리뿐이었다. 할리의 뒷다리는 다소 어색한 각도로 바닥을 딛고 있었다. 내 바람으로는 그러고 서 있지 말고 그냥 다리를 뻗고 눕거나 앉았으면 싶었지만, 할리는 가능하면 서 있는 자세를 고집했다. 다리를 잘 딛지 못하고 서 있는 것이 내 눈에는 아파 보였지만, 할리는 전혀 포기할 생각이 없는 것 같았다.

나는 할리의 눈을 들여다보았다. 백내장이 진행 중인 터라 내 모습을 제대로 본다고는 확신할 수 없었지만, 그래도 할리는 콧잔등을 밀며 내게 입을 맞췄다. 할리는 우리와 함께 웨스트 할리우드의 첫 번째 집에서부터 함께 살았다. 그 후 베벌리 글렌 볼바드의 집과 카말리오 거리의 지긋지긋했던 집을 거쳐 마침내 갖게 된 우리의 보금자리에서 여태껏 함께 살고 있다.

도대체 세월이 어떻게 흘렀는지도 모르겠다. 할리가 가볍게 점프해서 우리 침대로 뛰어 올라왔던 때가 언제였는지, 멀리 소방차가 지나가는 소리만 듣고도 짖어대던 할리의 모습이 까마득하게 느껴진다. 너무 오래 전 일이다. 하지만 그래도 할리는 지금 우리와 함께 있다. 중요한 것은 그것이다. 다리가 불편해서 뒤뚱뒤뚱 걷고, 뇌종양은 양성이지만 점점 커지고 있다. 이후 몇 달간 어떤 방향으로 퍼질지 모르는 일이다.

지난 몇 년 동안 나는 많은 존재를 잃었지만 그만큼 축복도 누렸다. 윌리스가 태어났고 일에도 많은 경력이 쌓였다. 내 아들은 사랑스럽고 영특하고 재미있는 아이로 성장했다. 내 머리카락은 할리와 함께 하얗게 세었다. 나는 심장마비를 이겨냈고, 오래된 친구들이 나를 만나러 와줬다. 내 결혼 생활을 파경으로 이끌 수도 있는 남편과의 별거가 일 년도 더 지속되기도 했다. 가슴이 무너질 만큼 울었다. 집에 새로 페인트칠을 했고 새 그림을 샀다. 그리고 마이클이 다시 돌아왔다.

나서기를 좋아하지 않고 늘 뒤에 그림자처럼 있곤 했던 숙녀 할리는 참으로 훌륭하게 또 한 해를 견뎌냈다. 할리는 우리를 위해 윌리스를 위해 모든 것을 내놓았지만 그 어떤 대가도 바라지 않았다.

나는 조심스럽게 할리를 차에 태웠다. 차 안에서 오줌을 쌀 것을 대비해서 담요 밑에 비닐도 깔아두었다. 많이 약해진 뼈가 다치지 않도록 조심스럽게 할리를 안았다. 할리는 더 이상 내 무릎 위에 앉거나 창밖에 머리를 내밀고 바람을 쐬지 않는다. 혼자서 제 몸을 건사하기도 힘든 상태이기 때문이다.

오늘밤 나는 햄스터 테디를 묻으러 갈 것이다. 하지만 오후에는 할리와 함께 드라이브를 하며 햇살을 쐬고 흙과 바람의 냄새를 맡을 것이다.

True Love

진정한 사랑

사만다 던

우리는 이동식 주택 주차장의 78번 구역에 둥지를 트는 신세가 되고 말았고, •게이브를 어디에 두어야 할지가 시급한 문제였다.

아무런 과장이나 호들갑도 떨지 않고 말하건대, 게이브는 지구가 낳은 가장 아름다운 말 중 하나였다. 영화관에 갈 적마다 이 말을 다시 보게 된다. 그러니까 ••트라이스타 픽처스 사의 상징을 스크린에서 볼 때의 얘기다. 강인하고 하얀 가슴, 천둥을 내릴 듯한 다리, 어둑어둑한 배경을 가르고 펼쳐지는 페가수스의 날개가 나타나는 사이에 잠깐씩 각 인물의 얼

• 가브리엘의 애칭
•• 미국의 영화 제작·배급회사

굴이 나타난다. 게이브도 순전히 하얀색에다가 세상을 다 들어 올리고도 여전히 날 수 있을 것 같은 자태를 하고 있었다. 아랍 혈통 어미를 둔 덕분에 게이브는 다른 말들보다 코가 한층 잘생겼고 눈은 더 둥글었다. 분홍색과 회색이 점점이 박힌 코와 주둥이 부근을 보면 애팔루사 종의 혈통이 보이지만, 그런 자잘한 차이를 떼어놓고 보면 바로 그 페가수스라고 할 법했다. 이름이 가브리엘이라는 사실도 결코 우연처럼 느껴지지 않았다. •성수태 고지, 사람들에게 새로운 질서와 자비와 구원을 가져다준 천사장이 가브리엘 아니었던가. 엄마와 할머니와 나는 가브리엘을 향한 사랑을 제외하면 어떤 문제에서도 그토록 전적으로 동의를 이루어본 일이 없었다.

나는 내 직업인 글쓰기를 통해 그의 이야기를 아주 여러 번 할 테고, 그런 에세이 중 한 편을 받은 뉴욕의 출판사 편집자로부터 무슨 횟소리를 하냐는 메시지를 받게 될 것이다. 정말이지 트레일러 파크에 사는 주제에 말씩이나 소유할 수 있다니 미덥지 못한 일이다. 그럼에도 불구하고 사냥 클럽의 말들과 쇼를 위한 말들의 동네인 코네티컷을 주소로 두고, 세 가지 단어가 버무려진 덕분에 우리가 말을 키우는 것이 가능했다. 희생, 결단, 망상.

엄마는 기회를 놓치는 법 없이 공짜로 얻거나 값싸게 얻은 말들을 내게 가져다 주었다. 그것은 엄마가 이 세상 전부라고 말하던 자신감 덕분에 가능한 일이었다. 엄마의 목소리는 스카치에 담배를 뒤섞어놓은 것 같았고, 검은색 카우보이 부츠를 신었으며, 한쪽 눈썹만 따로 추켜 올릴 줄

• 천사 가브리엘이 마리아에게 예수의 잉태를 알린 일

알았다. 훤칠한 키에 기골이 장대했으며, 풍성한 적갈색의 긴 머리에 얼굴을 감싸는 빵모자를 쓰고 다녔다. 엄마는 대개 딱 두 가지 감정만 표현했다. 화를 내거나 즐거워하거나 하는 것이다. 그녀는 마치 다른 모든 사람들의 머리를 다 능가하는 무슨 대단한 농담을 어디에서 끊임없이 얻어온다는 듯이 굴었다.

내 기억에 따르면, 산타페에 살던 엄마 친구의 친구가 아름다운 백마를 가지고 있었다. 그녀는 겁이 나서 그 말을 타지 못했다. 말은 낯을 가렸으며 느닷없이 날뛰었다. 다루기가 여간 까다로운 말이 아니었다. "내 딸아이는 탈 수 있을 거예요. 이 아이가 타지 못할 말은 없는 거나 마찬가지예요." 엄마가 그분에게 말했다.

말할 것도 없이 허풍이었다. 기수로서 나는 그만한 재능이라고는 눈을 씻고 찾아보아도 없었지만, 집요한 구석은 있었다. 내가 겨우 일곱 살 때 엄마가 어떤 어린 암갈색 말의 등에 나를 태웠던 사건도 적지 않은 영향을 주었다. 말을 타기에 나는 너무 어렸고 누군가를 태우기에는 그 말도 너무 어렸으니, 애초에 어떤 환경이었기에 그런 일이 일어났는지 도무지 기억조차 나지 않는다. 그렇지만 나는 그곳에 있었고, 달아나는 말의 고삐를 누군가가 잡고 나자 몸을 떨며 울어 젖혔다. 그런데 엄마가 내 곁에서 팔로 나를 잠깐 감싸 안더니만 괜찮을 거라고 말하고, 다시 나를 말 등에 태우는 것이 아닌가. 엄마 얼굴에 실망감이 번지는 모습을 보느니 안장에 다시 올라타는 것이 덜 두려웠기에 나는 그렇게 했다.

어쨌거나 엄마는 백마 주인인 그 여인에게 내가 그 말을 탈 수 있다고 장담을 했다. 말에게 훌륭한 보금자리를 마련해줄 것이며, 우리 형편이 닿는 대로 100달러를 지불하겠노라고 했다. 엄마는 내가 새로이 탈 말이 당장 필요하다는 이유를 들었다. 앞서 엄마가 나를 위해 어렵사리 구해준

아라비아 혈통의 말이 뇌동맥류로 갑작스럽게 죽은 터였다. 그 말은 엄마의 친구라는 어떤 의사에게서 얻어 온 말로써, 물고 차기 좋아하는 성질머리가 고약한 놈이었다. 나는 엄마의 친구란 사람에 대해서 꼬치꼬치 캐묻지 않았다. 곧바로 또 다른 말에게 푹 빠져버렸던 것이다. 그 말은 산타페에 사는 카우보이 소유의 호리호리한 말로, 이름이 써니였다. 하지만 우리는 500달러를 마련할 방법이 없었고, 말은 클로비스 근처의 한 목장으로 가버렸다. 나는 그 일 때문에 처음으로 상실감을 겪었다. 나는 말의 까만 꼬리가 남쪽으로 향하는 트레일러 끝에서 흔들리는 모습을 보고 나서 좋이 이틀은 눈물로 보냈다.

변덕이 무쌍한 내 마음은 게이브를 보자마자 빠르게 회복되었다. 등자에 발을 올려놓기도 전의 일이었다. 옆걸음질을 치고, 고개를 발딱발딱 세우고, 독사처럼 몸을 빼려고 안간힘을 쓰며, 소심한 기수를 보면 냅다 후려칠 것처럼 보였어도 아랑곳하지 않았다. 뭐라도 그렇게 행동할 수밖에 없을 이유가 있을 것임을 나는 알았다. 그런 식의 분노라면 나도 아는 바가 없지 않았다. 나는 그 분야의 전공자였다. 그런 이해에 대한 보답이 있었는지 몰라도 놈은 내가 올라탈 때면 아름답게 움직였으며, 내가 자유롭게 움직일 수 있게 해줬다. 그 둥글게 굽어 오른 목과 걸음걸이는 우리 가족에게 일종의 고상함 같은, 우리도 훌륭한 가족이라는 분위기를 부여해주는 것 같았다. 그 말은 싱글맘에 늙어가는 할머니, 어린 소녀만으로 이루어진 가족으로서는 꿈꿔보지 못했을 그런 분위기를 선사했다.

인간의 가장 친한 친구는 개일 것이나, 나 같은 여자아이에게 말은 가장 친한 친구이고 보호자이고 자신감 그 자체였다. 게이브를 어찌나 많이 타고 달렸는지, 나는 내 심장 박동이 녀석의 발굽 소리와 같다고 믿기에 이르렀다. 나는 인생의 끝까지라도 달리겠다는 양 게이브와 달렸다. 그러다 녀석이 지쳐서 개처럼 고개를 늘어뜨리면 안장에서 내려와 뉴멕시코 주 일라노의 탁 트인 수평선으로 몇 킬로미터고 나란히 서서 걷곤 했다. 함께 호수에서 헤엄치기도 했다. 마술 경연대회의 계주에서 달린 적도 있었고 전력질주를 하다가 안장이 미끄러지는 일도 있었다. 나는 다른 기수들이 우리 주위를 천둥처럼 몰아쳐서 지나가는 가운데 해진 인형처럼 말의 아래로 대롱대롱 매달린 신세가 되고 말았는데, 게이브는 발굽을 들어 올릴 생각도 없이 꼼짝 않고 멈춰 서 있었다. 가브리엘, 자비의 천사여.

엄마는 내가 각종 다양한 말 훈련소에 응모하고 승마 훈련을 받을 수 있도록 온갖 수를 다 내었다. 훈련관 중에 캐시라고 전직 로데오의 여왕이 있었는데, 그녀는 게이브의 유일한 문제점이 나를 기쁘게 해주기 위해서라면 죽을 각오도 되어 있는 것이라고 말하곤 했다. 엄마는 심지어 산타페 주니어 기수협회의 회원에 등록하기 위한 돈을 대주기까지 했다. 다 내가 힘껏 질주하는 모습을 보자고 한 일이었다. 당신을 위해서는 옷 한 벌 사는 법이 없고, 할머니더러는 머리를 깎고 염색하는 것, 손톱에 매니큐어 바르는 것도 다 스스로 하라고 했을 뿐만 아니라 기회가 있을 때마다 연장 근무를 하며 휴가보다는 급여부터 챙기고 보았기에 가능한 일이었다. 엄마는 어떤 청구서는 체납하면 안 되고 어떤 것은 완전히 무시하고 넘어가도 되는지 아는 것 같았다. 쉽게 말해 여장부였다. 다 안다는 듯이 웃어주기, 영특하게 맞받아치기, 음담패설을 적재적소에 구사하여 물어야 할 비용을 몇 주나 한 달 정도 더 모면하고 지나갈 수 있었고, 때로는 완전히 내지 않고 지나가는 경우도 있었다.

그러나 그 인챈티드 힐스 모빌 힐 파크에 겨우 들어갔을 무렵에는 마법 같은 그녀의 능력이 어딘가로 사라져버린 것이 분명했다. 그녀는 화장을 그만두었다. 깊게 들어앉은 초록빛 눈동자는 작았다. 그 눈동자는 재빠르고 두껍게 칠하던 마스카라와 아이라이너 없이는 고양이처럼 날카롭지 않았다. 그녀는 살이 찌면서 둥글어진 배와 엉덩이를 따라 폴리에스테르 바지에 몸을 맞추어 나갔다. 신용 상태가 불량한 것이 트레일러 파크의 78번 구역에 떨어진 연유가 되겠으나, 우리 게이브가 있을 곳을 마련하는 것도 문제였다. 그리하여 엄마는 트레일러 파크 길 건너에 사는 어떤 사내와 협상을 맺었다. 그는 울타리를 친 흙바닥과 금속 박판의 마구간에 말 몇 마리를 놓아 기르고 있었고, 말들의 물통으로 쓰는 낡은 욕조 두 개가 있었다. 사내는 우리가 건초만 제공하면 자신의 작은 말 무리와 함께 게이브에게 먹이를 주겠다고 했다. 그것으로 일은 해결되었다.

엄마가 •자주개자리 몇 더미를 내려놓으러 갈 때면, 나는 풀을 뜯으라고 풀어둔 장소에서부터 울타리까지 게이브를 타고 몇 킬로미터쯤을 달렸다. 내가 게이브의 목을 안고 있는 사이에 엄마는 내 안장을 스테이션 왜건 차에 집어넣었다. 주위에는 닭들이 땅을 긁고 있었고, 녹슨 차의 펜더와 닳아빠진 타이어 몇 개가 울타리 안쪽 구석에 널려 있었다.

"어떻게든 방도를 마련할 거야." 엄마는 말했다. 나는 게이브의 하얀 목에 팔을 두르고, 내 쪽으로 코를 비비는 그의 따스한 숨결을 느꼈다.

"힘든 건 잠깐이야. 자, 가자, 가자고." 짜증으로 가득 찬 목소리였다. 엄마는 언제나 짜증스럽게 말했다.

다음 부분은 내 탓이다.

나는 학교를 다니느라 바빴고 육상팀에 들어가려고 애쓰는 중이었다. 감독은 투포환과 원반 선수로 쓸 '덩치 큰' 아이를 원했기 때문에 나는

• 콩과의 여러해살이풀

팀에 들어갈 수 있었다. 건물에서 불이 난다면 내 몸 하나도 구하지 못할 만큼 발이 느렸는데도 말이다.

무슨 말인가 하면, 2주 동안이나 게이브를 보러 울타리에 가지 못했다는 얘기다. 엄마는 일을 안 하고 있을 때가 없었고, 할머니는 운전할 수 없었다. 게다가 말을 키우고 싶으면 내가 돌보아야 한다는 것이 조건이었다. 그곳 주인이 어련히 먹이를 주고 있겠지, 그러니까 원래 먹던 곡물과 당근과 털 손질 없이도 두어 주는 그럭저럭 날 수 있을 거라고 나는 애써 추측했다. 우리 모두 어떻게든 그 시절을 살아남아야 했기에 게이브는 게이브대로 살아남아야 했다. 어쨌든 게이브는 우리의 어두운 영향권에서 잠시 벗어나 있으니, 행복한지 아닌지 어찌 알겠는가.

나는 토요일 아침에 일어나서 트레일러 파크를 지나 오래된 고속도로를 거쳐, 울타리를 친 길을 따라 몇 킬로미터나 되는 여정을 실행에 옮겼다. 게이브의 굴레를 핸드백처럼 어깨 뒤로 걸쳐 멨고, 청바지 뒷주머니에는 당근이 꽂혀 있었다. 그곳에 도착했을 때 나는 내 눈이 바라보고 있는 것이 게이브임을 알아채는 데 조금 시간이 걸렸다.

게이브는 한 구석에 뒷다리를 곧추세우고 고개를 떨어뜨린 채 서 있었다. 그런데 이 하얀 말의 갈비뼈가 다 드러난 것이 보였다. 몸 거죽은 다른 말들에게 채이고 물려 피가 배어 있었다. 갈기는 엉망으로 엉켜 있었고, 꼬리 끝에는 뭉쳐진 줄 뭉치 같은 것이 삐져나와 있었다.

"게이브!" 알루미늄 문을 타고 넘어 달려가면서 소리쳤다. 그는 잠시 고개를 들었다가 창피하다는 듯이 다시 땅으로 떨어뜨리고 내 쪽으로는 걸어오지도 않았다.

나는 게이브에게 팔을 척 둘렀다. 뼈가 만져졌고, 눈은 탈수 탓에 푹 꺼져 있었다. 2주 동안 무엇이라도 먹거나 마신 게 있다면, 어쩌다가 주워 먹은 게 전부였을 것 같았다. 얼굴을 후려 맞은 듯한 죄책감이 고통스럽게 몰려왔다. 울음을 터뜨리거나, 무엇이라도 죽이고 싶은 심정이었다. 다행스럽게도 그때 엄마와 모종의 계약을 맺었던 그 사내가 지저분한 흙집에서 나오는 바람에 우는 추태를 면할 수 있었다.

아마도 다음과 같은 일이 벌어졌던 것 같다. 나는 우리 집안 여자들이 잘하기로 유명한 방식으로 그에게 덤볐던 듯하다. 어깨를 젖히고 이를 드러내고 176센티미터의 몸을 있는 대로 크게 보이려고 부풀리면서, 백인 여자아이로서 내뱉을 수 있는 가장 지저분한 스페인 단어를 거침없이 쏟아 부었던 것이다.

"이 말을 최근에 들여다보기는 한 거예요? 그랬어요, 안 그랬어요?" 그에게 고함을 질렀던 것은 거의 확실하게 기억난다. 그는 벨트를 매지 않은 더러운 청바지 엉덩이춤에 손을 얹고 얼굴이 붉어져서 서 있었다. 하지만 어깨만 으쓱했다.

"그따위로 말하지 마라!" 그의 얼굴에 틀림없이 떠올랐을 놀라움을 가려주었던 꾀죄죄한 턱수염과 콧수염이 어렴풋이 기억난다. "네 엄마는 땡전 한 푼 물지 않았어. 부탁을 들어주……."

"입 다물어, 이 한심한 놈아!" 어른을 공경하라는 가르침은 내가 생전 받아본 적이 없는 무언가였다. 나는 게이브의 머리에 굴레를 씌우고 울타리에서 그를 끌고 나오려고 나섰다. 사내에게는 거기 가만히 있으라는 눈빛을 쏘아 보냈다.

그는 머리를 절레절레 흔들더니 몸을 돌렸다.

할머니는 그렇게 하면 마음이 가라앉기라도 하는지 현관의 금이 간 난간에 손을 얹어놓고 있었다. "이런 세상에." 할머니는 어깨 뒤로 고개를 돌려 문 쪽으로 소리를 질렀다. "딘! 여기 좀 나와 봐라! 이런 세상에!"

내가 게이브에게 고삐를 채워서 트레일러 앞의 쇠사슬에 묶어둔 참이었다. 헛간에서 가져온 게이브의 용품 상자에서 브러시를 꺼내들면서 나는 울고 있었다.

할머니는 손을 뻗어 게이브의 길쭉한 머리를 쓸어내리면서 옳지, 얘야, 그래, 그래, 하고 웅얼거렸다. 그녀는 몸을 숙여 말의 코에 입을 맞추었는데, 콧구멍 사이에 입술 모양의 빨간 립스틱 자국을 남겼다. 할머니는 말을 만지는 법을 알았고, 손가락은 게이브가 안심하도록 능숙하게 움직였다. 할머니는 펜실베이니아의 초원에서 자랐기 때문에 말이 없는 삶은 상상도 하지 못했다. 그녀가 말한 바에 따르면, 그녀는 걸음마를 떼자마자 버스터라는 이름의 말을 탔다고 했다. 후에 할머니는 할머니의 할아버지의 말이었던 벨을 탔다. 어른이 된 후에 할머니는 솔티와 베키와 캡틴이라는 말을 가졌다. 캡틴은 강철 같은 입을 가진 모르건 종의 말로서, 할머니가 할아버지더러 타라고 산 말인데, 할아버지는 그 말을 타는 데 끝내 성공하지 못했다. 나는 삼나무 궤에 고이 넣어둔 흑백사진에서 말고는 할머니가 말을 타는 모습을 한 번도 본 적이 없었다. 그렇다고 할머니가 말 타는 여자였음을 의심한 적 또한 한 번도 없었다.

"냉장고에서 당근 좀 내오너라. 화장대 아래서 샴푸랑 컨디셔너도 가져오고." 할머니가 게이브에게서 눈길을 떼지 않은 채로 말했다.

나는 트레일러로 들어가면서 아무런 말도 하지 않고 부엌에 있는 엄마를 지나쳤고, 욕실로 들어가서 할머니가 늘 쓰던 브렉 상표의 샴푸와 컨디셔너를 찾았다. 바깥에서 엄마의 우렁찬 고함소리에 이어 할머니의 새된 목소리가 들려왔고, 두 목소리는 몇 분간인가 이어졌다. 무슨 말인지는 귀 기울여 들을 필요도 없었다. 어조만으로도 알 수 있었기 때문이다. 그래서 나는 욕실에서 나가지 않고, 게이브를 고통 속에 내버려두다니 내가 얼마나 못돼먹은 인간인지 생각했다. 내가 유일하게 조건 없이 그저 좋아하는 것이 있다면 그것은 게이브였다. 나는 욕조 턱에 앉아서 주먹으로 허벅지를 내리쳤다. 하지만 아무리 내려친다고 한들 충분하다고 느껴질 만큼 내 자신을 다치게 하지는 못했다.

약간 시간이 흐르고 나서 통화하는 엄마 목소리를 들었던 것 같다. 그녀의 목소리는 살짝 떨렸고, 예의 그 당당하게 울리는 투는 없었다. 그녀는 우리의 편자공이자 부 보안관인 프레드에게 전화를 걸었던 것 같다. "도움이 필요해요."

태양이 수평선에 자취를 남기며 떠나갈 무렵에 프레드와 그의 남동생, 몇몇 비번의 부 보안관들이 와서 어느 트인 구역에다가 철조망을 쳤다. 트레일러 파크 옆의 3천 평쯤 되는 울타리 쳐진 땅이었다. 엄마가 토지 주인을 찾아가서 목초지에 세들게 해달라고 설득했고, 사람 좋은 프레드를 구슬려서 그가 쉬는 날에 울타리를 치도록 한 것이었다. 그는 다음 주말에 와서 건초 더미도 넣어두고 말이 몸을 쉴 수 있는 개방형 헛간을 세워주겠노라고 약속했고, 약속을 지켰다. 목초지를 빌릴 돈을 엄마가 어디서 마련해왔는지는 알 길이 없었다. 그때는 그런 문제들이 내 머릿속에 조금도 떠오르지 않았다. 나는 그저 일이 잘 풀리기를 원했고, 아무것도 묻지 않았다.

트레일러 바깥의 포장된 땅에서 할머니와 나는 할머니의 샴푸로 게이브를 목욕시켰고, 그의 털은 원래대로 반짝거리고 윤기가 흐르게 되었다. 할머니는 상처가 난 자리에 요오드를 발라주었고, 나는 말굽 바깥쪽으로 바셀린을 발라주었다. 목초지에 풀어놓는 말에게는 쓸데없는 짓이었지만, 말굽 하나하나 손으로 잡고 바셀린으로 마사지를 해주는 동안 내가 그를 아끼는 마음을 게이브가 알아주기를 바랐다.

물통과 여물통으로 쓸 빈 쓰레기통을 박박 닦고, 마당에서부터 목초지까지 호스를 끌어다가 채웠다. 게이브가 마침내 목초지에 들어가더니, 느긋하게 물통까지 걸어가서 한참 동안 물을 마셨다. 나는 기뻤다. 황혼이 붉게 퍼지다 못해 어두운 밤이 될 때까지 내내 창가에 앉아서 게이브를 바라보았다.

우리가 함께 보낸 그 모든 세월 중에서 게이브와 나에게 있었던 그날의 이미지는 마치 바로 지금 일어나는 일처럼 선명하다. 아마 그날이 나를 보호해주는 존재를 내가 보호할 수 없었던 시절의 첫 시작을 알리는 신호탄이 된 날이었기 때문일 것이다.

훗날 나는 운이 좋아 트레일러 파크에서 탈출했고, 처음에는 교환학생이 되었다가 그 후 대학에 갔다. 당시 스무 살도 한참 넘었던 게이브는 가까운 말 목장의 초원으로 옮겨갔다. 무성한 풀밭이 광활하게 펼쳐진 곳이었다.

하지만 한동안 시간이 흐르고 나서 우리 가족은 다시 쪼들렸다. 그리고 다시 게이브를 잘 보살피지 못하게 되었다. 나는 짧은 방학을 맞아 부활절에 인챈티드 힐스의 78번 구역으로 돌아가기 전까지 그 사실을 알지 못했다. 나는 게이브의 고삐를 찾느라고 헛간을 뒤졌다. 할머니는 대관절 그곳에서 무슨 짓이냐고 물었다.

"목장에 가서 내 늙은 친구를 따라잡아 볼까 하고요. 안장 없이 탈 거예요." 내가 할머니에게 말했다.

그러고는 할머니를 보는데, 입꼬리가 꼬집힌 듯 뒤틀려 있었다. "왜요? 뭐예요?"

"오, 새미." 나는 어릴 때 불리던 이름으로 나를 부르는 것을 보고, 할머니가 나쁜 소식을 전달할 참임을 직감했다.

할머니는 집수리에 들어가는 비용을 마련하려고 어린이 여름 캠프에 게이브를 팔았다고 했다. 나는 캠프의 장소를 물었다. 할머니는 신문을 살펴보아야겠다고 했고, 신문은 삼나무 궤짝에 묻혀 있었다. 나는 잠시 눈물바람을 하다가, 이제는 굽었을 게이브의 등에 올라타서 이리저리 몸을 통통거리고 있을 어린아이들의 행복한 얼굴을 상상했다. 건초를 잔뜩 먹어 불룩해진 배에 살이 더 붙어가고, 갈기는 심지어 더 텁수룩해져 있는 모습을 머릿속으로 그렸다.

그렇게 며칠이 지나고 한밤중에 잠에서 깼는데, 심장이 고동치고 가슴이 너무도 답답한 나머지 숨을 들이마실 수가 없었다. 근방에 열리는 어린이 캠프는 없었다. 설령 엄마와 할머니가 게이브를 어디 딴 곳에 보냈다고 해도, 어느 캠프가 늙을 대로 늙고 등이 굽은 거세 말을 가져간다는 말인가? 할머니는 그런 쪽으로 관심이 있을 말 구매자는 식용으로 구입할 부류밖에 없음을 알았을 터였다. 게이브는 텍사스의 도살장으로 갔을 것이다.

안 돼.

아니야, 아니야, 아니야.

그리고 또 다른 가능성이 떠올랐다. 게이브는 늙은 말들이 그러하듯이 그냥 죽은 것이라고, 할머니는 내가 속상해하는 걸 보고 싶지 않아서 이야기를 지어낸 것이라고 말이다. 솔직히 우리 집안에서 진실이란 그다지 통용되는 물건이 아니었다.

확실히 알려면 목장에 가서 묻는 것 말고 달리 길이 없었다. 할머니는 일단 한 가지 이야기를 고수하려고 마음먹으면 바꾸지 않는 사람이었으니까. 그래서 나는 다음 날 아침에 그곳에 가보기로 계획을 세웠다.

결국 나는 가지 않았다. 가든 말든 내가 얼마나 무기력한지 알았기 때문이다. 나는 학기마다 등록금이나마 마련하면 운이 좋다고 할 수 있던 일개의 대학생이었다. 게이브의 운명에는 세 가지 가능성이 있었는데, 하나는 내게 위안을 주었고 다른 하나는 슬프기는 마찬가지지만 받아들일 수는 있는 정도였고 마지막은 나로서는 도저히 대처할 길이 없는 비통함이었다. 그리하여 나는 알아내지 않는 편을 택하기로 했다. 알지 못한다는 사실은 시간이 흐르면서 나를 일종의 •연옥에 가두었다. 그리고 그곳에는 나의 잃어버린 가브리엘, 자비의 천사를 떠올리게 하는 하얀 말의 이미지가 있다.

• 죽은 사람의 영혼이 천국에 들어가기 전에 남은 죄를 씻기 위하여 불로써 단련받는 곳

Isha

아이샤

|

캐롤린 씨

　내가 존과 함께 처음 이곳 토팡가 캐넌의 작은 집으로 이사했을 때, 우리는 정말 말 그대로 이웃 하나 없는 딸랑 집 한 채의 외진 곳에서 생활했다. 그곳은 캐넌의 험준한 지역에 위치한 곳으로, 공기는 건조하고 대지는 바싹 말라붙은 전혀 반갑지 않은 곳이었다. 존은 처음 2주 동안에 거의 예닐곱 마리의 방울뱀을 죽였던 것으로 기억한다. 지하실에는 타란툴라가 점프하며 돌아다녔고, 전갈 정도는 우습게 볼 수 있는 곳이었다. 두 딸인 열여덟 살 리사와 여덟 살 클라라는 우리의 이 모든 계획에 대단히 회의적이었으며, 불쾌함을 감추지 않았다. 아마도 우리 모두 처음 2주 동안은 이게 과연 최선일까 고민했던 것으로 기억한다. 그때는 처음 우리가 가족으로 함께 어울려 살기 위해 노력했던 시기였다.

너구리, 주머니쥐는 기본이고 독이 없는 뱀 정도는 쉽게 눈에 띄는 그 집은 마치 원시시대부터 있었을 법한 초승달 지대 끝의 절벽 위에 자리 잡고 있었다. 집 뒤편은 정말 끝도 없이 아득했고, 앞쪽으로는 좁은 길이 나 있었다. 실제로 매일 밤 초승달 지대의 끝에서는 수십 마리의 코요테들이 모여서 길게 울어대는 장면을 연출했다. 바로 그 무리에 다른 동물이 섞여 있었다. 뭐라 딱히 품종을 규정하기가 힘들었는데, 아마도 반은 코요테고 반은 독일 셰퍼드인 듯 보이는 동물이었다. 앙상한 뼈가 그대로 드러났을 정도로 굶주렸고, 겁을 먹고 움츠린 모습으로 살금살금 돌아다니다가 우리가 자기를 보고 있다는 사실을 알아챌 때마다 재빨리 덤불속으로 미끄러지듯 도망치는 녀석이었다. 하지만 몇 주의 시간이 흐르면서 그 녀석은 아주 조금씩 우리에게 호의적인 모습을 보이기 시작했는데, 그것은 우리가 각자 몰래 그 녀석에게 먹을 것을 주었기 때문이다.

존은 그 녀석에게 미국의 문화 인류학자 알프레드 크로버의 작업을 통해 불멸의 존재로 남게 된 인디언 부족의 마지막 생존자 아이시의 여성 명사인 아이샤라는 이름을 붙여 주었다. 하지만 단연코 정말 지독히도 친해지기가 힘들었던 아이샤가 아이시보다는 훨씬 더 나은 대접을 받았다. 어쩌면 당연한 일일 것이다. 야생의 아이샤가 3월의 토끼처럼 날뛰는 것 말고, 달리 무엇을 할 수 있었겠는가. 존과 나는 아이샤의 관심을 끌기 위해 서로 경쟁하듯 노예처럼 비굴하게 노력했고, 아이를 다루듯 조곤조곤 말을 걸었으며, 아주 조심조심 접근해서 아이샤가 우리 손에 올려놓은 음식을 먹게끔 유도했다. 몇 주에 걸친 각고의 노력 끝에 처음으로 아이샤가 마음을 열었다. 그 후 아이샤를 구슬려 집 안으로 들이기까지는 다시 1년여의 시간이 걸렸다. 사람들은 자신의 애완동물을 사람처럼 인격화해서 대하곤 하는데, 난 그런 행동이 다소 못마땅해서 멸시감을 감추지 않

곤 했었다. 하지만 디바처럼 행동하는 아이샤의 모습을 보면 동물을 인
격화 아니, 신격화한다고 해서 조롱받을 일은 또 무엇인가 싶은 생각마저
들었다. 아이샤는 감정이 상한 듯한 표정을 짓는 것의 대가였다. 존의 곁
으로 다가갈 때마다 매번 움찔하며 다소 겁을 집어먹은 표정이었지만, 존
이 덩치에 어울리지 않게 어르고 달래는 목소리를 내기 시작하면, 이내
마음을 쉽게 내어주곤 했다. 존이 말했다. "아마도 어렸을 때 학대받았다
거나 상처받은 기억이 남아 있는 것 같아." 하지만 누가 진상을 알 수 있
겠는가? 아이샤는 이미 우리를 만나기 훨씬 이전부터 코요테 무리들과
야생의 험한 삶을 헤쳐 나가는 생활을 해왔다. 아이샤와 우리가 서로를
탐색하던 그 일 년의 시간 동안 녀석은 우리가 내어 준 음식의 일부만 먹
고 나머지는 구석에 숨겨두곤 했다. 안락한 인간의 입장과는 달리 먹이가
부족한 야생의 입장에서는 익숙한 일이었으리라.

　그리고 마침내 아이샤가 집 안으로 들어왔다. 하지만 우리 집은 높고
좁은 3층 건물이었다. 거실은 주방에서 여덟 계단이나 위에 있었다. 아이
샤를 주방에서 거실까지 들이기 위해서 그 여덟 계단을 오르게 하는 일
이 어찌나 힘이 들던지. 우리 가족 모두가 아이샤를 사랑한다. 하지만 아
이샤가 가장 좋아하는 사람은 아이샤 만큼이나 오냐오냐 받들어 모셔야
하는 우리 딸 리사이다. 처음에 둘은 서로에게 아무런 관심도 없다는 표
정으로 일관했다. 그러던 어느 날 나와 존이 한 소파에서, 리사와 클라라
가 다른 소파에 앉아 텔레비전을 보고 있었는데 아이샤가 슬쩍 올라오
더니 리사의 무릎에 머리를 올려놓는 게 아닌가. 리사는 별 관심 없다는
듯 무심하게 아이샤의 콧잔등을(개의 눈과 코 사이의 그 부분을 지칭하는 더
적절한 단어는 정녕 없단 말인가?) 슬쩍 한 번 손가락으로 튕겨 때렸다. 아
이샤가 휙 하고 앞발을 흔들었을 뿐 계속해서 무릎 위에 누워 있는 자세

를 유지하자 리사는 그 행동을 좀 더 집요하게 반복적으로 계속했다. 누가 봤다면 동물학대라고 해도 딱히 반박할 말이 없는 상황이었음에도 불구하고 아이샤는 자신의 머리를 리사의 손 밑으로 들이대며 더 해달라는 표정이었다. 그 행동을 할 때마다 특정한 소리가 났는데, 마치 축하의 순간 터뜨리는 샴페인 병에서 코르크 마개가 빠져나오는 소리 같았다.

한번은 이런 적도 있었다. 아이샤가 소파에 앉아 있는 사이 나는 거실의 개털을 쓸어내려고 "아이샤, 엎드려"라고 몇 번을 반복해서 말했다. 그런 뒤 아이샤를 밀어내려고 몸에 손을 댔더니 순간 귀를 젖히고 이빨을 드러낸 채 으르렁거렸다. 그 모습은 보통의 개와는 거리가 멀었다. 아이샤는 리사와 소파에서 장난을 치는 개이기도 했지만 밤 10시가 되면 막다른 길 끝에서 울부짖는 코요테 무리와 같은 존재이기도 했다. 다만 반려동물로 사는 동안은 야생으로 돌아가 울부짖는 무리에 합류하는 것을 잠시 멈춘 것뿐이다. 그런 걸 깨닫는 순간 팔에 소름이 잔뜩 돋았다.

어느 날 이삿짐센터의 중국계 남자 직원이 거실에 놓을 안락의자를 배달하러 왔다. 앞서 말했듯 우리 집은 모두 3층으로 맨 밑이 주방이고, 그 위로 여덟 계단을 올라가면 거실, 다시 또 여덟 계단을 올라가면 침실이 나오는 구조였다. 안락의자는 정말 커다랗고 무거웠기에 존이 남자 직원을 도와서 겨우 주방에 있는 여덟 계단 앞까지 옮겼다. 이제 계단을 올라가야 했다. 존이 위에서 의자를 잡아당기는 역할이었고, 직원이 아래쪽에서 미는 역할이었다. 남자 직원의 근육은 팽팽하게 당겨지고, 다리는 부들부들 떨렸다. 그때 아이샤는 바깥에 있었고, 문은 열려 있었다. 나는 주방에서 지켜보고 있었는데, 갑자기 아이샤가 내 옆을 쏜살같이 스치고 달려가서 네 계단을 순식간에 올라서더니, 완전히 무방비 상태였던 직원의 사타구니를 물고 다시 번개처럼 나가버리는 어이없는 광경을 목격했다.

그 직원은 광기 어린 비명과 함께 바지를 벗으며 마치 거세라도 당한 것처럼 우당탕탕 난리법석을 떨었다. 존과 나는 너무도 당황스럽고 창피했다. 하지만 누가 봐도 집 안에서 키우는 애완견의 행동으로는 부적절한 이 사건으로 고소를 당하면 어쩌나 싶은 두려움이 가장 먼저 다가온 것도 사실이었다. 만약 피해 당사자가 고소를 할 경우, 인간에게 위해를 가한 동물에게 모종의 조치가 내려지는 것은 피할 수 없는 운명이기 때문이다. 하지만 그 불쌍한 사내는 자신의 소중한 신체에 아무런 탈도 나지 않았음을 확인한 뒤, 무척이나 슬픈 표정으로 이렇게 말했다. "아마 제가 중국계여서 그랬을 겁니다. 어떤 동물들은 동양인에게서 나는 냄새를 싫어하거든요. 이 일로 크게 문제를 삼는 일은 없을 테니, 너무 걱정하지 마세요." 우리는 입을 다물었다.

그렇다. 아이샤는 거칠었다. 야생에서 살다가 우리와 가족을 이루었기 때문에 예측 불가한 사나운 행동도 서슴지 않았다. 우리는 아이샤의 그런 행동을 그 후로도 계속해서 보게 되었다. 그 사건이 일어났던 즈음에, 아이샤에게는 우리 침대에 올라 와서 모닝 키스 세례를 퍼붓는다거나 리사의 머리를 앞발로 밀어서 넘어뜨린다거나 주차장으로 진입하는 우리 자동차를 향해 예의 모든 개들이 그러하듯 열광적으로 뛰고 쫓으며 반가워하는 등의 온갖 버릇이 생기기 시작했다. 아이샤에게 조금씩 자신의 영역과 고집이 생기기 시작하는 시기였다고 생각한다.

어느 날 우리는 언론 관련 일을 하는 많은 사람들을 초대해서 파티를 열었고, 초대받은 손님 중 한 명인 디그비 딜이라는 친구가 자신의 딸을 데리고 왔다. 딜런이라는 이름의 여자 아이는 무척이나 예쁘게 생긴 아이였지만 다소 고약하고 고집불통의 성격을 지닌 아이였다. 나는 럼 드링크에 넣을 레몬을 가져오기 위해 뒷마당으로 나갔고, 딜런이 나를 따라 나와서 아이샤에게 팔을 둘러 안았다. 아이샤가 귀를 쭈뼛 세우면서 다소 뻣뻣해진 상태로 움찔하는 게 보였다. 조그만 아이에 불과했던 딜런의 목은 딱 아이샤의 이빨에 닿는 위치였다. 난 이삿짐센터 직원의 일이 떠올랐고, 혹시라도 아이에게 무슨 일이 생기면 어떻게 하나 싶은 조바심이 들었다. 그래서 토팡가에서 방울뱀이 나타났을 때나 낼 법한 낮고 엄한 목소리로 딜런에게 만류의 의견을 전했다. "개는 그냥 풀어주고 이리 오렴." 물론 딜런은 내 말을 듣기는커녕 아이샤를 좀 더 힘주어 꽉 안았고, 아이샤는 소리를 내기 시작했다. "딜런, 개는 위험할 수도 있는 동물이란다. 아이샤에게서 손 떼고, 빨리 이쪽으로 와!" 고집불통의 꼬마 아이 딜런은 전혀 말을 들으려 하지 않았다. 그렇게 네다섯 차례의 만류가 이어졌는데, 아마 지금까지도 딜런은 자신이 얼마나 잔인한 죽음과 가까이 있었는지 상상도 못할 것이다.

여기서 질문이 나온다. 우리는 왜 아이샤와 함께하는 삶을 선택한 것일까? 우리가 아이샤를 너무도 사랑한다는 것이 이유일 것이다. 하지만 사랑한다는 그 말이, 사람들이 자신의 반려동물에 대해 이야기할 때 등장하는 그 '무조건적이고 헌신적인 사랑'에 대한 완벽한 대답에 미치지는 못할 것이다. 아이샤가 그저 재미삼아 이삿짐센터 직원의 사타구니를 물어뜯어 피를 철철 흘리는 사내가 응급실로 실려 가고, 아이샤는 입에 재갈이 물린 채로 끌려가서 안락사를 당하는 상상하기조차 끔찍한 일이 벌어질 수도 있었다. 아이샤가 야생의 생활에서 굶주림에 지쳐 자신의 새끼를 먹어치우지 않았으리라는 보장도 없다. 만약 그때 아이샤의 기분이 상해서 꼬마 딜런을 무는 일이 벌어지기라도 했다면 어떻게 됐을 것인가. 서로 이야기하지는 않지만, 우리는 아이샤가 깊은 밤에 홀로 일어나 상심에 의한 것이 아니라 야생의 본능에 충실하기 위해 울부짖을 수 있음을 잘 알고 있었다.

우리가 함께 이사 왔던 때를 뒤돌아보면 서로에게 예의를 지키는 것이 하루의 주된 일과이곤 했다. 어쩌면 야생과 반려동물로서의 삶 사이에서 분투하는 아이샤 덕분에 그런 시기를 참아낼 수 있었는지도 모른다.

아이샤와의 첫 만남 후 13년의 시간이 흘렀고, 아이샤는 지금 죽고 없다. 그간 우리 가족에게도 많은 변화가 생겼다. 리사는 결혼해서 서로를 진심으로 존중해주는 남편과 함께 예쁜 삶을 살고 있다. 아이도 생겼고 훌륭한 경력도 갖췄다. 귀여운 막내 클라라는 대학에 다닐 정도로 자랐고 크리스라는 멋진 남자친구도 생겼다. 그렇게 강하고 자신만만했던 존은 4년 전부터 몸이 많이 아파서 안쓰럽기 그지없는 인생을 힘겹게 살아가고 있다. 자주 현기증이 일고, 아주 천천히 걷고, 멍한 표정으로 앉아 있곤 한다.

자유분방하면서도 즐겁게 토팡가의 무더위를 즐기던 존의 행복했던 모습, 처음에는 하루 온종일 짜증과 불평만 늘어놓던 두 딸 리사와 클라라가 점차 누구보다도 여유롭고 멋진 모습으로 자연을 즐기는 아이로 성장할 수 있었던 그 운명 같던 행복의 중심에는 아이샤가 늘 함께했다. 정말이지 그때는 몰랐다. 언제나 늘 그곳에 있어 언제고 갈증을 풀어줄 것 같았던 샘물이 어느 한순간 사라져버릴 수도 있음을 조금도 상상하지 못했다.

존과 내가 몇 주 동안 호주로 여행을 갔던 적이 있었다. 존은 나중에 아이샤에게 인사하고 떠나려고 했다고 말했지만, 난 그런 생각도 없이 그냥 떠났다. 원래 일이라는 게 늘 그 자리에 그대로 잘 있다가도 그렇게 급작스럽게 터지곤 하는 법이다. 우리는 심지어 당시 크리스와 함께 집에서 아이샤를 봐주고 있던 클라라하고도 연락하지 않고 정신없이 호주에서 며칠을 보냈다. 그런데 어느 날 아침, 클라라와 크리스는 아이샤가 몸이 아픈 것을 발견했다. 둘은 아이샤의 기력회복을 위해서 다진 고기를 사러 마트에 잠깐 다녀왔다. 그날은 바깥 온도가 거의 섭씨 50도에 육박하는 날이었다. 아이샤는 그렇게 집 앞에서, 기념비적인 토팡가 사막의 무더위와 먼지 속에서 클라라의 품에 안긴 채 평화롭게 마지막을 맞이했다.

클라라와 크리스는 초승달 지대의 단단하게 마른 땅에 큰 구멍을 파고, 리사의 오래된 수의사 남자친구의 모포로 아이샤를 감싼 뒤 땅에 묻었다. 그 위에는 코요테들의 습격으로부터 아이샤의 시신을 보호하기 위해 평평하고 큰 돌을 올려놓았다. 그리고 리사에게 전화를 걸어 아이샤의 죽음을 알렸다. 얼마 후에 리사는 다시 전화를 걸었다. 수화기 너머로 리사가 물었다. "정말 아이샤가 죽은 거 확실해?" 그리고 몇 분 후에 다시 전화벨이 울렸다. 이번에는 크리스가 받았는데 리사가 내 흉내를 냈다. "리사 엄마야. 리사한테 전화했는데, 그게 다 무슨 소리니? 아이샤는 괜찮은 거지? 아무 일 없는 거지?" 그리고 마지막 전화는 농담으로 마무리됐다. "클라라, 엄마랑 존 아저씨가 겨우 며칠을 떠나 있었는데 이런 일이 생겨서 정말 가슴이 아프구나. 그런데 말이야, 너랑 네 남자친구가 땅을 파는 것을 보고 혹시 이웃 주민들이 경찰을 부르려고 하지는 않았을까?"

클라라는 힘겹게 숨을 토해내는 아이샤를 품에 안고, 리사가 어렸을 적 장난스레 톡톡 손가락으로 튕겨대던 아이샤의 매끄러운 콧잔등을 손가락으로 쓰다듬어주었다고 한다. 아이샤는 거기에 화답이라도 하듯 살짝 고개를 들어 클라라의 손을 핥아 준 후에, 힘없이 고개를 떨어뜨리고는 작별을 고했다고. 클라라가 목이 터져라 울음을 터뜨렸고, 클라라와 아이샤를 지켜보던 크리스의 눈망울에 눈물이 맺혔다.

안녕, 아이샤. 신의 축복이자 행복의 빛이었던 우리의 가족이며 친구였던 말썽꾸러기 강아지.

Calico

칼리코

멜리사 시스타로

화재에서뿐만 아니라 엄마를 잃고 오랫동안 외로워하던 날 구한 것은 바로 칼리코였다. 내가 매일 학교를 파하고 자갈이 깔린 길고 긴 농장의 진입로를 통해 집으로 걸어오게 한 것 또한 칼리코였다. 블랙베리 관목을 지나고 핑크색 타이 장미숲을 지나면 칼리코는 언제나 거기 그 자리에 있었다. 18년 동안 칼리코는 우리 커다란 노란색 집의 엄마 고양이였다. 23마리의 새끼를 낳았고, 근처 목초지에서 적어도 78마리의 들쥐와 새들과 도마뱀을 부지런히 잡아왔다. 가끔은 앨리게이터 도마뱀이나 거의 십여 마리에 달하는 꼬리 없는 들쥐도 있었다. 칼리코는 매일 부지런히 그 크고 빛나는 황금빛 검은 눈으로 우리를 돌보았다.

화재는 사고였다. 새벽 3시경이었는데, 칼리코가 내 침대 위로 올라와서 원래는 무엇인가를 잡아왔을 때 보란 듯이 질러대는 날카로운 야옹 소리를 내질렀다. 나는 소리가 너무 거슬려서 잠결에 손으로 칼리코를 침대 밖으로 쳐냈다. 이따금 녀석이 살아 있는 쥐를 잡아와서는 내 퀼트 이불 위에서 가지고 노는 경우도 있었기 때문이다.

하지만 그날 밤은 달랐다. 손으로 내쳤음에도 칼리코는 계속 코로 내 얼굴을 비비며 밀어댔다. 칼리코의 울음소리 너머로 창문 밖에서 나무가 갈라지며 무엇인가가 무너지는 파열음을 들었다. 깜짝 놀라서 몸을 일으켰는데 바로 내 침대 머리에서 불꽃이 일고 있는 것을 발견했다. 집에 불이 난 것이다.

나는 칼리코를 팔에 안고 계단을 향해 뛰면서, 아빠한테 일어나라고 외쳤다. 아빠도 허둥지둥 재빠르게 집 뒤편으로 뛰어갔고 정원에 딸린 호스를 연결해서 불을 잡아보려 애썼다. 불꽃은 내 침실 벽 외부에서 일어나서 두껍고 노란 페인트 벽을 새까맣게 그을려놓았다.

화재의 원인은 내 창문 밖에 쌓아둔 화학약품에 젖은 해진 천 더미였다. 소방대장이 아빠한테 어째서 그런 위험한 물건을 건물 가까이에 방치했으며, 집 안에 화재감지장치 하나 달지 않았냐고 꾸짖은 뒤 물었다. "이런 오래된 집이 완전 전소되기까지 얼마나 걸리는지 아세요?" 아빠는 고개를 저었다. "고작 24분이면 모든 게 다 사라져요."

나는 24분 안에 모든 것이 사라진다는 게 어떤 기분인지를 상상하려 애쓰다가 깨달았다. 불이 난 후 칼리코가 얼마나 재빨리 내 방으로 들어와서 나를 깨웠는지를.

칼리코 덕분에 그날 밤 우리 집은 화재로부터 사라지지 않았다. 우리 식구들의 생명도 무사했다. 단지 그날 밤만이 아니었다. 칼리코는 매번 나를 구해줬다. 내가 엄마에 대한 그리움이 컸던 이유는 엄마가 내 곁에 많이 있어주지 못했기 때문이었고, 나는 늘 언제 또 엄마를 볼 수 있을까 걱정과 두려움에 휩싸였다. 하지만 칼리코는 늘 내 곁에 있었다. 나한테 사랑받고자 했는지 그냥 갈색 벨벳 소파가 좋았던 것인지 모르지만, 어쨌든 내가 원했던 친밀함은 그런 것이었다.

칼리코가 가끔 경계를 완전히 늦추고 집 안 이곳저곳을 들쑤시듯 뛰어다니는 때가 있다. 커다란 두 눈에는 유령에라도 홀린 듯한 표정이 나타나고, 흥분해서 집 안 모든 방을 전속력으로 통과해서 질주한다. 이리저리 벽에 부딪치고 커피 테이블 위 책들을 발판 삼아 점프를 해서 바닥에 착지한 후, 미끄러지듯 할머니의 낡은 흔들의자 아래를 쏜살같이 통과하는 모습을 보여주기도 한다. 아무리 고양이라고 해도 저러다가 다치지는 않을까 싶은 어처구니없는 질주다. 나는 그런 칼리코의 행동에 웃음을 지었고, 엄마의 부재로 인해 내 안에 숨어 웅크리고만 있던 자아가 밝은 표정을 지으며 걸어 나오곤 했던 것이다.

칼리코에게는 특이한 습관이 있다. 매일 아침 내가 샤워하는 것을 지켜보는 것이다. 아빠가 커다란 와인통을 개조해서 꽤 근사한 욕실 테이블을 만들었는데, 칼리코는 매번 내가 샤워할 때마다 욕실 문을 밀고 들어와서 그 테이블 위에 앉아 나를 지켜보곤 한다. 샤워 부스에서 김이 모락모락 올라와서 욕실 전체를 메워도 칼리코는 눈도 깜빡하지 않고 가만히 앉아서 나를 지켜본다. 나는 점점 내 벗은 몸을 응시하는 시선을 의식하게 되었다. 사실 어색함이 조금도 없었다면 거짓말일 것이다. 그때 내 몸은 점점 성인이 되어가는 과정에 있었고, 칼리코는 마치 내 성징의 변화를 기록하는 다큐멘터리를 찍는 것 같았다. 아니면 다른 행성에서 인간의 몸에 대해 탐구하러 온 낯선 존재이거나.

칼리코는 유전적으로 좀 이상한 새끼들을 낳기도 했다. 매번 새끼를 낳을 때마다 꼬리가 뒤틀리거나 꼬이는 등 문제가 있는 새끼 두세 마리 정도가 반드시 있었으며, 어떨 때는 아예 꼬리가 없는 새끼들도 있었다. 오빠들과 나는 그 녀석들한테 꼬랑지 원, 꼬랑지 투, 꼬랑지 없는 토미와 같은 멍청한 이름을 붙여주며 놀기도 했다. 아빠는 계속해서 "내가 꼭 반드시 고쳐주고 말겠다"고 말했지만, 나와 오빠들을 키우느라 고양이에게 신경을 쓸 여유가 없었고, 칼리코는 또다시 배가 불러서 나타나곤 했다. 그렇게 생긴 새끼들이 분양이 가능할 만큼 크면 '고양이 무료 분양'이라고 쓴 종이 박스에 담아서 럭키 마켓에 가곤 했다. 난 사람들에게 고양이들의 꼬리가 얼마나 독특한지를 설명하면서 데리고 가지 않으면 당신만 후회라는 식으로 열을 올렸다. 꼬리 홍보는 꽤나 효과가 있어서 사람들은 신기한 꼬리를 가진 고양이라고 귀여워하며 데리고 갔다.

칼리코가 마지막으로 새끼를 낳은 곳은 내 방 이불 밑이었다. 집에는 나 말고 아무도 없었다. 필요한 공간을 충분히 주기 위해 나는 베개 위에 몸을 잔뜩 웅크리고 어미 고양이가 생명을 밀어내는 순간을 함께했다. 칼리코의 나직한 신음소리 뒤로 작은 새끼 고양이 소리가 들리기 시작했다. 퀼트 이불을 살짝 들어 올리니 뭔가에 잔뜩 젖은 검은색 새끼 고양이가 칼리코의 몸에서 나와 분홍색 이불 위에 안착했다. 나는 경이로운 눈빛으로 칼리코가 새끼를 핥아서 말리는 과정을 지켜봤다. 너무도 자연스럽게 새끼 고양이를 보호하는 모습이었다. 도대체 저런 것은 어떻게 배웠을까? 정말 궁금했다. 칼리코도 저렇게 의연하게 잘하는데 엄마는 나와 오빠들을 보살피는 것이 뭐가 그리도 힘들었을까? 나도 엄마가 될 수 있을까? 엄마가 없는데 엄마가 되는 방법은 누구한테 배워야 한단 말인가?

우리 엄마도 동물을 좋아했지만 다른 방식으로 좋아했다. 엄마는 동물을 수집한다고 하는 편이 더 어울렸다. 고양이, 닭, 양, 염소, 거위, 소 등 엄마는 뭐든지 동물이라면 잔뜩 모아서 데려다 놓곤 했다. 어느 해 여름에 우리는 털이 꼬불꼬불한 검은색 강아지를 공항 인근 주유소에서 데리고 온 적도 있었다. 하지만 위글리라고 이름 붙인 그 강아지는 그렇게 오래 살지 못했다. 엄마가 데려온 동물들은 사실 대부분 오래 살지 못했다. 사고가 나거나 아프거나 했는데 제때 수의사에게 데려가지 못해서 죽은 경우가 많았다.

열 살 때 여름, 난 엄마를 보러 워싱턴을 방문했다. 엄마는 워싱턴의 한 낙농장에서 180마리의 소와 함께 새 남자친구 로저 쇼트와 살고 있었다. 내가 송아지들이 있는 헛간에 가봐도 되냐고 물었을 때, 엄마는 뉴욕 타임스 크로스워드 퍼즐을 하고 있었다. 엄마는 고개를 끄덕거리며, 잘 둘러보면 닭들이 낳아놓은 계란을 찾을 수 있을 것이라고 말하곤 웃어주었다.

검은 반점이 있는 송아지들은 기다란 밥그릇에 코를 파묻고 사료를 먹고 있다가 그 크고 반짝이는 눈을 들어 나를 쳐다보았다. "로저는 송아지들이 엄마젖을 빨리 떼게 한단다." 얼마 전에 엄마가 했던 말이 떠올랐다. 나는 헛간을 좀 더 탐사해보기로 했다. 옥수수와 곡물 낟알이 잔뜩 쌓여 있는 헛간을 지나 몇 개의 비어 있는 마구간을 구경했고, 통로의 맨 끝에는 예술가들이나 쓸 법한 뚜껑이 달린 커다란 하얀색 들통이 놓여 있었다. 난 뚜껑을 열어서 속을 들여다보았다.

새끼 고양이들이었다. 새끼 고양이들이 넘치도록 쌓여 있었다. 난 내가 보고 있는 것이 진짜 고양이인지 아닌지도 확신이 들지 않았다. 깨끗한 하얀색, 갈색, 검은색, 오렌지색 털 등등. 살구색 피부의 폭신한 발바닥, 뻣뻣해진 꼬리, 조그만 핑크색 코와 투명한 낚싯줄 같은 수염.

나는 놀라서 뚜껑을 닫았다. 아마 십여 마리 이상의 고양이가 쌓여 있었던 것 같았다. 난 다른 들통도 열어보았다. 설마 모두 그런 통은 아니겠지 싶은 호기심이 이유였다. 하지만 역시였다. 온통 검은색, 오렌지색 줄무늬, 회색 줄무늬 등의 고양이 새끼들이었다. 감자칩처럼 얇고 솜털처럼 부드러운 삼각형 귀를 가진 고양이들……. 쳐다보지 않으려고 애를 썼으나 그럴 수 없었다. 칼리코와 꼭 닮은 고양이 새끼가 시체 더미 위에 놓여 있었기 때문이다. 눈은 감겨 있었지만 이상하게도 꼭 배가 움직이는 것만 같았다. 분명 아주 살짝 위아래로, 마치 깊은 잠에 빠지기라도 한 것처럼 살짝 움직이고 있었다. 나는 손으로 배를 만져서 살아 있는 것인지를 확인하고 싶었으나 너무 두려워서 그렇게 할 수 없었다.

젖은 풀로 가득한 언덕을 달려 문을 열어젖혔다. 엄마는 아직도 커피와 담배, 크로스워드 퍼즐이 놓인 테이블 앞에 앉아 있었다.

"하얀 들통에 왜 새끼 고양이들이 들어 있는 거죠?" 내가 물었다.

엄마는 마치 한창 고민하던 단어가 이제 막 생각이라도 난 듯 크로스워드 퍼즐을 들여다보았다.

"아, 그거." 엄마가 인상을 찌푸리며 말했다. "많이 놀랬니? 로저가 그렇게 한 거야."

난 다음에 이어질 말이 궁금해졌다.

"그런 것을 보게 해서 미안하구나. 여기 농장에서는 원래 그렇게 해. 고양이가 너무 많거든."

"너무 많다는 게 무슨 말이죠?" 내가 물었다.

"그 고양이들은 전부 도둑고양이들이란다. 근친교배로 엉망인 야생에서 사는 거친 고양이들이지. 진짜야. 그런 기형 고양이들이 수도 없이 많아. 눈 사이가 이상하게 벌어져 있고 가끔은 뒤틀려 있기도 해. 머리통이 큰 기형도 있어."

"근데 어쩌다 죽은 거죠?"

엄마가 커피 잔을 들고 주방으로 걸어 들어갔다. 아마도 내 질문에 답변을 하고 싶지 않았던 것이리라.

"로저가 사용한 것은 클로로포름이야." 엄마가 커피 잔에 설탕을 한 스푼 집어넣으며 말했다. "빠르고 고통 없이 가게 해주거든. 근데, 자동차 엔진오일도 효과가 좋다지."

나는 속이 온통 뒤집혀서 넘어오는 것 같았다. 다리에 힘이 빠져 제대로 서 있을 수도 없었다.

"엄마, 맨 위에 꼭 칼리코를 닮은 고양이가 숨을 쉬고 있었어요. 기형도 아니었어요, 칼리코처럼 예쁜 고양이였어요."

"전부 다 나쁜 고양이들이야." 엄마가 말했다. "그리고 살아 있다니, 네가 잘못 봤을 거야."

"정말이에요, 맨 위의 고양이는 숨을 쉬고 있었어요."

엄마가 휴지통 뚜껑을 닫으면서 말했다.

"숨을 쉬는 고양이는 있을 수 없단다, 내 말 알아듣겠니?"

난 엄마가 무서워지기 시작했다. 내가 얼마나 고양이를 좋아하는지 엄마는 알고 있었다. 난 엄마가 그 새끼 고양이들을 하얀색 들통 안에 집어넣는 모습을 상상하지 않으려 애썼다. 하지만 난 분명히 두 눈으로 똑똑히 봤다. 칼리코와 꼭 닮은 고양이가 있었다. 엄마가 그 고양이를 죽였다는 것을 알게 되어버렸다.

집으로 돌아왔을 때, 칼리코는 내 침대 위에 몸을 둥그렇게 말고 자고 있었다. 난 칼리코 옆에 앉아서 손가락으로 칼리코의 하얀 가슴 털을 매만졌다. 내가 있고 싶은 곳은 아무 데도 없었다. 더 이상 엄마한테 비밀을 털어놓을 수는 없겠지만, 칼리코에게는 가능하다. 칼리코는 가만히 내 말에 귀를 기울여준다. 칼리코는 꼭 나 같다. 칼리코는 비밀을 지켜준다.

시간이 지나면서 나는 칼리코에게 모든 것을 털어 놓았다. 8학년 때 술에 취했던 일, 주말에 어디에 갔는지에 대해 아빠한테 거짓말을 했던 일 등 내가 두려워하는 것, 부끄러워하는 것 모두를 털어놓았다. 그리고 나 역시 칼리코에 대해 다 안다고 생각했다. 난 칼리코를 꼼꼼하게 관찰했기 때문에, 녀석이 밤에 몰래 집으로 숨어 들어오는 비밀 통로가 어딘지 알고 있었다. 칼리코가 어떻게 소리도 없이 가만가만 걸음을 옮길 수 있는지도 알고 있었다.

내가 고등학교를 막 졸업했을 무렵, 갑자기 아빠의 경제 사정이 극도로 나빠지면서 우리 노란 집이 팔리게 되었다. 비싼 가재도구까지 포함해서 4시간 반 만에 집 안의 거의 모든 물품이 경매로 팔려나갔다. 아빠는 나에게 칼리코는 평생을 보낸 이 집에 그냥 남는 게 좋겠다고 설명했다. 칼리코에게 이 노란 집은 자신의 일부이자 모든 것이었으니까. 새 주인은 우리가 원할 때까지 칼리코를 맡아주며, 언제든 칼리코를 보러 와도 좋다는 '고양이 협약'에 동의했다. 하지만 우리 가족들은 마치 공중에 흩어지는 민들레 홀씨처럼 떠날 수밖에 없었다. 우리 중 누구도 우리가 어디로 가야 하는지 몰랐다. 눈에 띄게 움직임이 느려졌지만 그래도 아직까지는 바깥으로 돌며 사냥을 즐기는 칼리코가 머물기에 적당한 장소를 찾을만한 여유도 없었다.

난 정말 어쩔 수 없는 죄책감을 억누르며 칼리코를 노란 집에 놓아둘 수밖에 없었던 거다.

칼리코를 남겨 놓아야 한다는 아빠의 결정이 옳았다고 믿을 수밖에 없었다. 하지만 어떻게 칼리코를 두고 올 수가 있었지? 요즘 나는 그런 자문을 한다. 당시 나는 열여덟 살이었고 내 자신이 누구인지에 대해 끊임없이 고민을 하던 시기였다. 결국 고민 끝에 내가 내린 결론은 칼리코에게도 마지막을 보낼 수 있는 완벽한 장소가 필요하다는 것이었다. 무성한 풀이 자라나고 따스한 햇살과 도마뱀이 있는 장소.

아빠가 칼리코가 죽었다는 소식을 전했을 때 나는 로스앤젤레스에 살면서 UCLA를 다니고 있었다. 미술사 중간고사 시험에 한창 매진하던 무렵이라 소식을 듣고도 별다른 행동이나 조치를 취할 수가 없었다. 아마도 이미 너무 정신이 없어서 그런 소식이 한 겹 더 겹치는 것을 원치 않았을지도 모른다. 그 며칠만큼은 정말이지 칼리코를 생각할 여유를 찾을 수가 없었다. 하지만 나흘 후 아침, 잠에서 깼을 때 나는 하염없이 흘러나오는 눈물을 주체할 수가 없었다. 꿈을 꾸었던 것이다. 꿈속에서 나는 어렸을 때 내 방의 철제 침대에서 잠을 자고 있었다. 아침 햇살에 눈을 살짝 비비며, 밤새 바깥에서 사냥을 즐기다가 몰래 내 방에 들어와서 언제나처럼 내 어깨 근처에서 가르랑거리며 잠들어 있는 칼리코를 향해 손을 더듬거렸다. 하지만 칼리코가 없었다. 대신 내 손에 잡힌 것은 칼리코의 오래된 낡은 베이지색 목줄과 희미한 칼리코의 냄새였다. 그 순간 칼리코의 냄새가 온 방을 뒤덮으며 퍼져갔다. 나는 질식할 것 같은 목을 부여잡고 잠에서 깼다. 그렇게 울음을 터뜨린 후, 정말이지 두려우리만큼 간절하게 칼리코가 보고 싶었다.

그 순간까지 나는 칼리코를 두고 울어본 적이 없었다. 칼리코를 잃은 상실감은 내 몸 안에서 휴면을 하고 있었던 것이다. 내 어릴 적 가장 소중했던 친구가 내게 가르쳐줬던 것은 내가 항상 고양이 같았다는 것이다. 계단 끝에 앉아 가만히 얘기를 들어주는 관찰자이자 조용한 사색가인 고양이. 칼리코는 내가 두려움을 극복하도록 가르침을 주기도 했다. 어떤 상황에서도 야생에서 살아남는 칼리코를 보면 난 무서울 것이 없었다. 쥐꼬리와 도마뱀만으로 감사하는 칼리코를 보며 난 겸손을 배웠다. 햇살 가득한 창문틀에 앉아 하늘을 바라보는 칼리코는 평화로움의 상징이었다. 먹다 남은 시리얼용 우유만으로 고마워하는 칼리코를 보면 관대함이 무엇인지를 알 수 있었다.

동물이란 그렇게 우리에게 한결같은 위안을 안겨주는 존재인지도 모른다. 검은색 줄무늬 고양이 칼리코는 나에게 그렇게 한결같은 존재였다. 사람들에 대한 믿음은 사라질 수 있다. 사람들은 나를 떠났다. 하지만 칼리코는 18년 동안 한결같이 그 자리였다. 나는 칼리코가 인간의 몸을 연구하기 위해 지구에 온 다른 행성의 존재라고 믿었다. 칼리코는 늘 내 곁에 있어줬던 엄마 같은 존재였다. 비록 내가 칼리코가 없다는 슬픔을 내 몸 깊숙한 어딘가에 감추었지만, 칼리코는 기어이 표면으로 드러났고 지금 나는 이런 글을 쓰고 있다. 칼리코를 쓰다듬을 때 손바닥에 전해지던 척추뼈의 부드러운 굴곡의 느낌을 기억한다. 칼리코는 떠났지만 나는 칼리코를 잊을 수 없다. 내가 잊으려고 해도 칼리코는 내 안에 늘 그렇게 남아 있는 존재였고 지금도 앞으로도 나를 키운 9할의 힘으로 살아 있다. 내가 배워야 할 모든 것은 칼리코로부터 배웠다고 해도 결코 과언이 아닐 것이다.

Red the Pig
돼지 레드

메이 리 차이

농장에서 자랐다고 해서 아무것도 모르는 건 아니다. 나는 농장의 동물들이 애완용이 아니라 사람들의 먹을거리가 된다는 것쯤은 당연히 알고 있었다. 하지만 내가 돼지를 길렀던 그해, 내가 길렀던 돼지의 죽음에 그 사실이 연결될 줄은 상상조차 못했다. 심지어 레드는 처음에는 내 돼지도 아니었다.

"돼지는 농장의 구세주라잖아요." 어느 날 남동생이 저녁 식사 자리에서 집요하게 주장을 펼쳤다. "돈을 만지고 싶다면 이제는 돼지를 기를 시기라고 다들 그렇게 말하잖아요?"

"우린 더 이상 동물이 필요 없어." 내가 말했다. 머릿속에서 농장에 있는 수백 마리의 산란용 닭, 두 마리의 홀스타인 종 소와 세 마리의 염소가

스쳐 지나갔다. 내 나이 열일곱 살이었고 게다가 고등학교의 마지막 해에 돼지우리에서 똥범벅이 될 시간 따위는 전혀 없었다.

동생이 거의 애원하다시피 말했다. "제발, 엄마, 제발요. 돼지를 키워요. 혼자서도 잘 클 때까지 먹여서 키웠다가, 나중에 팔면 좋지 않겠어요? 지미가 그런 것은 훤히 꿰고 있단 말이에요."

"지미가 그런 일을 할 리가 없지." 내가 반박했다.

"아냐, 당연히 할 거야! 약속했단 말이야. 기꺼이 나를 돕겠다고 했단 말이야. 제발, 엄마, 돼지 한 마리만 사요!"

엄마가 이마를 찌푸렸다. 우리는 동부에서 이곳으로 이사 와서 정착하는데 꽤 애를 먹었다. 아버지는 중국계였고, 엄마는 백인이었다. 이곳 마을 사람들은 이렇게 인종이 섞인 가족을 환영할 생각이 없었다. 어떤 때는 동생과 나를 앞에 두고 너희들은 악마의 자식이라고 말하기도 했다. 신은 애초에 인종이 섞이기를 원치 않았기 때문에 대륙별로 피부색을 달리 흩어놓은 거라고 훈계를 덧붙이며 말이다.

엄마는 동생이 지역사회에 적응할 수 있는 방법을 찾기 위해 다양한 노력을 기울였다. 하지만 얼마나 많은 토지와 농장을 소유하고 있느냐, 몇 마리의 소를 키우고 있느냐로 남자의 모습과 지위가 결정되는 사회에서 동생은 쉽사리 적응하지 못했다. 또한 부러 입 밖으로 내지는 않아도 누구나 느낄 수 있는 머리색과 눈동자 색깔에 따른 차별은 생각보다 큰 장애였다.

아버지는 교사직을 그만두고 사우스다코타의 이 작은 마을에서 컨설턴트 일을 하셨다. 다른 지역으로의 여행이 끊이지 않는 직업이었다. 따라서 우리는 아버지가 어디에 있는지 모를 때가 많았다. 반면 마을의 다른 아이들은 자라면서 아버지가 어디에 계신지를 정확하게 알았다. 농장에 있는지, 헛간에 있는지 마을 술집에 있는지 아니면 다른 곳을 떠돌고 있는지. 이 또한 우리의 장애였다.

이런 이유로 우리는 동물들과 함께 자라게 되었다. 어떤 동물을 선택하고 몇 마리를 추가할지 등의 결정은 전적으로 엄마의 몫이었다.

"그래, 내가 한번 알아보마." 마침내 엄마가 입을 열었다.

동생은 내게 의기양양한 승리의 미소를 지어 보였다.

그해 8월, 우리가 새롭게 들인 돼지가 드디어 새끼를 낳았다.

동생과 지미가 직접 새끼 돼지를 받았다. 동생이 끈적끈적한 새끼 돼지들의 얼굴과 몸을 깨끗하게 닦아서 엄마 돼지가 젖을 물릴 수 있도록 가까이 데려다 놓기도 했다. 돼지는 모두 11마리의 새끼를 낳았다. 생각했던 것보다 많은 수였다.

"꽤 짭짤한 수익이 될 거야." 지미가 흐뭇한 미소를 지었다.

나는 힘없는 새끼 돼지들이 엄마 젖을 물기 위해 바둥거리는 것을 지켜보았다. 8월의 열기에다가 엄마 돼지가 따뜻한 몸으로 품어주고 있었지만 새끼들은 꽤나 추워 보였다. 돼지우리는 어미와 새끼들이 겨우 들어갈 정도의 크기밖에 되지 않아서, 새끼들은 뒤집어지거나 뒤엉키거나 혹은 어딘가에 걸려 넘어지곤 했다. 힝힝거리는 콧소리를 내며 눈이 거의 붙어 있다시피한 상태로 철퍼덕 하고 자빠지고 뒹굴었다. 절박하고 안쓰러운 상황이었는데도 어쩐지 난 그 상황이 귀엽고 앙증맞아 웃음이 났다.

"자, 누나, 안아봐." 동생이 나에게 새끼 돼지 한 마리를 건네줬다.

따뜻한 몸을 연신 꾸물거리는 돼지는 체구가 내 손보다 조금 더 길었고 생각했던 것보다 훨씬 무거워서 가만히 안고 있기가 힘들었다.

"아주 귀여운걸." 내가 말했다.

동생은 출산 때 팔에 묻은 피를 씻으러 갔다.

다음 날 새벽, 나는 평소대로 동생과 함께 아침 농장 일을 하러 헛간으로 향했다. 8월의 가장 좋은 점은 일하기에는 충분히 밝으면서도 7월의 무더위가 한층 꺾인 아침 날씨를 맞이할 수 있다는 것이다. 아마도 머지않아 이 정도 시간이면 점점 선선해지면서 냉기가 느껴지고 곧이어 살을 에는 추위가 들이닥칠 것이다. 하지만 늦여름은 일 년 중 가장 완벽한 시간이다. 그 완벽한 8월의 아침, 동생의 헛간으로 향하는 발걸음이 비로소 난생처음으로 가볍고 행복해 보였다.

돼지들은 엄마한테 달라붙어 서로 경쟁이라도 하듯 젖을 물고 있었는데 갑자기 엄마 돼지가 일어섰다. 거의 200킬로그램에 육박하는 돼지의 행동이 상상 이상으로 잽쌌다. 젖을 물고 있던 새끼들이 그대로 바닥으로 후드득 떨어졌고, 엄마 돼지는 커다란 귀를 팔랑거리며 머리를 뒤흔든 후 옹기종기 모여 있는 새끼 돼지들을 뒤로 한 채 성큼성큼 헛간을 가로질러 똥을 싸면서 애처롭게 울어댔다. 그때 우리는 두 눈으로 똑똑히 보았다. 세 마리의 새끼 돼지들이 콘크리트 바닥에 납작하게 눌려 있었다. 지난밤에 엄마 돼지의 육중한 몸에 짓눌린 게 틀림없었다.

"세상에."

"아마도 새끼들이 저기 있는 줄 몰랐을 거야. 돼지우리가 너무 작아서 한쪽에서 젖을 물 수가 없었던 게지." 나의 반응에 동생이 건조하면서도 나지막한, 마치 그런 일에 익숙한 농부라도 된 것 마냥 말했다. 하지만 목소리에 슬픔이 배어 있는 것을 알 수 있었다. 나와 달리 동생은 동물을 진심으로 사랑하는 사람이었으니까. 동생이 삽을 들면서 말했다. "고통 없이 바로 죽었을 거야."

나는 동생이 죽은 새끼 돼지들을 삽으로 뜨는 장면을 보고 싶지 않아서 닭들에게 물을 주러 가는 양 등을 돌리면서 말했다. "그랬겠네."

하지만 더 큰 문제는 그날 오후에 일어났다.

엄마 돼지에게서 젖이 나오지 않았다. 수의사에게 데리고 갔는데 유방염 진단이 나왔고, 수의사가 주사기와 옥시토신을 주며 효능이 있을 거라고 했지만 아니었다. 이틀 후에도 엄마 돼지는 조금의 차도도 보이지 않았다. 새끼 돼지들이 시간이 갈수록 야위어가는 게 눈에 띄었다. 가엾게 꽤액꽤액하는 소리를 내면서 우는 것 같았다. 몇 마리는 일어서려고 노력했으나 매번 고꾸라졌다. 아직은 쇠약한 다리가 머리를 지탱할 힘이 없었기 때문이다.

오후 3시경에 수의사가 농장으로 왔다. 사태는 생각했던 것보다 심각했다. 수의사는 동생에게 돼지를 어디서 샀는지 물은 후에 바로 알았다는 듯 고개를 끄덕거렸다. 엄마 돼지는 난치성 유방염을 앓고 있다고 했다. 그 말인즉 정상적으로 새끼 돼지들에게 젖을 물릴 수 없는 상태라는 말이었다.

엄마와 나는 읍내 가게에 나가서 초콜릿 향이 가미된 돼지 분유를 몇 통씩 샀다. 커다란 플라스틱 통과 고무젖꼭지를 사는 것도 잊지 않았다. 동생과 내가 가루를 물에 타서 우유를 만들었다. 하지만 대부분의 새끼 돼지들이 고무젖꼭지로 우유를 물고 빨기에는 이미 너무 허약해진 상태였다. 우리는 헛간 바닥에 앉아서 새끼 돼지들을 무릎에 눕힌 후, 우유를 혀 밑으로 떨어뜨려주면서 마셔보라고 돼지들을 다독거렸다.

그 주의 마지막 날 새끼 돼지들은 네 마리를 빼고 모두 죽어버렸다. 우리는 수의사 진료비랑 값을 지불하기 위해 엄마 돼지를 팔 수밖에 없었다. 동생은 생각지도 못했던 초과 비용 때문에 단단히 속이 상해 울상을 지었다. 자칭 돼지 전문가라 했던 지미도 갑자기 집에서 지렁이 키우는 일을 해야 한다며 발을 뺐다. 엎친 데 덮친 격으로 동생은 밤낮을 새끼 돼

지들이 죽지 않도록 돌보느라 피곤했던지 몸살이 나서 침대에서 일어나
지도 못하는 신세가 되었다.

동생이 나한테 간곡하게 사정을 하면서 새끼 돼지들을 돌봐달라고 했
다. 동생 방은 내 방 바로 앞이어서 쉰 목소리로 부탁을 하는 그 아이를
외면하기도 힘들었다. "제발, 누나, 애들을 죽게 내버려두지 마."

그렇게 난 새끼 돼지들의 보호자가 된 것이다.

닭이나 소나 염소 등 농장의 동물들에게 물을 주었던 솜씨도 있었거니
와 몇 번 우유를 타서 먹인 경험이 있었기 때문에 난 금세 새끼 돼지들을
돌보는 것에 익숙해졌다. 농장 바닥에 앉아서 돼지들을 무릎에 올려놓았
다. 그러자 서로 머리를 들이밀며 먼저 먹겠다고 싸우는 녀석들을 보면서
한 번에 두 마리에게 우유를 먹이는 것에 도전하기도 했다. 양손으로 새
끼 돼지들에게 우유를 먹이다가 한 녀석이 물고 있던 고무젖꼭지를 놓치
거나 아님 먹는 중에 재채기라도 하는 양이면 온몸이 온통 우유로 난장
판이 되는 때도 흔했다.

난 생명체에게 호감이 생겨나는 것이 꺼림칙했다. 새끼 돼지들은 너무
연약한 존재였다. 젖을 빨다 엄마 돼지에 깔려 죽어버린 나머지 일곱 마
리의 새끼 돼지들이 그 사실을 증명했다. 그래서 난 이름을 붙여주는 대
신 돼지들을 레드, 점박이, 핑키, 핑크 레이디(이건 영화 『그리스』에서 따왔
다) 같은 색깔로 명명하기로 했다. 이건 이름이 아니니까 정 주고 마음 주
는 일하고는 어느 정도 거리를 둘 수 있을 것이라고 스스로를 납득시켰
다. 어차피 내 돼지도 아니고, 난 이 녀석들한테 정을 붙일 생각 따위는
애초부터 없었다.

네 녀석 중에서 레드가 가장 빨리 자랐다. 얼마 지나지 않아 나름 훌쩍
커버린 레드는 내가 자기를 안고 있는 것을 싫어했다. 발버둥쳐서 내려주

면 온전히 네 다리로 떡하니 서 있었다. 후루룩 소리를 내며 우유를 받아 마셨고, 딸꾹질을 하며 귀를 파닥거리며 성큼성큼 걷기까지 했다.

나는 졸업앨범 사진을 레드와 찍겠다고 엄마에게 부탁했다. 당연히 레드는 포즈를 잡으려고 하지 않았다. 계속해서 꽥꽥대며 내 팔 안에서 빠져나오려 용을 썼다. 꼭 커다란 태평양 연어라도 안고 있는 느낌이었다. 그래도 엄마가 꽤나 근사한 사진을 찍어주었다. 나는 얼굴에 미소를 띠고 있었고, 레드에게도 초점이 잘 맞춰져 있었고 빳빳하게 선 레드의 양 귀는 내 옷 수술과 꽤나 근사하게 잘 어울렸다.

그해 가을부터 돼지들은 온전히 내 책임이 되었다. 동생은 몸살로 고생을 한 뒤부터 괜스레 우울증이 더 심해지는 듯했다. 돼지들은 동생과 지미가 예상했던 것보다 돈이 많이 들었다. 농장의 구세주라기보다는 돈을 흡수하는 스펀지에 가까웠다. 그 후 동생은 더 이상 헛간에 오지 않았고, 대신 밖에서 소들을 방목지로 몰고 다니는 일이나 울타리를 점검하고 송아지들을 돌보는 일을 했다.

돼지가 개보다 영리하다는 말이 있다. 하지만 돼지를 키우게 되면서부터 돼지와 개를 평면적으로 비교하는 것 자체가 잘못된 것이라는 생각이 들었다. 돼지와 개는 완전히 다르다. 이 네 마리의 돼지들은 각각 독특한 취향이 있었고, 저마다 세계와 반응하고 호흡하는 모습이 제각각이었다. 물론 나를 대하는 태도 역시 저마다 달랐다. 그들을 개와 비교한다는 것 자체가 돼지들의 고유한 성격을 일반화시키는 단순화의 오류라는 생각이 들었다.

예를 들자면 이런 차이다. 개들은 심심하면 소리를 내서 짖거나 사람에게 다가와서 손을 툭툭 건들며 관심을 끌려고 한다. 하지만 돼지들은 심심해서 놀고 싶을 때, 동물이나 사람 그 누구의 관심도 필요로 하지 않고 그저 혼자서 논다.

어느 일요일 나는 교회에 다녀온 후 엄마와 함께 점심을 준비하고 있었는데, 바깥에서 아주 기이한 소리가 들려왔다. 마치 거위 떼들이 몰려다니는 소리 같았다. "돼지가 밖에 나왔다!" 엄마가 창밖을 바라보며 외쳤다.

정말로 돼지들이 헛간을 빠져 나와 막강한 코로 흙을 파헤치면서 잔디밭을 가로지르고 있었다. 몇 분 지나지 않아서, 합심한 돼지들은 50센티미터도 넘는 구덩이를 파놓았다.

나는 재빨리 웃옷을 걸쳐 입고 밖으로 뛰어나갔다.

"돼지들아! 돼지들아!" 나는 큰 소리로 외쳐대며, 그 순간 돼지들에게 이름을 지어주지 않은 것은 좋은 생각이 아니었다 싶은 생각이 들었다. 정말 누가 보면 돼지 멱따는 소리가 어떻게 사람에게서 나올 수 있을까 싶을 정도로 커다란 소리로 고래고래 소리를 질러댔다.

레드가 고개를 들었다. 귀를 팔랑거리며 내게로 다가왔다. 주둥이를 갖다 대며 내 청바지를 완전히 진흙 범벅으로 만들더니, 행복해 죽겠다는 듯 다시 몸을 돌려 잔디밭을 망치러 돌진했다.

나는 헛간으로 가서 양동이 안에 옥수수를 가득 채웠다. 그러고는 양동이 안의 옥수수를 퍼서 흩뿌리며 외쳤다. "옥수수! 맛있는 옥수수, 냠냠!" 나는 돼지들을 옥수수로 유혹해서 헛간으로 다시 들여보내는 작전을 성공시키기 위해 최선을 다해 노력했다. 조금씩 뒷걸음질을 치면서 리더인 레드가 옥수수로 냄새를 맡되 먹지는 못하게 했다. 레드가 헛간으로 향하기 시작한 후 다른 돼지들도 레드를 따라 헛간으로 발길을 돌렸다. 적어도 이 부분에서 돼지들에 대한 편견 하나는 사실로 드러났다. 돼지는 정말 먹을 것을 밝히는 동물이다.

그즈음 농장에 눈이 내리면서 체감 온도가 영하권으로 떨어졌고, 돼지들은 더 이상 바깥으로 나가려 들지 않았다. 그래도 놀이는 계속됐다. 돼지들은 헛간 안에서 밥을 후다닥 먹어 치우고, 빈 양철 밥그릇을 마치 하키 퍽처럼 콘크리트 바닥에서 코로 치고 밀며 놀았다. 너무도 빨리 몸무게가 불어난 돼지들이라 주의를 기울이지 않고 방심하면 그 육중한 몸무게에 깔리는 불상사가 발생할 수도 있을 지경이었다. 레드는 끊임없이 나를 자신들의 게임에 동참시키려고 갖은 노력을 했다. 레드가 밀어 던진 밥그릇에 부딪쳐 한 달 이상 내 다리는 멍들지 않은 날이 없었다. 그때 이후 나는 돼지들이 헛간 하키를 하는 동안에는 거리를 두고 떨어져 있어야 함을 배웠다.

나는 소에게 먹일 자주개자리 건초 더미가 있는 헛간 위에 사다리를 타고 올라가는 것을 좋아했는데, 그 위에서 다리를 달랑달랑 흔들며 돼지들을 쳐다보면 기분이 무척 즐거워졌다. 위에서 보면 돼지들은 꼭 조그만 고래들처럼 생겼다. 나란히 줄지어 있는 돼지들을 보면 꼬투리 안의 완두콩 형제들처럼 보이기도 했다.

동물들에게 먹이를 주면서 드는 생각인데, 나를 진짜로 알아보는 동물은 돼지가 유일했던 것 같다. 레드는 나한테 몸을 비비는 것을 참 좋아했다. 내가 먹을 것과 물을 가져다 주면 레드는 정말 좋아하고 고마워하는 것 같았다. 심지어는 우리 가족 중 누구도 그런 고마움을 표현한 적은 없었다.

엄마는 열심히 일을 하는 사람은 하느님이 다 알고 계시니 천국에서 보상을 해준다고 말했다. 난 엄마를 좋아하는 편이지만, 그래도 그런 말은 고된 노동에 전혀 위로가 되지 않았다. 농장 일은 정말 힘들었고 나는 피곤에 절어 밤낮으로 등과 허리가 아프지 않은 적이 없었다.

하지만 신선한 물을 가져다 주러 헛간 문을 열 때마다 돼지들은 정말 기쁜 얼굴로 날 반겨주었다. 돼지들은 내가 삽으로 똥을 한가득씩 들어내서 헛간 바깥으로 치우는 모습을 보면서도 좋아하는 것 같았다. 날 무슨 행동이 굼뜬 웨이터라도 바라보는 듯하는 닭이나 소와는 달리, 돼지들은 내 얼굴 가까이까지 코를 들이밀며 궂은 날씨에도 자신들에게 먹이를 주러 온 행동을 진심으로 고맙게 여기는 것 같았다.

2월경에 돼지들은 내 엉덩이까지 자랐고 몸무게도 아주 육중해졌다. 옥수수를 주러 가서 돼지들이 일제히 내게 다가올 때 이제는 무섭다는 생각이 들기도 했다. 좋아서 달려드는 레드지만 잘못해서 넘어지기라도 하면 그대로 눌려버릴 수도 있었다. 엄마 돼지가 새끼 돼지들을 눌러서 죽음에 이르게 했듯, 이 녀석들이 떼로 지나다니는 길에 넘어지기라도 하면 정말 큰일이 날 것이다.

그날 밤 저녁 식사 시간에 나는 동생에게 슬픈 목소리로 이제 돼지들을 전문 돼지 농장에 팔 때가 온 것 같다고 얘기했다. "자랄 만큼 자랐어. 키가 내 엉덩이까지 온다고."

"그렇게 빨리 자랄 리가 없는데."

하지만 다음날 아침 헛간에서 돼지들을 직접 눈으로 확인한 동생은 깜짝 놀라며 말했다. "세상에, 어떻게 이렇게 빨리 클 수가 있지?"

"벌써 6개월이 지났잖아."

"이번 주말에 지미한테 농장으로 오라고 해야겠어. 지미네 픽업트럭을 이용해서 돼지들을 시장에다 팔아야지. 어떻게 파는지는 지미가 잘 알고 있을 거야."

그 주 토요일에 지미는 오후가 다 지나가는 느지막한 시간에 나타났다. 헛간에 트럭을 바짝 댔다가는 차바퀴가 진창에 빠지게 될 거라며 멀찌감치 주차하고선, 트럭까지 돼지들을 몰고 올 것을 요구했다.

"돼지는 그렇게 하는 게 아냐." 내가 말했다.

지미는 여자애가 돼지에 대해 뭐 아는 게 있다고 그런 말을 하느냐는 식으로 콧방귀를 뀌며 웃어댔다. 동생도 같이 웃었다. 여자인 누나보다는 친구가 더 필요하겠지 싶어 화를 내지는 않았다.

내 손으로 돼지들을 몰고 싶지 않았다. 따지고 보면 내 돼지도 아니지 않은가. 나는 등을 돌려 눈 덮인 길을 따라 헛간으로 향하기 시작했다.

그때 살짝 열린 헛간 문 사이로 돼지들이 꿱꿱거리는 소리가 들렸다. 소리가 점점 더 커졌다. 마치 지미와 동생에게 욕이라도 퍼붓는 소리 같았다.

나는 헛간을 향해 뛰기 시작했다. 돼지들이 헛간을 빠져 나와 숲을 향해 걷기 시작하더니, 이내 눈으로 덮인 농장 여기저기를 뛰어다니기 시작했다. 하지만 절대로 픽업트럭 쪽으로 향하지는 않았다.

"안 돼!" 내가 소리쳤다. "저러다 감기에 걸리면 큰일이라고!"

지미의 얼굴에 씁쓸한 웃음이 번졌다. 뭔가 사태가 잘못될 때마다 드러나는 웃음이었다.

난 헛간으로 돌아가 양동이에 옥수수를 가득 채워서 가지고 나왔다. 레드가 바로 헛간으로 되돌아왔다. 레드의 본능이 옳았으리라. 그 뒤로 점박이와 핑크 레이디가 레드 뒤를 따랐다.

하지만 핑키가 보이지 않았다. 동생과 나는 한참 후에 핑키를 헛간 뒤에서 찾았다. 핑키는 몸 여기저기에 눈이 묻어 있었고 숨소리가 가빴으며 눈은 풀어져 있었다. 심지어는 양동이에 든 옥수수에 코를 들이밀지도 않았다. 나는 핑키 옆에 무릎을 꿇고 앉았다. "괜찮아, 괜찮아." 내가 말했다. 난 손으로 옥수수를 한주먹 쥐어서 핑키에게 가져다댔다.

"돼지들은 이런 날씨면 폐렴에 걸릴 수도 있단 말야." 화가 머리끝까지 치솟은 내가 말했다. "지미는 바보, 머저리야."

"맞아." 동생이 인정한다는 듯 슬프게 말했다.

"네가 가서 트럭을 몰고 와서 받침대를 설치해. 그러면 내가 돼지들을 트럭에 올라가게 할게. 알겠지?"

"알았어." 동생은 터벅터벅 트럭을 향해 걸어갔다.

핑키는 진정이 좀 됐는지 옥수수 양동이에 코를 대고 냄새를 맡기 시작했고 이내 나를 따라 헛간으로 들어왔다.

다른 돼지들도 적잖이 동요하는 것 같았다. 레드는 앞뒤로 왔다 갔다를 분주하게 반복했다. 난 펌프에서 신선한 물을 받아서 돼지들에게 가져다 주었다.

바깥에서 픽업트럭이 자갈길을 밟는 소리가 들렸다. 돼지들도 이제는 동요를 가라앉히고 차분해졌다. 무서울 게 뭐가 있단 말인가. 돼지들과 나 그리고 맛있는 옥수수와 신선한 물이 있는데.

이제 녀석들을 트럭에 옮겨 타도록 해야 할 시간이다. 모종의 트릭을 생각해야 한다. 돼지들이 날 신뢰하게 해야 한다. 마지막으로 단 한 번!

레드는 헐떡거리며 물을 마시고 있었다. 확실히 운동과는 거리가 먼 레드가 눈밭에서 뛰어다니는 일이 수월하지는 않았을 것이다. 레드는 심하게 헐떡거렸다.

동생이 헛간 문을 두드렸다. 하지만 난 이미 틈새로 희미하게 새어 들어온 배기가스 냄새로 트럭이 문 앞에 도착했다는 사실을 알고 있었다.

나는 옥수수를 양동이에 하나 가득 더 채웠다.

"이 녀석들, 배 많이 고팠지?" 난 일부러 목소리를 가볍게 했다. 돼지를 달랠 수 있는 최고의 목소리가 필요했다. 레드가 나한테 걸어오더니 양동이에 코를 박고 옥수수를 먹기 시작했다. 돼지들의 가장 치명적인 약점이 바로 먹을 것에 약하다는 거 아니겠는가.

"자, 그럼 나가볼까." 난 이렇게 말하고 헛간 문을 열어젖혔다. 동생이 받침대를 아래로 내려놓은 상태였고, 난 옥수수 양동이를 들고 픽업트럭 화물칸 위로 레드를 유인하며 조심조심 뒷걸음질 쳐서 올라갔다. 아마도 레드는 이건 또 무슨 새로운 놀이일까 싶었을 것이다. 다른 이유가 있을 거라고는 생각지도 못했을 테니까.

레드의 뒤를 따라 다른 돼지들도 픽업트럭 위로 올라왔다. 돼지들이 다 올라간 것을 확인한 후, 동생이 트럭의 뒷문을 닫았고 나는 트럭에서 내려왔다.

"자, 이제 돼지들이랑 바이바이하라구. 곧 다 고깃덩이가 될 신세니 꿀꿀도 못할 것 아니겠어." 지미가 차에 오르며 말했다. "통통한 게 돈이 좀 되겠는걸."

"나쁜 자식." 나는 지미에게 참았던 욕을 한마디 뱉고 그대로 뒤돌아서 집으로 돌아갔다.

동생이 그날 저녁 아이오와 주 수시티의 가축 시장에서 돌아와서 말한 내용은 정말로 생각했던 것 이상이었다. 돼지들은 족히 100킬로그램 이상이 될 정도였고 동생은 중간 상인을 거치지 않고 직접 도축업자들에게 돼지들을 팔았다고 했다.

나는 주방 식탁에 앉아 있었다. 딱히 할 말이 없었다. 난 돼지들이 언젠가는 그렇게 죽을 운명이었다는 것을 알고 있었다. 고깃덩이에 불과하다는 지미의 말이 크게 틀린 말은 아니었다. 하지만 내가 직접 레드를 도살장으로 이끌었다는 사실은 그다지 유쾌하지 않았다. 그나마 다행이었다고 생각되는 점이 있다면, 머저리 같은 지미가 어설프게 돼지들을 눈밭에서 뒹굴고 걷고 뛰게 하다 넘어지고 다쳐 호흡곤란이나 심장마비로 힘들게 죽었을 수도 있었는데 내가 막아냈다는 것뿐이었다.

그 일이 있고난 후 농장일에 대해 거북해하거나 예민해하는 일 따위는 없어야 한다고 스스로에게 다짐했다. 명확하게 선을 긋고 시작했던 일인 만큼 잘해내야 한다고 다독였던 것이다. 하지만 방으로 들어가면서 나는 문을 세차게 닫고 울음을 터뜨렸다.

내가 옳은 일을 했다고 믿고 싶었다. 돼지들이 살아 있는 동안에 기쁨을 안겨주고 좋은 시간을 함께했다고 믿고 싶었다. 하지만 돼지들이 도살장에 도착하는 순간, 내가 그들을 배신했다고 생각하지 말라는 법은 없다. 돼지들이 나를 원망하고 탓했을까? 아니면 여전히 어디선가 내가 다시 나타나서 공포에 질린 자신들을 끔찍한 죽음으로부터 구해줄 거라 믿었을까?

그때 나는 알았다. 대학에 입학해서 집을 떠나게 되면 다시는 이 농장으로 돌아오지 못할 것이라는 사실을. 내가 진정 행복할 수 있는 곳을 찾게 될 것이었다. 내 일이 인정을 받고, 나의 가치를 공유할 수 있는 그런 곳을 찾게 될 것이었다. 나는 우리 가족들을 좋아하고 사랑했지만, 다시는 농장에서 살고 싶지는 않았으니까.

요요라는 이름의 종교

린지 글래스

학교 조회 시간. 치즈처럼 고린내가 나는 뜨듯한 양말들이 광을 낸 바닥 위에 열 지어 서 있다. 교장 선생님의 방침에 따라, 강당에 깔린 오래된 나무 바닥에는 까만 밑창이 달린 신발을 신고 들어와서 흠집을 내면 안 되었다. 바깥에는 조회가 끝나면 찾아가야 할 수백 켤레의 신발이 가지런히 정돈되어 놓여 있었다. 나는 한쪽 끈이 다른 쪽 끈보다 짧은 내 신발을 찾는 임무를 생각하는 것만으로도 손에 땀이 찼다.

안에서는 입들이 움직이며 목소리가 노래로 흘러나왔다. 허리는 꼿꼿이 펴고 눈들은 연단의 교사들을 향해 부릅떠져 있었다. 내 입술을 뺀 모든 아이들의 입술이 완벽한 동그라미 모양으로 벌어져 있었고 오직 내 입술만 꽉 다물려 있었다. 내 혀는 다른 아이들이 "예수님이 나를 사랑하심을 나는 알아요. 성경 말씀이지요"라고 노래할 때 단단히 굳어 있었다. 목소리는 한데 합쳐져서 이제는 더욱 커졌고, 눈들은 기쁨으로 반짝반짝 빛났다. 그래, 예수님은 그들의 구세주였다. 나를 뺀 모든 사람들의 구세주였다. 나는 몸집이 작고 어두운 색 머리카락을 가진 아이로, 나의 할머니 레아의 판박이였다. 솔직히 한 번도 그녀를 본 적은 없지만 그렇다는 얘기를 들었다. 할머니는 내 어머니를 낳다가 숨을 거두었다.

나는 동부 유럽의 한 유태인 촌에 살던 어떤 종족의 후예다. 레아는 나의 유태인 이름이자 유산이다. 그들의 자손들은 집단 학살을 피해 남아프리카공화국의 요하네스버그로 이주했다. 나는 유태인으로서 예수를 찬송하는 노래를 부를 수 없었으므로 입을 단단히 다물고 아무도 알아채지 않기만을 바랐다. 아브라함과 이삭과 모세가 저 위에서 나를 굽어보고 있는 마당인데 어쩌겠는가. "그래요, 예수님은 나를 사랑하십니다. 성경 말씀이 그렇지요!" 수백 개의 목소리가 마지막 코러스를 노래했지만 오직 나만은 침묵 속에 혼자였다.

청정한 강당으로부터 무리 지어 빠져나오면서 나는 또 한 번의 학교 조회에서 내 노래 비밀을 무사히 지켜냈구나 하고 안도했다. 나는 여덟 살이었고, 조회 시간은 앞으로도 수백 번은 더 올 것이었다. 하지만 그 문제는 생각하지 않으려고 애썼다. 신을 신고 짧은 쪽 끈을 엉성한 나비 모양으로 묶으면서, 우리 부모님은 왜 나와 여동생을 모든 친척 아이들이 다니는 킹 데이비드 학교에 보내지 않았는지 궁금했다. 하지만 우리 부모님은 그런 학교에 자식을 보내고 싶어하는 분들이 아니었다. 그분들은 유대교식 음식에만 엄격하고, 탈무드와 유대교 율법인 토라에는 까다롭게 굴지 않는 사람들이었다. 아버지의 믿음은 지상에 뿌리박고 있는 것들에 중심을 두고 있었다. 그는 정치에 대해서라면 독실함 그 자체였고, 담배를 하루에 두 갑씩 피우는 것에 관해서는 종교적 믿음을 뽐냈다. 그는 담배 없이는 살 수가 없는 사람이었다. 어머니는 화장대 앞에 앉았을 때만 신을 거론했다. "아이고, 신이시여. 속눈썹을 거꾸로 붙였네!" 예수를 입에 올리기도 했다. 대개는 테니스 코트에서였다. "예수 그리스도여, 저 샷을 놓치다니요!"

우리 집에 우리가 사막을 40년간 헤맨 히브리 혈통이라는 유일한 증거는 딱 한 가지밖에 없었다. 집으로 들어오는 문설주에 놓여 있는 메이즈자가 그것이었다. 토라의 첫 구절이 히브리어로 쓰인 양피지가 직사각형의 작은 상자 안에 담겨 있었다. 킹 데이비드 학교에 다니던 내 사촌 메를린이 말해준 것이다. 학교에서 그런 종류의 것을 배운다고 그녀는 뽐내면서 말했다. 나는 성긴 금발머리에 푸른 눈을 한 내 가장 친한 친구 메리 웨이트가 우리 집에 놀러오기라도 하면, 집 앞문을 서둘러 지나치게 하려고 안달을 했다. 문설주에 고대의 두루마리가 놓여 있는 것을 들키고 싶지 않았기 때문이다.

우리 집에서는 신을 놓고 논의를 벌인 적이 한 번도 없었다. 나는 예수라는 사람이 요하네스버그 아래쪽 교외의 파크뷰 주니어 학교의 교내 조회에서 자신을 찬양하는 노래를 부르지 않으려는 검은 머리의 어린 소녀와는 아마도 아무런 상관이 없을 것이라고 생각했다. 또한 영적인 문제에 있어서 나는 아무런 통제도 받지 않았다. 그래서 아버지가 담배 연기를 내뿜고 집 안에 퀴퀴한 자취를 남기며 세계의 시사 문제에 대해 열을 올리고, 어머니는 테니스 게임 후에 점심 식사 자리로 옮겨서 잔에 립스틱 자국을 남기고 강한 향수 냄새를 아버지의 담배 냄새와 뒤섞어놓는 동안 나는 토라 대신에 어떤 복슬복슬한 털 뭉치에 매달렸다.

나의 구세주는 다리 네 개에, 검은색과 오렌지색이 섞인 털에 커다란 초록색 눈을 하고 있었다. 이름은 요요였다. 이놈은 내가 알기로 세상에서 가장 큰 소리로 가르랑거리고, 가장 부드럽게 핥는 고양이였다. 복도 저편의 부모님 침실 문이 쾅 닫히면서 언성이 높아지고 새된 소리가 꽥꽥 흘러나올 때면, 나는 싸움이 끝나게 해달라며 저 위에 있는 누군가에게 기도를 올리는 행위 대신에 부드럽고 기다란 털을 가진 요요의 몸을 꼭 껴안았다. 내게 필요한 위안은 그것이면 족했다. 요요는 내 손아귀 아래서 조금도 꼼지락거리지 않았다. 그는 내가 필요한 위안을 받아가려면 자기가 어떻게 너그러워져야 하는지 아는 듯했다. 나는 새끼였던 요요를 2년 전에 어머니에게 옷을 지어주는 어떤 여인에게서 받았다. 재봉사의 고양이가 새끼 다섯 마리를 낳았고, 나는 한 치도 주저함 없이 요요를 골랐던 것이다. 커다란 초록색 눈은 곧바로 나의 공허를 따스한 물과 같은 느낌으로 채웠다. 나는 내 생에서 2년 반 동안 요요가 안겨다준 기쁨을 누렸다. 나는 그의 작고 따뜻한 몸에서 좋고 순수한 모든 것을 경험했으며 확고하고 무조건적인 사랑, 성스러운 사랑을 받았다.

여느 날과 다름없이 시작된 아침을 지나 그 어떤 날과도 다르게 끝난 어느 날, 조회 시간에 절대로 신고 들어가서는 안 되는 내 신발의 끈을 가지고 놀던 요요가 기억난다. 나는 요요의 분홍빛 코에 재빨리 입을 맞추며 말했다. "집에 오면 정원에서 놀자, 약속해." 우리는 그날 오후에 마지막 황금빛이 엷게 남은 연보랏빛으로 변할 때까지 놀았다. 내가 커다란 자두나무에 기어 올라갔고 요요가 야옹거리며 따라 올라왔다. 녀석은 이윽고 나무에서 미끄러져 내려갔다. 나는 나무의 시원한 가지에 그대로 앉아서 자두를 빨아먹었다. 육즙이 내 혀 위에서 달고 부드럽게 흘렀다. 그때 나뭇잎들을 뚫고 으르렁거리는 소리와 함께 끔찍하게 목이 졸린 듯한 야옹 소리가 들려왔다. 나는 잽싸게 앞으로 몸을 기울이고 시선을 그 무시무시한 소리가 들려오는 정원 맨 끝 쪽으로 옮겼다. 거기에서 일어나고 있는 충격적이고 끔찍한 장면이 시야에 들어왔을 때 나는 하마터면 고꾸라져 떨어질 뻔했다. 요요의 머리가 쇠사슬 펜스 너머로 잡아당겨지고 있었다. 반대편에는 내 사랑하는 고양이를 물어 맹렬하게 잡아끄는 옆집 개 모건이 있었다. "안 돼! 안 돼! 안 돼!" 나는 고래고래 고함을 질렀다. 새끼를 구하는 임무를 띤 어미 새라도 되는 양 날듯이 나무를 내려가서 잔디밭을 달음박질했다. 쇠사슬 울타리의 틈을 통해 모건이 요요를 놓아줄 때까지 걷어찼다. 모건의 입은 붉은색으로 흥건했다.

나는 축 늘어진 요요를 들어 안고서 잔디밭을 건넜다. 대기는 한결 시원해져 있었다. 빛은 자취 없이 사라졌다. 시간은 매우 느리게 흘렀고, 잔디밭을 가로지르는 여정은 끝이 나지 않을 것처럼 느껴졌다. 멍하고 추웠지만, 머릿속에는 내 고양이는 괜찮을 거라는 오로지 한 가지 생각뿐이었다.

나는 요요를 부엌 바닥에 눕히고 고양이 캔 사료의 뚜껑을 땄다. 손이 떨렸다. 입은 타들어가고, 맥박은 희망으로 내달렸다.

"먹어봐, 나아질 거야. 제발 몸을 일으켜봐, 요요!"

하지만 요요는 움직이지 않았다.

나는 애원했다. 난생처음으로 기도를 올렸다. "사랑하는 하느님, 제 고양이를 살려주세요. 열세 살이 되면 •바트미츠바를 올린다고 약속할게요. 이제부터는 제 이름을 레아라고 부를게요."

여전히 요요는 움직이지 않았다. 나는 다시 애원했다.

"예수님, 노래할게요. 약속해요. 친구들 중에서도 가장 커다란 목소리

• 열두 살에서 열네 살이 되는 유대교 소녀가 치르는 성인식

로, 가장 달콤한 목소리로 노래할게요."

역시나, 요요는 움직이지 않았다.

"제발 요요, 제발 부탁이야. 조금만이라도 먹어봐." 나는 고양이 밥을 손바닥에 올려놓고 피로 얼룩진 요요의 입에다 갖다 대었다.

유모인 넬리가 주방에 들어와서 내가 너무도 사랑했던 고양이 앞에 무릎을 꿇고 앉아 있는 나를 보았다. 사료 캔에 든 연어가 내 손에서 온통 뭉개져 있었다. "죽었어, 린." 그녀가 말했다. "이리 와봐." 그녀가 둥근 팔을 내게 벌렸고 나는 달려가 그녀의 품에 안겨서 흐느꼈다.

나는 요요를 옥수수가 높이 자라고 닭들이 자유로운 야생 상태로 돌아다니는 곳에 묻었다. 정원사인 토머스가 무덤을 팠고, 나는 벽장 안쪽 구석에서 내가 학교에 신고 다니는 신발이 담겨 있던 상자를 찾아냈다. 안에는 새 끈이 담겨 있었고, 나는 그것과 함께 요요를 묻어주었다. 요요가 그렇게 해주면 좋아할 것임을 알았다. 부모님은 새 고양이를 데려다주겠다고 했지만 나는 마다했다. 나에게는 고양이가 딱 한 마리밖에 없으며, 그 고양이는 어떤 고양이로도 대체될 수 없었다.

6개월이 흘렀다. 그렇지 않아도 작은 내 몸은 더 작아져 있었다. 옷은 헐렁헐렁했으며 잘 맞지 않아서 보기 흉했다. 그런 옷들은 더 발그레하고 팔팔한 아이에게나 어울릴 것이었다. 제대로 된 것이 아무것도 없다고 느껴졌고 무엇을 먹어도 맛있지가 않았는데, 밤에 잠자러 가는 것이 그중에서도 가장 힘겨웠다. 내 상처를 감싸줄 요요의 부드러운 털은 이제 없었다. 내가 가장 믿고 의지하던 것이 사라져버렸다.

아버지는 여전히 줄담배를 태우고 어머니는 늘 그렇듯 집 안팎을 계속 떠도는 동안 나는 요요가 지금쯤이면 어떤 모습일까 하는 생각에 끈질기게 매달렸다. 숨조차 쉬기 힘겨울 정도로 무더웠던 어느 날 오후에 나는 더 이상은 견딜 수 없는 지경이 되었고, 어둡고 시원한 석탄 창고에서 삽을 가져다가 알아보기로 했다. 깊이 파내려갈수록 머리카락은 떡이 졌고, 나의 사랑하는 고양이를 발굴하겠다는 일념으로 내 몸은 흠뻑 젖었다. 삽의 쇠 날이 마침내 내가 요요를 담은 마분지 상자를 치자, 나는 살며시 속삭였다. "요요, 내가 왔어." 하지만 상자를 열자 지독한 냄새가 코를 찌르는 바람에 위장이 다 출렁거렸고, 바싹 마른 목으로 쓴물이 넘어왔다. 안에는 뼛조각 몇 개와 털 다발이 들어 있었다. 구더기가 온데 돌아다녔으나, 내 안의 무언가가 계속 들여다보자고 속삭였다. 유해 주변의 흙은 빽빽하고 타르 같은 느낌이 났다. 그러니까 생명이 없는 형태로 바뀌어버린 것만 같았다. 하얀색의 작은 벌레들이 내가 그토록 자주 꼭 붙들고 있던 검은색과 오렌지색 털 사이로 스멀스멀 기어 다녔다. 그렇지만 나는 강렬한 악취의 충격을 가까스로 넘겼다. 토하지 말자고 마음을 다스렸다. 이곳에 있어야 했다. 나의 고양이와 함께 이곳에 있어야 했다. 잠시 후 불현듯 역겨움과 혐오감이 사라졌다. 평온이 내게로 내려앉았다. 나는 요요의 유해를 응시하며 뜰에 오래, 아주 오래 서 있었다. 용서를 모르는 태양이 어깨를 태워도, 삽을 들고 낑낑거리느라 머리가 지끈거리고 팔이 욱신거려도 상관없었다. 내 안에서 무언가가 열리는 동시에 닫히는 것이 느껴졌다. 나는 몸을 구부려서 부패해가는 흙을 맨손으로 그러쥐며 깨달았다. 그건 그냥 흙이었다.

이제 나는 묘지를 덮을 준비가 되었다. 삽질을 하는 사이에 나는 내가 덮고 있는 것이 뼈와 털일 뿐, 내가 사랑하던 그 고양이가 아님을 알게 되었다. 요요는 떠난 지 오래였다. 그가 한때 나에게 구세주였듯이, 요요는 그의 구세주와 함께하러 갔다. 이제 그들은 하나다.

그날 내 안의 무언가가 자리를 옮겼다. 나는 메리 웨이트가 메이즈자를 빨리 지나치게 하려고 현관에서 서두르는 짓은 더 이상 하지 않았다. 오히려 일부러 메이즈자를 보여주기까지 했다. "히브리의 두루마리가 안에 들어 있어." 나는 우리 신앙의 상징을 손으로 가리키며 친구에게 말했다. "있지, 우리는 유대교 집안이야." 그녀가 내 팔을 툭 쳤다. "바보, 그걸 누가 모를까봐. 알고 있었지. 우리 엄마가 네가 놀러오면 햄이나 베이컨을 절대 내놓지 않는 게 다 그 때문이라고."

그 다음 주에 열린 학교 조회에서 나는 입을 벌려 노래 불렀다. "그래요, 예수님은 나를 사랑합니다. 그래요, 예수님은 나를 사랑합니다. 그래요, 예수님은 나를 사랑합니다. 성경 말씀이 그러니까요." 내 목소리는 힘차고 분명했으며, 입은 완벽하게 동그라미 모양을 그렸다. 저 위 천국에 있는 존재들이 내게 화를 내지 않을 것임을 나는 알았다. 어떤 이름으로 불리건 간에 힘 있는 존재라면, 그런 것은 괜스레 걸고넘어지지 않을 것임을 깨달았다.

조회가 끝나고 한쪽 끈이 짧은 신발의 끈을 맸다. 내 이름이 린지거나 레아거나 하는 것은 더 이상 문제가 아니었다. 유대교 신자인지, 그리스도교 신자인지도 문제가 아니었다. 나는 내 안으로 요요가 북받쳐 오름을 느꼈다. 내가 처음으로 그에게 눈길을 주었을 때 느꼈던 따뜻한 물이 감싸는 느낌과 같은 것이었다. 그리고 우르르 몰려 나가는 아이들을 따라 환한 아침 태양 속으로 걸어 나갈 적에, 신과 아브라함과 이삭과 모세와 예수, 그리고 요요가 저 위에서 미소 지으며 나를 내려다보고 있었다.

Hope

호프

로빈 롬

지난밤에 신문에 광고를 내는 꿈을 꾸었다. "우리 개 머시를 맡아줄 새 집이 필요합니다." 야구 모자를 뒤로 돌려쓰고 배기 바지를 입은 꼬마 아이가 와서, 바보 같은 몸짓으로 요란스럽게 흔들었다. "당근이죠!" 아이가 랩을 하듯 말했다. "당근빳다캡숑! 난 개가 좋아요! 내가 뎃구 갈게요!" 머시를 그렇게 꼬마에게 건네주면 머시와 함께했던 그 모든 순간이 끝을 맞게 된다. 숲 속의 나뭇조각 같기도 하고 석유 같기도 했던 머시의 냄새, 머시의 둥근 이마와 강아지처럼 까만 머시의 예쁜 눈과도 영원한 작별이다. 하지만 내가 머시를 꼬마에게 건네주기 직전에 깜짝 놀라서 잠에서 깼다.

"정말 끔찍한 꿈이군." 남자친구인 돈이 말했다. 돈은 무척이나 유감스럽다는 듯 어떻게 그런 짓을 할 수 있냐며, 마치 내가 실제로 우리에게 기쁨과 행복을 안겨주었던 그 사랑스런 존재를 그저 오래된 물건 건네듯 잘 알지도 못하는 누군가에게 그냥 줘버린 한심한 사람으로 취급했다.

그 꿈의 시발점은 전날 밤 학회에서 일어났던 일이었다. 내 친구 짐이 학회에 와 있는 동안 키우던 개가 죽는 일이 발생한 것이다. 그의 딸이 아침 6시에 울면서 전화를 했다고 한다. "우리 개가 죽었어요." 짐은 계속해서 그 말만 했다. 사람들은 잠시 동안 머리를 숙이고 짐에게 위로의 눈길을 보냈다. 하지만 가까이 다가와서 짐의 손을 붙잡아준다거나, 안타까운 심정으로 동물을 잃은 아빠를 안아준다거나, 함께 눈물을 흘려주는 사람은 아무도 없었다. 난 우리 개 머시가 죽는 것을 상상해보았다. 갑자기 단말마의 격렬한 슬픔이 밀려왔다. 나는 짐에게 다가가 말했다. "정말 유감이에요. 제 개가 죽는다면, 저 또한 어떻게 해야 할지 모를 거예요." 그때 짐이 나를 보고 미소를 지었고, 난 정말 소름이 돋았다.

"당신들은 정말로 머시를 아끼고 사랑하는 것 같아요." 짐이 온갖 전등불로 가득 찬 컨벤션 센터의 엘리베이터를 타고 내려오면서 말했다.

"우린 아이가 없어요." 내가 말했다.

"그렇군요. 우리도 아이를 가지기 전에, 우리가 키우던 개들을 정말로 아끼고 사랑했죠."

아마도 그 꿈은 내 무의식 깊숙한 어느 언저리에서 그렇게 불쑥 튀어나온 것인지도 모르겠다. 내가 태어나기도 전에, 우리 부모님은 헝가리산 사냥개의 일종인 비즐라 종의 메이저라는 이름의 개를 키웠다. 아직도 부모님 집 냉장고에는 달릴 때 잔근육이 들썩이며, 붉은 벽돌색의 피부와 황금색 눈을 가진 메이저의 사진이 붙어 있다. 엄마는 수업을 마치고 오후에 집에 돌아오면 늘 메이저를 위해 공을 정원으로 던졌고, 메이저가 공을 물고 돌아오면 다시 던지는 그 놀이를 몇 번이고 반복했다. 아마 그 개도, 머시처럼 과거에 여기저기로, 브루클린에서 내쉬빌로, 다시 솔트레이크시티로, 또 다시 유진으로 이사를 다니는 상황에서 심적 고통을 겪었을지도 모른다. 메이저는 전속력으로 달렸다 공을 물고 돌아왔고, 다시 공을 향해 달렸다 공을 물고 돌아왔다. 그러다 이렇게 함께 놀아줘서 고맙다는 눈빛이 가득해지고, 숨이 차고 힘에 겨워 몸이 무거워져서야 비로소 엄마와 함께 갈색 벨벳 소파 속에 폭 파묻히곤 했다.

내가 태어난 이후 메이저의 삶은 완전히 바뀌었다. 두 살 때 내가 치리오스 시리얼 상자를 손에 쥐고 유아용 침대가 놓여 있던 방으로 뛰어 들어갔는데, 그때 침대 밑에서 자고 있던 메이저를 밟았고 깜짝 놀란 메이저가 순식간에 내 얼굴을 무는 사고가 발생한 것이다. 난 그 일에 대해 아무런 기억도 없지만, 어릴 적 사진 속 내 눈동자 밑에 밑줄을 그은듯 선명하게 나 있는 선홍색 흉터가 그 사고를 생생하게 입증하고 있다.

"그렇게 어려운 결정은 아니었단다." 엄마는 아주 담담하게 말했다. 부모님은 그날로 바로 메이저를 동물병원으로 데려가서 안락사를 시켰다고 한다.

하지만 난 어떻게 그게 가능했는지 정말로 궁금했다. 심지어 어린아이의 입장에서도 혹시 엄마가 인간으로서의 감정이 결핍된 것은 아닌지, 어려운 결정이 아니었다는 그 말이 진짜 감정에 근거해서 나온 말이었는지가 무척이나 의아했다. 어떻게 어렵지가 않을 수 있단 말인가? 그토록 오랜 시간 동안 자신들의 아이처럼 키웠던 개를 한순간에 죽음으로 몰아넣는 결정이 어떻게 충격적인 상처로 남지 않을 수 있단 말인가? 직접 대놓고 물어보지는 못했지만 나는 수의사가 약을 주사하는 그 순간에 엄마가 메이저의 곁을 지켜주었는지 궁금했다. 메이저는 이상한 잠으로 빠져드는 와중에도, 그 선하고 믿음직한 황금색 두 눈을 뜨고 엄마를 쳐다보고 있었을까?

어쩌면 내가 꾼 꿈은 학회에서의 일과 어린 시절의 기억이 혼재되어 나타난 결과일 수도 있다. 하지만 정말로 절대로 다시 생각하고 싶지 않은 일이다. 심지어 이 글을 쓰기 위해서 불가피하게 떠올리는 것마저도 속상하고 맘이 아프다. 그런 일은 그냥 무심코 내딛는 발 밑 보이지 않는 지층 아래의 화석처럼 존재감조차도 희미한 과거로 남았으면 할 뿐이다.

엄마는 9년간의 투병 끝에 돌아가셨다. 엄마가 돌아가시고 난 후, 나는 충격과 허탈감으로 일에 몸을 던지다시피 했다. 아침에는 글을 쓰고, 일주일에 여섯 번은 작문, 어휘력, 문학, 소설 창작, 회고록 쓰는 법을 가르치는 일을 했다. 단기간에 난 이 모든 열정을 책으로 묶어내는 데 성공했고, 뉴멕시코 산타페에서 교수 자리와 함께 안정적인 지위를 보장받게 되었다.

돌이켜 보면 한때 내 삶의 빛이었던 엄마를 잃고, 공전을 유지할 또 다른 견고한 중심을 찾기 위해 그토록 애를 썼던 것 같다. 아마도 그 노력의 결과가 산타페에서의 이 일일 것이다. 그래서 돈과 나는 가진 것 모두를 헐값에 팔아치우고 이삿짐 트럭에 짐을 실은 뒤, 차에 머시를 태우고 새로운 삶을 찾기 위해 떠났던 것이다.

하지만 산타페는 내가 상상했던 것과는 천지 차이였다. 그곳은 완전한 대재앙이었다.

우리는 서둘러 아담한 집을 렌트했다. 도시에서 북쪽으로 떨어진 언덕에 위치한 헛간을 개조한 집이었다. 주인 여자는 행동이 대단히 느린 영혼 치료사였고, 나중에 안 사실이지만 그 집은 수년 전에 주인 여자를 버리고 떠난 남자가 대충 지은 집이었다. 우리는 산타페에 대해 아는 것이 아무것도 없는 이방인이었기에 그 헛간 건물이 급경사지 아래 우묵한 흙 더미 위에 지어진 곳이라는 걸 전혀 알 도리가 없었다. 바꿔 말하면, 그 헛간은 견고한 지반 위에 좋은 전망을 갖춘 주인 여자의 집 아래 배수로 에 지어진 것과 다름없었다. 우리는 집을 렌트하기 전에 집 안 구석구석 을 살펴보면서 벌레가 들어오지는 않는지, 비나 눈, 찬 바람, 더운 바람, 먼지가 들어오는 틈이 없는지 살펴보는 꼼꼼함을 전혀 갖추지 못했다. 여 기저기 구멍이 나 있는 집을 따뜻하게 유지하는 데 필요한 프로판 가스 사용료가 얼마나 나오는지, 골조가 그대로 드러난 천장이 그런 온열 방식 에 적합한 것인지 등을 물을 생각은 아예 하지도 않았다.

산타페에서의 첫 주에 우기가 찾아왔다. 엄청난 빗방울이 이 조잡한 헛간 건물을 강타했고 흙먼지를 동반한 갈색 빗물이 집 안으로 들어왔다. 빗물은 문 밑을 통해서도 들어왔고, 통풍구와 침대 위의 난로 연통을 타 고 들어와 바닥에 떨어졌다. 석판 타일 바닥에는 물이 흥건하게 고였다. 그리고 비를 피해 쉴 곳을 찾는 벌레들이 들이닥쳤다. 야구공 크기의 거 미, 분홍색을 띤 전갈, 서빙 스푼만 한 지네가 들이닥쳤다. 하수구가 막히 고 물은 점점 핏빛 토사를 뱉어 내면서 넘쳐흘렀으며 화장실, 싱크대, 세 면대 등 배수구가 딸린 모든 곳이 차례차례 막혀버렸다. 한밤중에 세탁기 가 고장 나서 멈췄을 때에는 물이 발목 높이까지 차올랐다. 난 머시를 깨 워서 안전하게 내 옆으로 옮겨왔다. 그리고 우리는 래프팅이라도 하는 양 물이 찰랑거리는 바닥을 내려다보았다. 뿐만 아니다. 이것 역시 나중에 알게 되었지만, 그 집 히터에서는 일산화탄소가 배출되었다고 한다. 역설 적이게도 우리는 집 안 곳곳의 구멍과 틈 때문에 목숨을 건질 수 있었던 셈이다. 다시 이사를 하기엔 너무도 진이 빠진 우리는 그저 집세를 깎아 달라고 요구했다. 그랬더니 주인 여자는 대뜸 우리가 "집에 맞지 않는다"

고 말하며 계약 종료를 선언했다.

그 즈음, 우리를 그곳까지 오게 했던 직장이 없던 일이 되어버렸다. 먼저 대학에서 일방적으로 취소를 통보해왔다. 자기들도 지금 압박 때문에 직원들을 정리해고하고 있다는 이유였다. 그 후 대학이 좀 위태위태해지는 것 같더니, 결국 일 년 반 정도가 지난 시점에서 문을 닫고 말았다. 이런 얘기를 이곳에 늘어놓는 이유는 내가 얼마나 전도유망한 위치에 있다가 무방비로 취약점을 드러내며 실패를 맛보게 되었는가를 전하기 위해서이다. 그래야 이 글을 읽는 누군가가 그 조그맣고 하얗고 까만 강아지가 나타난 그날이 내게 어떤 의미였는지 알 수 있을 것 같아서 말이다. 그 녀석은 다운타운에 우리가 새로 빌린 집에서 조금 떨어진 곳에 있는 다 허물어져 가는 아도비 벽돌 가옥 앞의 쓰레기 더미 끝에 서 있었다. 눈은 윤기가 넘치는 검은색이었고, 코는 돼지코처럼 생긴 모양에 군데군데 분홍색 반점이 섞인 다소 독특한 모습이었다. 체형은 닥스훈트 같았지만 머리 부분은 테리어 종 같아 보였다. 녀석의 다리는 휘어 있었고 발은 꼭 오리발 같았으며, 비누를 하나 올려놓아도 떨어지지 않을 것 같은 툭 튀어나온 아래턱을 지니고 있었다.

동네 아이들이 자기 집 마당에서 놀고 있었다.

"너네 집 개니?" 아이들에게 물었다. 아이들은 고개를 저었다.

"집 없는·개 같아요." 장난감 총을 가지고 놀던 꼬마 아이가 말했다. "여기서 저러고 다닌 지 며칠은 된 것 같아요." 그 녀석은 개 목걸이도 없었고, 갈비뼈 자국이 보일 정도로 야윈 상태였다.

나는 머뭇거리며 녀석한테 다가가지 못했다. 잽싸게 도망쳐버린다거나 물리기라도 할까 두려웠다. 조그마한 여자 아이가 긴 머리를 어깨 너머로 휙 젖히더니, 내 엉덩이에 살짝 손을 갖다 대었다. "갖고 싶어요?"

여자 아이가 말했다. 난 무슨 말을 해야 할지 몰랐지만 이내 내가 너무 심각하게 생각하고 있다는 사실을 깨달았다. 여자 아이가 무릎을 꿇고 바닥에 앉더니 무릎을 두드리면서 강아지에게 말했다. "이리 와." 강아지가 폴짝 하고 뛰어 왔고, 그 아이는 강아지를 안아 올려 내게 건네주었다.

사람들은 사랑을 화학작용으로 묘사한다. 두뇌가 작동을 멈추고 심장이 움직이기 시작하며, 당신이 원하는 것이라고는 사랑하는 사람의 향취뿐이다. 꼭 족제비처럼 귀엽게 생긴 이 조그마한 강아지가 내 품에 안겨 쉬고 있다. 궁금증이 가득한 눈망울로 나를 쳐다본다. 꽃잎처럼 조그만 분홍색 혀가 나온다. 예고도 없이 내게 키스 세례를 퍼붓는다.

"뭐 하는 거야?" 돈이 다시 물었다. 돈은 길 건너편에서 으르렁대기 시작하는 머시를 데리고 서 있었다.

"여기 그냥 이렇게 놔둘 수는 없잖아." 내가 말했다. 돈을 어떻게 설득해야 할까? 돈의 얼굴에 곤란하다는 표정이 역력했다. 작은 길 하나를 사이에 두고 난 마치 마법의 주문에라도 걸린 듯 어딘지도 모르는 비현실의 세계 속에 있었고, 반대편의 돈은 여전히 현실 그 자체에 속해 있었다.

"귀엽긴 한데, 로빈, 아마도 주인이 있는 강아지일 거야." 강아지가 앞발을 내 어깨에 올리고 좀 더 자세히 봐달라는 듯한 자세를 취했다. 난 강아지의 머리를 품 안으로 잡아당겼다. 돈이 휴대전화를 꺼내 동물보호소에 전화를 걸려고 했다.

내가 무언가에 홀린 듯 말했다. "하룻밤만 같이 있으면 안 될까?"

"로빈, 길거리에서 발견한 개잖아. 보호소에 데려다 줘야지. 그래야 주인이 찾아갈 수 있지 않겠어? 게다가 여긴 이렇게 덥잖아." 그 녀석을 땡볕의 거리에 놔두기에는 그곳의 열기가 너무 뜨거웠다.

결국 난 강아지를 수건으로 감싸 안고 차에 탔다. 동물보호소까지 가는 길은 상당히 멀었다. 강아지는 내 넓적다리 위에 몸을 펴고 누워서, 앞다리는 무릎 아래에서 달랑거리는 채로 잠이 들었다. 울퉁불퉁한 길에 접어들면서 강아지가 잠에서 깼고, 내 발 밑으로 기어 내려가서 발가락을 핥아대기 시작했다. 졸린 눈으로 몇 차례 나를 쳐다보는 녀석의 눈망울에는 한없는 고마움과 신뢰가 담겨 있었다.

동물보호소에 도착했을 때, 난 그 녀석을 건네줄 수가 없었다. 어떤 여자가 자기 남자친구를 물었다는 이유로 커다란 로트와이어 잡종견을 보호소 직원에게 인계하고 있었다. 내 품에 안겨 있던 강아지는 팔에 목을 얹은 채, 경계심과 호기심을 동시에 드러내고 있었다.

"로빈, 잘 생각해 봐." 돈이 말했다. "새끼니까 분명히 누군가가 와서 찾아갈 거고, 만약 찾아가지 않더라도 빠른 시간 안에 좋은 곳에 입양이 될 거야. 내가 개를 좋아하는 걸 잘 알잖아. 준비가 되면 그때 강아지를 입양해서 키우도록 하자."

하지만 돈의 아버지가 지병으로 위중하신 상태였기 때문에, 그도 정신이 없기는 매한가지였다. 무엇보다 난 기댈 곳이 필요했다. 그게 산타페이든 대학 교수직이든, 혹은 엄마나 다른 그 무엇일 수 없다면, 못생긴 얼굴에 툭 튀어나온 턱을 지닌 강아지라고 해도 상관없을 것 같았다. 내가 그 녀석을 구해주면 엄마가 돌아가셨을 때 머시가 내게 해준 것처럼, 그 녀석이 우리를 구해줄 것 같았다. 그러면 우린 하나가 될 수 있을 것 같았다.

우리는 유기동물 보고서를 작성하고 해야 할 일을 다 했지만, 알 수 없는 이유로 보호소에서는 강아지를 맡을 수가 없다고 대답했다. 나는 차를 타고 집으로 오는 내내 여전히 내 품에 있는 강아지 털에 코를 대고 신이 나 있었다. 돈은 어쩔 수 없다는 표정을 지으며 손을 뻗어 테리어를 닮은 강아지 턱을 쓰다듬어주었다.

비가 쏟아졌다. 커다란 사막의 하늘에 균열이라도 간 것처럼, 엄청난 빗방울이 우리 시야를 가렸다. 나는 모종의 계획을 세웠다. 일단 머시를 한 시간가량 산책을 시켜서 기운을 좀 빼놓은 다음, 강아지를 머시에게 소개시키기로 했다. 잘못될 게 뭐가 있겠는가? 이 강아지는 아주 상냥하고 사랑스러운 성격이고, 머시는 아주 똑똑한 성견이자 나의 가장 친한 동물친구이다. 엄마의 장례식장에서 하이힐을 신고 또각또각 소리를 내며 내게 말뿐인 거짓 위로를 건넸던 그 모든 사람들을 나와 함께 지켜봤던 개가 바로 머시였다. 머시는 이전까지는 아무것도 물어뜯지 않았다. 심지어는 이갈이를 할 때도 신발이나 전선, 소파며 가구, 그 어떤 것도 절대 건드리지 않았던 개가 머시였다. 하지만 단 한 번, 엄마가 죽고 난 후에 침실 벽을 물고 갉아 놓은 일이 있었다. 아마도 이런 말을 전하고 싶었던 것 같다. "여기서 나가야 해요. 이렇게 침대에만 누워 있으면 안 돼요!"

머시는 나의 개다. 은유의 제왕이자 가장 커다란 사랑이고, 나침반도 없이 걷는 산 속에서 환하게 빛나는 별과도 같다. 이런 머시와 그토록 순하고 착한 강아지가 만나면 서로를 잘 이해할 것은 당연하다고 생각했다. 이제 둘이 힘을 합쳐 여기저기 말도 안 되게 곳곳을 어지럽히겠지만 그만큼 나를 따르고 위로해주는 동물친구들의 사랑 역시 두 배로 커질 것임이 분명하다 믿었다.

내가 머시와 함께 산책에서 돌아왔을 때, 강아지는 문 앞에서 우리를 기다리고 있었다. 나는 그 작은 하얀색 몸뚱이를 보지도 못했지만, 내가 미처 저지하기도 전에, 머시가 짖어대며 달려들더니 강아지를 벽에 몰아세워서 으르렁거리며 물려고 했다. 불쌍한 강아지는 마치 도축 직전의 돼지처럼 계속해서 낑낑거리는 소리를 내며 땅에 몸을 바짝 붙인 채 움직이지 못했다. 돈이 뛰어나왔다. "안 돼, 머시 안 돼, 저리 가!" 돈과 내가 소리를 질러댔다. 우리는 무슨 일이라도 벌어질까 겁을 먹은 상태였고, 돈이 머시를 멀찌감치 잡아끌어 둘 사이를 떼어놨다. 긴장을 했는지 강아지의 목 주위 털이 바짝 서 있는 상태였고, 반짝거리던 두 눈에서는 생기가 사라졌다. 작은 꼬마 강아지는 내 다리 사이로 숨었고, 까만 두 눈에는 어쩔 수 없는 공포가 어려 있었다. 몇 시간 동안이나, 우리는 두 개들과 함께 현관 차양 밑에 앉아서 비가 내리는 것을 지켜보았고, 녀석들은 긴장된 모습으로 서로를 경계하듯 마주 보고 훔쳐보는 것을 반복했다. 그러다 우리가 팽팽하게 잡고 있던 머시의 목줄을 조금이라도 느슨하게 풀어주면, 머시는 강아지를 향해 달려들려고 했다. 돈이 걱정스런 표정으로 말했다. "아까도 말했지만 이건 잘될 것 같지 않아."

우리한테는 아직 강아지 집이 없어서, 나는 내 사무 공간이 있는 거실의 접이식 소파에서 강아지와 함께 밤을 보냈다. 강아지는 내가 어디를 가더라도 그림자처럼 나를 졸졸 따라다녔다. 내가 아주 조그마한 목소리로 말을 걸어도 매번 꼬리를 아주 격하게 흔들면서 응대했다. "여기서 살고 싶어?" 꼬리를 흔들었다. "이 소파가 맘에 들어?" 또 꼬리를 흔들었다. "이게 진실된 사랑일까?" 아주 격렬하게 꼬리를 흔들었다. 내가 잠을 자기 위해서 다리를 뻗고 몸을 뉘었더니, 녀석도 침대로 뛰어올라 내 옆에 몸을 쭈욱 뻗고 눕고는 그대로 멈춰버린 듯 잠을 잤다. 옆으로 누운 내 가슴 쪽에 온기가 전해져왔고, 난 그 상태에서 강아지의 이름을 호프, 스프라우트, 데본느 중에서 뭘로 지을까 고민했다. 머시도 처음에는 우리 집 고양이들을 향해 달려들어서 무척이나 힘겨웠다. 짖고 으르렁대는 것쯤이야, 이번에도 곧 지나갈 거야. 그래, 호프로 정했어, 호프는 곧 우리 가족이 될 거야.

아침이 밝았고 호프는 분홍색 혀를 거의 턱 밑까지 내 놓은 채 빙글빙글 한자리를 돌고 있었다. 나는 치즈로 유혹해서 목줄을 매고 걷는 것을 비롯해 몇 가지 필수 기술을 가르쳤다. 호프는 무언가를 달성해서 칭찬을 받으면 꽤나 긍지를 느끼는 것 같았다. 원래 성질이 좋은 강아지이긴 했지만, 어쨌거나 호프가 선택한 사람은 나다. 머시와는 달리 이 녀석은 누구라도 다가오는 사람 모두에게는 배를 드러내고 발라당 눕는 모습을 보였는데, 나는 아마도 그것이 자신을 선택해줘서 고맙다는 기쁨을 표현하는 방식이 아닐까 생각했다.

그렇게 난 그 녀석에게 홀랑 빠져버렸다. 내 인생이 허물어지려는 바로 그 순간, 이 녀석이 내게 제 모습을 기적처럼 보여준 것이라는 생각이 들었다. 너무도 소중한 강아지였다. 절대로 놓치고 싶지 않았다.

하지만 머시와의 문제가 계속되었다. 내가 어떻게 달래고 얼러도 머시는 호프가 옆으로 오기만 하면 몸속 깊은 곳에서 치밀어 오르는 살기 어린 분노를 담은 채, 눈을 치켜뜨고 계속해서 으르렁대기만 했다.

동물보호소에서 근무하는 친구가 도움을 주기 위해 집으로 방문했다. 울타리가 없는 동네의 리틀 야구장에서 두 시간에 걸친 두 개들의 어색한 관계 개선 노력은 결국 또다시 머시가 사납게 이빨을 드러내 보이며 으르렁대는 것으로 끝이 났다. 친구가 말했다. "머시가 호프를 조금도 좋아하지 않아." 나는 강아지 전문 훈련사에게 전화를 걸어 이 상황을 문의했다. 돌아온 대답은 충격적이었다. "머시는 자기 영역 안에 들어온 침입자를 먹잇감으로 생각하고 있습니다. 호프가 물려 죽는 큰 사고가 벌어지기 전에, 다른 곳으로 보내는 게 좋을 듯합니다."

나는 잠을 잘 수가 없었다. 어떻게 이런 일이 생길 수 있단 말인가? 아무도 이 녀석을 찾으러 오지도 않았잖아. 난 전단지를 붙이고 유기동물보고서의 모든 빈칸을 다 채워 넣었다고. 궂은 일이 계속 벌어지던 시기에, 이 녀석이 우리 집 근처의 쓰레기통을 뒤지려고 나타난 것은 운명임이 분명했다고.

난 돈과 머시와 함께 침실에서 잠을 자면서도, 매일 밤 몇 번이나 내 작업실 개집 안에 있는 이 불쌍한 강아지를 보기 위해 잠에서 깼다. 그때마다 우리는 며칠씩 떨어져 지내기라도 한 것 마냥 격렬하면서도 요란스럽게 감동적인 재회의 기쁨을 나누느라 야단법석을 떨곤 했다.

한편, 돈은 계속해서 호프도 다른 가족들과 행복한 생활을 누렸을 거라고 주장했다. 내 생각은 달랐다. 그런 가족이라면 진작 내 전단지에 연락을 주었거나, 모든 동물보호소를 뒤져서라도 이 녀석을 찾아냈을 것이다. 하지만 그들은 나타나지 않았다. 그건 단순한 포기가 아니라, 이 녀석을 죽이는 행위나 마찬가지라고 생각했다. 게다가, 호프는 자기 털에 알레르기 반응을 일으켜서 눈에 가려움증을 호소하는 상태였다. 개를 키우는 모든 사람들이 내게 말했다. 한 지붕 아래 암컷 두 마리는 함께 살기가 힘든 법이라고. 발정이 난 암캐와 다른 암컷을 한 집에서 키우는 것은 분명히 현명하지 못한 처사라고 말이다. 여름 내내, 난 그 둘을 따로 산책시켰고, 두 마리의 개가 개별적인 생활을 누리도록 했다. 하지만 가을에 수업이 시작되면서 모든 게 엉망으로 변해버렸다. 두 마리의 개를 한 공간에 두려는 나의 시도는 이제 물리적으로도 불가능해지고 있었다.

하루는 머시와 호프가 거실에 같이 있을 수 있도록 온갖 시도를 해봤다. 하지만 그날따라 유난히 힘이 들었다. 결국 난 소파에 앉아, 어째서 머시는 호프와 사이좋게 지내려고 하지 않는 것일까 하는 쓸데없는 투정을 부리며 학교 직원들에게 이메일을 쓰기 시작했다. 호프에 대한 나의 사랑이 메일 속에 나타났는지도 모르겠다. 한 시간 동안 무려 열두 통의 답신을 받았다. 그중 한 명은 집으로도 찾아왔다. 자기는 강아지를 무척이나 좋아한다고, 호프의 턱이 너무나 마음에 들고, 몸을 뒹굴어서 배를 보여주는 행동이 깜찍하고 귀엽다고 했다. 그는 호프를 한 시간 정도 집에 데려가서 자기 집 개와 가족들에게 소개를 시켜주고 싶다고 했다. 내키지는 않았지만 나는 남자가 호프를 집으로 데려가는 것을 허락했다. 그날 오후엔 다시 호프를 데리고 와서 머시와의 동거에 몇 차례 더 노력을 기울여볼 수 있을 것이라는 판단이 섰기 때문이었다.

세 시간 정도가 흘렀을까, 남자가 집으로 전화를 했다. 호프가 자기 가족에게 무척 잘 맞는다고 했다. 아이들을 너무나 잘 따르고 좋아한다고도 했다. 게다가 원래 집에서 키우던 쿤하운드 종 개와 몸을 비벼가며 둘이 잘 논다는 말도 덧붙였다. 남자는 내게 호프를 다시 데리고 갈 것인지를 물었다. 자기 아내는 이미 호프에게 흠뻑 빠졌으며 지금 호프는 아내의 엉덩이에 머리를 붙이고 누워 있다고 말했다. 모든 상황이 행복하고, 평화롭고 안전해 보였다.

내가 원하는 것은 무엇일까?

나는 주저하며 말을 더듬거리다, 다시 전화하겠다고 말했다.

잠시 동안 조용히 소파에 앉아 전화번호부의 글자만 뚫어지게 바라보았다. 나는 호프가 나를 구원해주기를 원했으나, 지금 구원이 필요한 것은 바로 호프였다.

결정을 내려야 할 때가 점점 다가왔다. 난 전화벨이 울릴 때마다 숨을 죽이고, 그 전화가 마음을 바꿨다는 그 집 사람들의 전화이기만을 바랐다. 호프와 나는 운명적으로 만난 사이가 아니었던가. 나는 정말로 그렇게 믿었다. 하지만 그들은 전화를 하지 않았다. 나는 그 남자에게 이메일을 보내 호프의 안부를 물었다. 그는 모든 게 다 좋다는 답신을 보내왔다.

그들은 호프의 이름을 프리다 칼로의 이름을 따서 프리다라고 지었다고 했다. 자기나 아내나 모두 그 강아지에게 '너무도 매혹 당했기'때문이라고. 내가 그 녀석을 보러 가고 싶어 했던가? 아니, 아니, 나는 그 집을 찾아가고 싶지 않다. 극적인 행동을 취했던 만큼, 딱 그만큼 그 일에 초연해질 수 있도록 노력해야만 한다. 프리다는 안전하고 무해한 곳으로 간 것이다. 우리 집 접이식 소파 침대에서 행복했던 그 모든 기억은 머릿속에서 지워졌을 것이다. 호프 역시 다른 모든 개들과 마찬가지로 오로지 현재만을 살 뿐이다. 하지만 그런 사실이 내게는 조금도 위안이 되지 못했다.

왜냐하면 호프는 내게 그냥 단순한 강아지가 아니었기 때문이다. 그 녀석은 내가 그토록 강렬하게 원했지만 가질 수 없었던 모든 것을 의미했다. 엄마, 죽음이 존재하지 않는 어린 시절, 안전한 가정, 안정된 직업. 호프는 이름 그대로 희망이었다. 하지만 내게로 다가오던 그 순간부터 서서히 떨어져 나가기 시작했던 희망이었다.

며칠이 지나고, 돈과 나는 수정같이 맑은 강이 내려다보이는 언덕 위의 그림 같은 집에서 열리는 파티에 가게 되었다. 계절은 뉴멕시코의 이른 가을이었고, 바위나 관목 숲에 떨어지는 강렬한 햇살로 인해 그림자 하나 없는 환한 오후였다.

"그래서 결국 그 녀석은 어떻게 됐나요?" 내 친구가 특유의 남미 억양이 섞인 목소리로 물었다. 그는 개를 세상에서 제일 추한 동물로 간주하는 부류였고, 왜 그렇게도 내가 호프한테 집착하는지 도무지 이해가 안 간다고 말했던 사람이었다. 그 완벽한 가을날, 하늘거리는 드레스를 입고 파티 분위기에 취해 있는 사람들 틈 속에서 나는 나무 벤치에 앉아 울음을 터뜨리고 말았다. 당근을 자르다가도 울었고, 소파에 앉아 있다가도,

침대에서 책을 읽다가도 울음을 터뜨렸다. 그때마다 돈이 나를 안아줬고, 화장지를 건네주었다. 돈이 다른 강아지를 안겨주겠다고 약속했다. 결코 바래지도 지워지지도 않는 사랑을 약속했다. 하지만 어떤 말에도 기분이 나아지지 않았다.

그리고 머시. 얼마 동안 난 머시를 만지지 못했다. 머시 근처에는 가지도 못하고 저리 가라며 머시를 멀리했다. 내가 직접 동물보호소에서 입양해서, 엄마가 죽고 너무도 힘들었던 시기에 내 곁을 다정하게 지켜주었던 그 개를 내가 내 손으로, 내 입으로 직접 내쳤다. 머시는 나를 배반한 거라고, 자기 이득만 생각하고 행동했다고 되뇌이며 머시를 미워했다.

나는 한동안 부루퉁해 있었다. 그 누구도 내 슬픔의 깊이를 이해하지 못했다. 내 친구들은 웃음을 터뜨렸다. 그 강아지 때문에? 그 이상한 턱을 가진 돼지같이 생긴 개 때문이라고?

언젠가 버클리에 있는 격려 단체에 갔던 때가 기억난다. 한 여자가 자기 개가 죽었을 때 얼마나 큰 소리로 울었는지를 얘기해줬다. 그 여자는 자기 엄마가 죽었을 때도 조용히 눈물만 흘렸다고 했다. 상담사의 설명으로는 부모님이 죽는 경우, 그 상실감의 크기가 머리로 이해하기에는 반경이 너무 크지만 키우던 반려동물이 죽는 경우, 슬픔이 직접적으로 전달되기 때문에 그런 거라고 했다. 우리는 어떻게든 최후를 맞이한다. 그 강아지를 다른 곳에 보내게 된 상실감이 상대적으로는 왜소한 경우이겠지만, 우리는 어떤 식으로든 그런 종류의 슬픔과 맞닿아 있다. 그렇게 우리는 우리 내부에 존재하는 상실감이라는 커다란 섬의 해안에 표류하게 되는 것이다.

그렇게 나는 호프와 호프가 약속해줄 것 같았던 모든 것을 한꺼번에 잃었다는 폭풍 같은 상실감에 사로잡히게 되었다. 나는 침대에만 머물렀다. 편한 옷을 걸치고, 전화도 잘 받지 않았다. 호프와 함께 찍었던 사진을 바라보았다. 그 집에서 전화를 걸어서 호프를 내게 다시 돌려주겠다고 하기를 빌고 또 빌었다. 혹시라도 호프의 형제자매들이 나타나기라도 할까 이웃집 너머를 초초한 눈빛으로 살펴보곤 했다. 그러던 어느 날, 마침내 머시가 내게 다가와서 내 발 밑에 섰다.

"저기요." 머시가 이렇게 말하는 것 같았다. "저기요, 나 좀 봐요." 난 머시를 쳐다보았다. 머시의 둥그런 이마와 쫑긋 선 귀를 쳐다보았다. 머시의 갸우뚱하는 머리와 "제발, 밖에 나가 놀아요"라고 사정하는 듯한 머시의 두 눈을 보았다. 난 잠시 그대로 앉아 있다가, 손을 머시의 머리에 얹었다. 머시는 눈을 감고 내 손을 느끼면서 그 자리에 그대로 앉아 있었다.

그것은 용서가 아니었다. 밀어내지 않았을 뿐 단연코 용서의 감정은 아니었다. 용서니 관용이니 포용이니 하는 것과는 뭔가 많이 다른 그런 감정이 몸속 깊은 곳 어디에서 떠오르는 것 같았다. 뭔가 오묘한 느낌의 탄식에 가까웠다. 나는 머시의 붉은색 목줄을 손에 쥐고, 사막의 태양 아래로 나갔다.

며칠 전에 호프가 아주 잘 있다는 메일을 받았다. 뉴멕시코의 대학이 문을 닫은 후, 워싱턴 주로 이사했다고. 나는 호프가 그곳에 있는 광경을 떠올렸다. 우리가 함께 새로운 사막 도시의 날씨에 대한 얘기를 할 때처럼, 호프가 새 집이 있는 새로운 도시의 녹색 나무 아래에서 좋아서 어쩔 줄 몰라 하며 뛰어노는 모습을 상상했다. 호프가 아이들의 발치에서 둥그렇게 몸을 말고 누워 있고, 아이들은 호프가 곧 사랑의 대명사라는 굳건한 믿음을 가지고 호프의 귀를 어루만져주는 모습을 상상했다. 호프를 입양 보낸 상실감은 죽음과는 분명히 다른 감정이다. 또한 언젠가 내가 머시의 죽음을 맞게 될 때 느끼게 될 감정과도 완전히 다른 감정이다. 혹은 엄마나 할머니, 할아버지, 친구를 잃는 감정과도 유사하지 않다. 난 그 모든 가족이나 친구들의 죽음에서 극심한 고통을 겪었고, 어쨌거나 살아남았다.

나는 아직도 호프의 그 앙증맞고 하얀 몸을 두 팔로 안는 날이 오기를 고대하고 있다. 세상의 모든 심각함이 한층 누그러지는 듯한 그 우습게 생긴 호프의 얼굴을 내 다섯 손가락으로 쓰다듬을 수 있는 있는 날이 오기를 열망한다. 아직도 난 호프를 그리워하고 있고, 호프에 대한 생각을 지우지 않았다. 언젠가 아주 어두운 시절이 또 오게 되면, 난 다시 길거리 쓰레기통을 앞발로 뒤적이고 있는 호프를 발견하게 될 것만 같다. 그렇게 세상의 호프를 안아 올려 가슴에 품으면, 호프는 예의 그 귀여운 꼬리를 흔들어대며 마음의 고통을 덜어주고 내가 나아갈 길을 알려줄 것이 틀림없다.

미스터 T의 심장

제인 스마일리

나는 늘 미스터 T가 엄청나게 큰 심장을 여러 개 가진 게 아닐까 생각했다. 이 말은 타고난 운동 기계였다.

5년 동안 미스터 T를 타고 승마대회에 나가면서, 언제나 나보다 더 달릴 준비가 되어 있는 그 말을 지쳐 나가떨어지게 할 방법은 없었다. 나조차 힘들어서 낙마하게 될 지경이 된 경기에서마저 그랬다.

해마다 하는 건강검진에서 수의사가 •탈락박동을 재는데, 맥박이 두 번이나 세 번이 덜 뛰어도 여지껏 건강에는 문제가 없었다. 그건 8년 동안 경주마였고, 52번이나 대회에 출전했던 미스터 T가 어렸을 적부터 엄

• 맥박이 느려지거나 뛰지 않는 것

청나게 연습한 결과였다. 그러니 나로서는 내 말이 스물한 번째 생일을 맞던 해에 수의사가 심장에서 부정맥을 탐지했을 때도 그다지 걱정할 필요가 없었다. 그래도 나는 UC 데이비스에 있는 동물병원에 다른 말을 보이러 가는 김에 미스터 T도 함께 데려갔다.

오랜 경력의 심장병 전문의는 일단 나에게 악수를 청하고는 심장이 너무도 건강하고 강해서 청진기를 통해서는 아무것도 감지하지 못했다며, 그를 크고 호리호리한 순종으로 잘 기른 것을 칭찬했다. 하지만 결론적으로 결과는 좋지 않았다. 미스터 T의 부정맥은 •'심방세동'이라고 했다. 이 병은 잠재적으로 위험한 상태를 뜻했다. 미스터 T는 언제 어느 때고 갑자기 쓰러져 죽을 수도 있었다.

나는 미스터 T가 심방세동 따위는 가뿐하게 극복하고 영원히 살 것이라는 확신을 단단히 품고 있었지만 의사가 권한 치료는 받기로 했다. 그러니까 의사가 강력하고 유독한 약물인 ••퀴니딘을 투여하도록 허가했다는 뜻이다. 그 약물로 대 혼돈에 빠진 미스터 T의 심장 박동을 정상으로 되돌려놓을 수 있을지 없을지는 미지수였고, 입원이 필요한 치료였다. 나는 다른 말만 데리고 집으로 돌아왔다.

미스터 T는 몹시 불량한 환자였다. 먹으려 들지도, 쉬려 들지도 않고 물도 거의 먹지 않았다. 분리 불안이 너무 심하다 보니, 의사는 자기가 이 말을 제대로 치료할 수 있을지 두려움을 느낄 지경이라고 했다. 하지만 그는 미스터 T의 심장 박동을 단 하나의 탈락박동도 없이 정상으로 돌려놓는 데 성공했고 말은 건강을 회복했다.

• 심방의 여러 부위가 무질서하게 빠르게 뛰는 부정맥의 일종
•• 항부정맥제

안 좋은 소식은 말에게 투여한 약물의 양이 너무 과했다는 점이었다. 만약 병이 재발한다면 같은 방법을 쓸 수 없을 것이다. 퀴니딘이 미스터 T의 맥박을 말끔하게 돌려놓았는지는 몰라도 다른 식으로 위험에 빠뜨린 셈이다.

나는 의사가 부정맥을 오래 앓을수록 영구적인 완치 가능성은 더 낮다고 한 말에 주의를 기울이지 않으려고 애썼다. 미스터 T의 탈락박동이나 부정맥의 가능성에 대해 인정하고 싶지 않았다.

미스터 T는 장애물 넘기는 그만둔 터였다. 나이도 있는데다가 눈 부상이 있어 내 마음이 약해진 탓이다. 그러나 내가 《프랙티컬 호스맨》지에 「나는 왜 새로운 말을 찾을 수 없는가」라는 제목으로 미스터 T에 관한 기사를 쓰고 난 뒤 얼마 지나지 않아, 나의 말은 다시 장애물 넘기를 시작했다. 한때 그랬던 것처럼 기운이 넘쳐나고, 빠르고, 추진력으로 가득 차 있었다. 죽기 살기로 덤벼드는 스타일도 변한 점이 없었다. 내가 그 스타일을 바꾸려고 해보았으나, 그럴수록 말은 더욱 혼란에 빠지고 안절부절못할 뿐이었다. 장애물 울타리와 코스의 조합을 분석해서 여유롭고 편안한 방식으로 점프를 하게 하려고 해보았자 헛수고였다. 그저 허리를 곧게 펴고 앉아서 기다리면서 말이 점프하도록 내버려두는 수밖에. 하지만 그건 엄청나게 흥미진진한 일이었다.

어쨌거나 치료를 하고 2주가 지나서 우리 동네 수의사인 마이크가 심전도 검사를 다시 했다. •똑딱 똑딱, 모든 것이 완벽했다. 나는 6월 말에 열릴 대회에 맞추어 미스터 T의 컨디션을 조절하기 시작했다.

이번만은 제대로 훈런 스케줄을 짰다. 학교 행사와 장애물 경주마 강

• Tick Tock Tick Tock. 미스터 T의 실제 이름

의에도 두어 번 내보냈으며, 일주일에 한 번씩 지역의 훈련 트랙에서 나와 함께 달렸다. 6월 초순에 800미터짜리 타원형 트랙에 미스터 T를 데려갔다. 내가 아주 살짝만 건드렸는데도 입구에 들어서기가 무섭게 대단히 큰 동작으로 툭툭 뛰기 시작했다. 그 말은 그렇게 귀를 쫑긋 세우고 3킬로미터 남짓을 기꺼이 뛰었다. 나는 미스터 T를 1킬로미터쯤 걷게 하고 나서 올라타도 되겠느냐고 물었고, 침착하고 편안하며 완벽하게 즐거운 승마를 했다. 말에서 내린 나는 다시 미스터 T를 걷게 했다.

하지만 말이 숨을 고르고 나자, 나는 끝내 충동에 굴복하고 말았다. 미스터 T에 올라타 고삐를 쥐고 전력질주 자세에 돌입했다. 내가 큰 소리로 말했다. "달리고 싶은 만큼 달려봐!" 그는 그렇게 했다. 자세를 잡고 앞으로 뛰쳐나가서 경주할 때와 마찬가지로 •1마일마다 8분의 1 정도씩 속도를 올려나간 것이다. 어쨌거나 평생 경주마로 살아온 인생이었다. 그밖에 다른 일은 그에게는 그저 재미로나 하는 것이었다.

이 말과의 전력질주는 겁이 나는 동시에 몹시 신이 나면서도 기가 막히게 안정적이었다. 그렇다. 내가 지휘자가 아니라 말이 지휘자였다. 나는 미스터 T가 자신이 한 발 한 발 내디딜 때마다 정확히 어디로 가야 하는지 안다는 것을 조금도 의심하지 않았다. 더 중요하게는 이 모든 연습이 힘들이지 않고 이루어졌다는 점이다. 이 말은 500미터쯤 달리고 나서도 지치는 법이 좀체 없었으며, 멈추는 것도 가까스로 했다. 대체로 10분 정도 몸을 식히면 그것으로 휴식은 충분했다.

우리는 사흘 뒤에 대회에 나갔다. 몸을 푼 미스터 T는 완벽하게 장애물을 넘었고, 두어 번 더 승리를 거두어 리본을 획득했으며, 행복한 듯 보

• 약 1.6킬로미터

였다.

그러니 그로부터 나흘 후, 마이크에게 미스터 T의 심방세동이 재발했으며 더 나빠졌을 가능성도 있다는 얘기를 들었을 때 나는 믿을 수가 없었다. 말의 심장은 정신없이 날뛰었다. 심전도 검사를 다시 해서 그것을 데이비스 쪽에 보냈고, 여러 수의사들과 많은 의논을 거쳤다. 의사의 조언에 나는 풀이 죽었다. 걸어 다니고, 때때로 가볍게 뛰는 정도로만 하라는 것이었다. 나는 계속 "하지만 트랙에서 전력질주를 했을 때 미스터 T는 전혀 힘겨워하지 않았어요"라고 말했다.

수수께끼에 대한 답은 그의 커다랗고 강한 심장에 있었다. 그것은 자신이 원하는 만큼, 거의 모든 경우마다 충분한 양의 산소를 스스로 생산해내고 있었다. 말에게뿐만 아니라 타는 사람에게도 포함되는 위험 요소는 그 과도한 생산력이 예측 불가능하다는 점이었다. 미스터 T는 괜찮다가도 한순간에 그냥 고꾸라져 죽어버릴 수도 있었다. 의사는 세상에 공짜는 없다는 법칙에 따라, 심장이 평균보다 크면 부정맥이 종종 온다고 했다. 그의 조언은 한결같았다. 웬만하면 걷고, 가끔 가다 살짝살짝 가볍게 뛰라는 것.

나는 미스터 T를 타는 일을 그만두기로 했다. 내가 혼란에 빠지고 대립하는 두 감정에 시달리고 있다는 점을 빼면 왜 그래야 했는지 몰랐다. 하루는 의사의 충고를 무시하기로 마음먹었다가도, 이튿날이면 고분고분해졌다. 미스터 T와 나는 설렁설렁 일하는 것이 아니라 고되게 일하는 데 길들여져 있었다. 만약 우리가 함께 열심히 일하지 못한다면, 그게 다 무슨 소용이란 말인가? 모르겠다. 나는 녀석이 자신의 암말 친구와 목초지에서 어울리라고 내버려두었다.

얼마 가지 않아, 나는 의사의 말을 무시하기로 마음을 굳혔다. 멍청하게 •크로스컨트리나 전력질주를 시도하지는 않겠지만, ••마장 마술과 장애물 넘기는 하면서 미스터 T를 평범한 말처럼 대할 생각이었다.

바로 그날, 내가 당근을 주려고 나갔는데 미스터 T가 그늘에 서서 발로 땅을 파고 있었다. 그전에 배앓이를 했기 때문에 나는 음식은 주지 않고 아주 많은 물과 함께 마구간 칸막이에 말을 들여보냈다. 잠자리에 들 무렵에는 세 번인가 네 번쯤 변을 보았다.

아침이 되자 미스터 T는 쌩쌩해 보였고, 그래서 나는 건초를 약간씩 주기 시작했다. 말은 쭉 괜찮아 보였다. 정오가 지나고 나서 나는 말을 밖으로 빼주었다. 1시간이 지났을 즈음 땅을 파는 말의 몸이 옆구리 쪽으로 기울어져 있었다. 마이크에게 전화를 걸었다. 그는 다른 일에 묶여 있으나 최대한 빨리 오겠다고 약속했다.

30분이 지나자 미스터 T는 똥을 먹었다. 내 심장이 무너져 내렸다. 마이크와 또 다른 수의사에게 물어보니, 똥 먹는 것은 배앓이와 전혀 관련이 없다고 했지만, 내 생각은 달랐다. 나는 미스터 T가 그런 짓을 하는 것을 한 번도 본 적이 없었고, 그것이 절박함에서 나온 행동이라고 생각했다.

그날의 나머지는 승산 없는 싸움이었다. 무슨 종류인지도 모를 진통제를 얼마만큼 주어도 통증은 누그러지지 않았다. 심방세동 탓에 수술을 견뎌낼 수도 없는 노릇이었다. 수술은 손을 떠난 일이었고, 어떤 방법도 해결해주지 못할 것이었다. 밤 10시에 나는 마이크에게 물었다. "이제 때가 되었다는 말인가요?"

● 육상 원형 트랙이 아닌 언덕, 목초지, 도로 등 다양한 지역을 달리는 것
●● 일정한 크기의 마장에서 말을 다루는 기술

그가 대답했다. "그렇습니다."

나는 미스터 T를 마구간 칸막이에서 데리고 나왔다. 움직이기는 했지만 머리는 아래로 떨어뜨리고 나를 잘 알아보지도 못했다. 우리는 풀로 뒤덮인 목초지로 갔다. 녀석이 봄에 매일같이 누비고 다니던 곳이었다. 나는 머리를 푹 꺾은 나의 말 앞에 무릎을 꿇고 앉아서 미스터 T에게 머리끝에서부터 발끝까지 얼마나 근사한 말이었는지, 한시도 빼놓지 않고 얼마나 완벽한 말이었는지 말해주었다. 마이크가 미스터 T의 심장을 멈추게 하려고 진정제인 바르비투르를 커다란 주사기 두 개에 넣어두었다.

마이크가 미스터 T를 맨 밧줄을 잡고 있었다. 말이 쓰러지면 언제나 땅이 뒤흔들린다. 고작 1, 2초나 걸렸을까. 그의 궁둥이 쪽이 뒤로 자빠졌고, 머리가 허공을 휘저었으며, 무릎이 풀렸다. 그는 옆으로 쓰러졌다. 우리는 주위에 몰려들어 미스터 T를 어루만지면서 말을 걸었다. 하지만 그는 이미 가고 난 뒤였다.

모든 이가 떠나고 난 뒤 나와 내 남자친구는 땅에 누운 미스터 T의 몸에 담요를 덮어주고 집으로 들어왔다.

나는 잠자리에 들었지만 자다 깨기를 반복했다. 내 소중한 친구, 변함없었던 친구의 갑작스러운 죽음, 그 엄청난 상황을 실감할 길이 없었다. 잠에서 깰 때마다 동틀 녘에 그곳으로 나가볼 생각에 몸서리가 쳐졌다. 미스터 T는 어떤 모습일까? 남은 암말은 어떻게 행동할까? 600킬로그램짜리 그 몸뚱어리를 이제 어찌해야 할 것인가?

마침내 일어날 시간이 되자 남자친구도 나와 함께 일어나서 바깥으로 나갔다. 나는 조용히 자기 칸막이에 있는 암말에게 먹이를 주고 미스터 T의 시신으로 다가갔다. 먹다 남긴 음식이 이미 발효되기 시작했고, 담요 아래로 배가 눈에 띄게 부풀어 올라 있었다.

나는 끔찍한 장면을 예상하면서 담요를 걷어 젖혔다. 하지만 미스터 T의 눈은 감겨져 있었다. 친절하게도 전날 밤에 남자친구가 해준 일이었다. 나는 그것이 얼마나 중요한 일이었는지 말로 표현하지 못하겠다. 유난을 떨자고 하는 이야기가 아니다. 나는 나의 말이 눈 감고 있는 것을 본 적이 없다. 내가 곁에 있으면 미스터 T는 너무도 초롱초롱 깨어 있었기에 눈 감고 잠드는 일이 없었다. 하지만 이제 스스럼없이 잠든 모습을 바라보고 있자니, 전에 없이 평화로워 보였다.

미스터 T의 머리맡에 앉은 우리는 몸을 쓰다듬고 어루만지며 말을 걸었다. 나는 또다시 그 잘생긴 귀와 아름다운 머리, 말고삐의 아래턱 끈, 시원하게 뚫린 콧구멍과 실크처럼 부드러운 털, 대회에 52번이나 출전했던 조각처럼 깎아낸 듯한 앞다리에 경탄했다. 온갖 종류의 승마 활동에 바쳤던 몸이었다. 스무 살도 넘은 이 말은, 태어났던 때와 마찬가지로 깨끗했다. 나는 커다랗고 둥글며 단단한 발을 보고 감탄했다.

우리는 미스터 T에게 말을 걸고, 함께했던 추억을 나누는 것 외에 다른 일상적인 이야기도 빠짐없이 했다. 곁에 편안하게 앉아서 어루만지고 쓰다듬으며 오랜 잠에 빠져 식은 몸을 느꼈다. 섬뜩하기는커녕 기분이 좋았다. 우리는 이제 미스터 T가 세상에 없음을 깨닫는 순간까지 충분히 오래도록 함께 있었다. 그러니까 이 몸은 말 자신이 몰던 자동차 같은 것이었고, 이제 주인이 거기에서 내린 것이다. 암말이 차분한 눈빛으로 우리를 바라보았다.

후에 내 다른 말들의 관리인과 이야기를 나누게 되었는데, 그녀는 새끼 말이 죽으면 꼭 어미 말과 한동안 함께 놓아두어야 한다고 했다. 새끼가 다시는 일어나지 않을 것임을 알고, 그런 상황에 적응할 때까지 놓아두어야 한다고 했다. 삶에서 부재를 받아들이기 위해서는 먼저 부재를 경험해보아야 한다.

　내 친구들은 내가 남들을 지루하게 하고 어떨 때는 민망한 수준까지 미스터 T를 아꼈음을 안다. 나는 내 말의 모든 기질과 개성을 입이 마르고 닳도록 자랑했다. 분명 착하고 튼튼하고 잘생긴 말이었고 상금이 걸린 대회에서 우승하고는 했지만, 그렇다고 비범한 성취를 이루거나 유별나게 아름다웠던 건 아니다. 미스터 T가 특별했던 건 생전 불친절하게 굴거나 뭐든 마지못해 한 적이 없었다는 점이다. 나는 거의 6년 동안 하루하루 그 말을 바라보고 흠모하며 보냈다.

　그리고 너무나 놀랍게도 나는 미스터 T가 많이 그립지 않다. 여태껏 내 말을 세세한 부분까지 사랑하면서 그에 대한 수천 가지 이미지가 바로 내 곁에 선명하게 자리하고 있기 때문이다. 이를테면 나를 툭툭 건드리던 오른쪽 뒷다리와 왼쪽 뒷다리 같은 것, 칸막이 문 너머로 나를 포착했을 적에 귀를 쫑긋 세우던 모습, 방목지를 한가하게 어슬렁거리던 광경, 아니면 우리가 울타리를 향해 갈 적에 나를 태울 태세를 하고 내 밑으로 몸을 숙일 때 만졌던 감촉, 혹은 미스터 T의 울음 소리. 나는 내 말이 없어졌다고 느끼지 않는 까닭에 생각했던 것보다 그리움이 덜했다.

　말에 관심이 없는 사람들에게 말과의 우정이 개나 고양이, 사람과의 그것과 같지 않음을 설명하기란 불가능에 가깝다. 그나마 가장 가깝게 설명할 수 있는 두 가지 특징이 있는데, 장애물을 넘거나 결승선을 향해 달리거나 마장 마술 시범을 보이면서 함께 집중하는 와중에 무언의 동시성을 이룬다는 점이다. 그리고 하려는 일을 함께 수행한다는 점이다. 말과 기수가 사흘간의 대회를 함께 치르고 100여 킬로미터를 인내하며 완주하는 것처럼, 두 개의 몸이 그렇게 지속적이고 오랫동안 밀접하게 움직인다는 것은 무엇인가? 한 친구는 승마가 '한 몸의 신경계가 다른 몸의 신경계를 장악하는 것'이라고 특징지었다. 나는 누가 장악하는 쪽이며, 누가 장악을 당하는 쪽일지 곧잘 궁금하다.

내가 이런 에세이를 쓰게 될 줄은 전혀 몰랐다. 실은 이십 년 내로《가장 오래된 말, 키 1미터 70센티미터짜리 전직 경주마》란 책을 쓸 생각이었다. 하지만 이제 내가 딸에게 최초의 남자친구를 사귀었을 때 해주었던 조언을 내게 적용해야 할 때임을 알겠다. 나는 딸에게 남자친구와 무슨 일을 겪든지 간에 먼저 행복함과 기쁨을 경험하고 나면 어떻게 그것을 다시 얻을 수 있을지 알게 될 거라고, 언제가 됐건 간에 반드시 다시 얻게 될 것이라고 말해주었다. 그리고 그것은 말과의 관계에서도 통하는 이야기일 것이다.

Fluff

플러프

조 모건스턴

그렇다. 인정한다. 나는 약속했던 대로 그 녀석을 돌봐주지 못했다.

내 나이 열 살 때, 플러프라는 이름의 검은색 코커 스파니엘을 키웠다. 이름처럼 솜털이 보송보송하지는 않았지만, 어쨌든 그 개의 이름은 정확히 미스터 플러프였다. 거기에 미스터를 붙이는 게 엄마 생각이었는지, 아빠 생각이었는지 정확히 모르겠다. 어쨌든 그 녀석과의 관계에 있어 내가 무엇을 하지 않았느냐 하는 것은 이미 시간의 안개 속으로 사라져버렸지만, 인정하겠다. 난 그 녀석에게 충분히 산책을 시켜주지 않았고, 깨끗이 씻겨주지도 않았고, 규칙적으로 밥을 주지도 않았으며, 밥그릇을 닦아준다거나, 물이 떨어지지는 않았는지 살펴본다거나 하는 것들을 하지 않았다. 결론적으로 나는 열 살짜리 아이가 부모님께 강아지를 기르게 해

주면 꼭 지키겠다고 말하며 단단히 맹세하는 흔한 약속들을 지키지 않았
다. 하지만 난 그 녀석을 많이 사랑했다. 내가 그 녀석과 함께 찍은 사진
을 보면 그 증거가 확연하게 드러난다. 사진 속의 나는 양복 상의에 셔츠
와 넥타이를 매고, 아래에는 고무줄이 달린 여성용 속바지를 입고서(도대
체 엄마의 의도는 무엇이었을까?) 뉴저지 교외의 집 앞에 선 채, 뒷다리를
양반 다리 비슷하게 하고 앉아(플러프는 실제로 그 자세로 몇 시간이고 가만
앉아 있을 수도 있었다) 있는 플러프를 사랑스럽게 쳐다보고 있다. 굳이 우
리 사이를 설명하기 위해서 그런 사진까지 동원하지 않아도, 플러프는 내
가 늘 곁에 있어주지 못했음에도 언제나 내가 있는 곳에 있어주었다. 녀
석은 날 좋아했고, 내가 자기 옆에 있어주지 못한다는 점을 매번 용서하
는 것 같았다.

이 이야기의 주제는 나의 개이다. 하지만 플러프를 산책시키고, 밥을
주고, 그릇을 씻어주는 일체의 책임으로부터 자유로워질 방법을 찾아낸
내 부모님에 관한 얘기이기도 하다. 부모님은 내 애국심에 호소했다.

1943년, 제2차 세계 대전의 어두운 나날이 계속되던 그때는 미국의
청춘들이 고향에서 멀리 떨어진 이국의 땅과 섬으로 싸우러 나갔던 시기
였다. 그들 중에는 이름도 알 수 없는 젊은이들은 물론이고, 내가 아는 형
들도 포함되어 있었다. 어느 날 아버지가 맨해튼에서 근무를 마치고 집에
와서 신문을 읽기 위해 커다란 가죽 안락의자에 앉았다가, 신문의 한 페
이지를 찢어내는 것을 보았다. 그날 저녁 식사 자리에서 알게 되었는데,
그 페이지는 군견 모집에 관한 공고인 '조국을 수호하는 미국의 개들'이
라는 캠페인이 실린 면이었고, 다름 아닌 독일 셰퍼드나 도베르만 핀처
같은 대형견들을 경계견이나 공격견으로 훈련시켜 국가방위의 임무를
수행하도록 만드는 민간 조직에 관한 내용이었다. 하지만 이제는 다수의

중소형견까지도 전쟁터에서 부상당한 미군을 찾아내고, 의무병을 그곳까지 이끄는 용도로 훈련을 시키고 있다고 했다. 아버지는 조심스레 이야기를 꺼냈다. "정말 굉장하지 않니? 플러프도 그런 일을 할 수 있을지 모르겠네."

그 말이 끝나자마자 난 완전히 공황상태에 빠졌고, 걱정과 근심과 충격의 소용돌이가 몰아치기 시작했다. 하느님 아버지, 세상에, 애국심이라니! 나는 내가 무슨 말을 했는지 기억조차(아마도 아무 말도 안 했을 가능성이 크다) 나지 않지만, 확실한 것은 그 후 몇 주 동안 플러프가 진짜로 전쟁터에 나갈 수도 있다는 사실에 전전긍긍하는 모습을 보일 수밖에 없었다는 것이다.

부모님은 그들이 무슨 짓을 하려는지 알고는 있었던 것일까? 내가 태어났을 때 부모님은 마흔에 가까웠고, 마흔이라는 나이는 평균적으로 젊음이 종료되고 늙어가기 시작하는 시점이라고 할 수 있다. 아마도 부모님은 나이가 들어가면서, 플러프가 귀찮아졌는지도 모르겠다. 하지만 내 감정도 조금은 고려했어야 했다.

그분들은 자신들이 원하는 대로 내가 따르기를 원했다. 어쨌든 당시는 전시 상황이었다. 내 또래의 아이들도 유럽과 태평양의 소식을 라디오나 신문, 그리고 가장 주요한 소식통인 전쟁 영화를 통해 듣고 있었다. 키우던 개를 전쟁에 내보내는 것은 세상에 공인받을 수 있는 자랑거리가 되는 시기였다. 어쩔 수 없었다. 아버지는 내게 날짜가 잡혔다는 말과 함께, 군대에서 사람이 와서 플러프가 총에 대해 어떻게 반응하는지를 테스트할 거라고 했다. 어린아이의 감정이란 그다지 중요한 게 아닌 시기였으므로 나는 가슴속에 있던 감정을 모두 묻어두어야만 했다.

어느 가을 토요일 오후, 손에는 클립보드를 들고 허리에 권총집을 찬

육군 중위가 우리 집에 왔다. 진짜 권총은 아니었고 육상 경기 같은 데서 출발 신호를 알리는 소음총 같은 것이었지만, 안경을 쓴 젊은 육군 장교에게 모든 게 달려 있음은 명백해 보였다. 그는 플러프를 앞마당으로 데리고 나가서 앉으라고 했다. 플러프가 앉았다. 중위가 허공에 대고 공포탄을 쏘았다. 플러프는 계속해서 앉아 있었다. 중위가 다시 공포탄을 쐈다. 두 번째 총소리에 나는 깜짝 놀랐지만 플러프는 무표정한 자세로 일관했고, 육군 중위는 내 개가 자랑스럽게 시험에 통과했다고 말했다.

일주일 정도 뒤에 육군 병장이 와서 플러프를 크롬 장식이 되어 있는 국방색 세단에 태웠다. 내가 만약 플러프가 떠나던 그 순간이 극심한 고통의 순간이었다고 말한다면 그 역시 틀린 말은 아닐 터이나, 내가 기억하는 것은 그게 아니었다. 끔찍하고도 무시무시한 사실을 털어놓자면, 난 그 순간이 잘 기억나지 않는다. 몇 살 되지도 않은 아이가 그런 순간을 눈 뜨고 볼 수 있다는 것 자체가 무리였다고 말할 수도 있다. 그때 어머니는 부엌에서 압력솥에 요리 중이었는데, 어쩌면 요리의 신세가 딱 나와 같았을지도 모르겠다. 나는 압력솥에 든 고깃덩어리처럼 완전히 짓눌린 존재에 불과했던 것이다. 그저 카펫 위에 납작 엎드린 상태로 플러프의 따뜻한 얼굴을 껴안고서 마지막으로 그 녀석의 축 늘어진 부드러운 귀를 매만져주는 게 내가 할 수 있는 일의 전부였다. 플러프는 떠났다. 그리고 내게 남겨진 것은 플러프의 목걸이와 목줄, 빈 밥그릇이 전부였다.

아무 일도 없다가, 1월이 다 지나갈 즈음, 우편배달부 샘이 '미육군성 업무 통신'이라는 소인이 찍힌 편지를 내게 전달했다. 발송지는 '미시시피 주 걸포트 캣 아일랜드 신병교육대 K-9 보무교육관'이었고 '캣 아일랜드 군견 훈련소'라고 등사기로 인쇄된 글자가 박힌 편지지에는 보낸 날짜가 1944년 1월 19일로 적혀 있었다. 편지 봉투 안에는 몇몇 글자를 볼드체로 강조한 전보용지가 들어 있었다.

친애하는 **귀하:**

본인은 **뉴저지 501번지**에서 '조국을 수호하는 미국의 개들'에 지원한 귀하의 개 **코커 스파니엘 종 플러프**가 건강한 상태로 무사히 훈련소에 도착하여 다른 개들과 함께 기본 훈련에 돌입하였음을 알리게 되어 기쁘게 생각합니다.

전시 상황임을 고려하여 본 훈련소나 병창감에게 귀하의 개에 대한 안녕과 훈련 프로그램에 대한 내용을 개별적으로 질문하는 행위를 삼가주시면 국가적 대업에 크나큰 힘이 될 것으로 사료됩니다. 자신의 개에 대한 개인적인 관심을 표명하는 것은 자연스런 행동이겠지만, 수천 명에 달하는 기증자들에게 정보를 제공하는 일의 규모를 감안해주신다면 더할 나위 없이 감사하겠습니다. 귀하의 개는 최상의 관심과 사랑을 받고 있다는 확신을 드리겠습니다.

조국을 수호하는 미국의 개들에 지대한 관심과 흥미를 보여주셔서 감사합니다.

감사의 마음을 담아,

미병참본부 보무교육관

조지 S. 페이슨 중위

나는 그 편지를 몇 주 동안이나 읽고 또 읽었다. 그리고 캣 아일랜드에

개별적인 질문을 담은 편지를 쓰는 행위를 삼감으로써 국가적 대업에 크나큰 힘을 보탰다. 그런데 문득 정말 궁금한데, 만약 조국을 수호하는 미국의 고양이들이라는 단체가 있었다면 훈련소는 도그 아일랜드에 있게 되는 것일까? 아무튼 나는 임무의 막중함을 인정하는 차원에서 플러프가 신병으로서 훈련을 잘 수행하고 있는지를 상상하는 대신, 일단 플러프가 전장에 나서게 되었을 때 얼마나 근사하게 적진을 휘젓고 다니며 쓰러진 미국의 병사들을 속속 찾아낼지 머릿속에 그려 보았다.

그해 봄에 우편배달부 샘이 지금으로 치면 페덱스나 UPS 같은 화물 운송 시스템의 선구자 격이었던 철도 속달 운송의 배달장을 하나 떨어뜨려 놓고 갔다. 내용물이 무엇이었는지는 적혀 있지 않았지만, 보내는 주소가 불길하게도 캣 아일랜드 군견 훈련소였다. 하지만 어머니는 1929년에 자동차로 접촉사고를 낸 이후 운전을 전혀 하지 않았기 때문에, 나는 아버지가 퇴근해서 집으로 돌아와 기차역까지 데려다주기를 기다릴 수밖에 없었다. 드디어 오랜 기다림 끝에 기차역으로 가서 역장에게 배달장을 보여주자, 그는 수하물 창고를 잠시 뒤적이며 돌아다니더니 나무 상자를 하나 들고 나타났다. 그 안에는 놀랍게도 플러프가 아무 데도 다친 곳 없이 멀쩡한 모습과 흥분된 상태로 헐떡거리며 앉아 있었다. 플러프는 나를 보았을 때 거의 미쳐 날뛰는 수준으로 폴짝폴짝 뛰었고, 그런 감정은 나 역시 마찬가지였다. 나는 너무 흥분한 나머지 플러프가 왜 그렇게 빨리 집에 돌아오게 되었는지 궁금하지도 않았는데, 그 질문의 해답은 상자 안에 동봉되어 있는 또 다른 편지 한 장에 담겨 있었다. 비록 현재 그 편지는 없으나 나는 아직도 그때의 기억이 생생하다. 플러프는 기초 훈련에서 탈락했다. 훈련 과정에서 어떤 불명예스러운 행동이 있었는지 전혀 암시되지 않았고 어떻게 탈락했는지에 대한 자세한 설명 역시 없었다. 어쨌든 플러프는 다시 민간견(?) 신세가 되었고, 다시 한 번 불성실하기 짝이 없었던 나를 주인으로 섬기게 되었다. 적어도 잠시 동안은 말이다.

어느 날 아버지가 저녁 파티 준비를 위해 집에 커다란 프랑크 소시지 믹스 한 봉지를 가지고 왔다. 아버지는 소시지를 로워 이스트사이드에 있는 •코셔식 고기를 파는 에르스호스키 씨의 가게에서 샀다. 우리 부모님은 유대교였지만 유대교 관습을 철저하게 준수하지는 않았다. 단지 코셔식 고기를 파는 그 가게가 사원에서 가장 가까웠을 뿐이다. 프랑크 소시지에는 사연이 있었다. 소아마비를 앓고 있는 불쌍한 아이인 에르스호스키 씨의 아들(아니면 조카인지도, 여튼 뭐든 이 시점에서 중요한 건 그게 아니다)이 가장 원하는 것이 개였다는 점이다. 그 아이가 바로 임계질량의 반, 다시 말해서 바람직한 결과를 얻어내기 위해 필요한 요소의 절반이었다. 나머지 반은 세상 누구보다도 내 개를 없애버리기를 원하는 아버지의 계략이다. 오랜 시간이 흐르고 난 후, 겨우 그 잔혹한 거래의 실체를 알게 되었지만, 나는 왜 이 두 번째 기만적인 술책에 저항하지 못하고 굴복했을까. 나는 왜 아무 말도 하지 못했던 것일까. 비록 마지 못하는 모양새를 취했겠지만, 어쨌든 동의해야만 했을 것이다. 플러프가 다시 한 번 나라를 위해 임무를 부여받고 전쟁터로 끌려가는 것이 아니라, 외로운 유대인 아이의 친구가 되기 위해 델리 식품점으로 가는 것이었기 때문이다.

이 이야기는 나의 소중한 동물친구에 대한 선의의 노력을 이야기하기 위해 시작되었지만, 난 여전히 나의 부모님들을 이해하기 위한 고민을 계속하고 있다. 내가 당시의 부모님에 대해 분명히 말할 수 있는 것은 그분들이 개를 사랑하는 사람들은 아니었다는 것이다. 그리고 그 당시의 나에

• 유대교 율법 카샤룻에 의해 가공된 육류

대해 이야기할 수 있는 것은 내가 플러프를 우리 집에서 떠나보내지 않기 위해 사력을 다해 싸우지 않았다는 것이다. 내가 떼를 쓰며 울었다거나 고함을 질러댔다거나, 그도 아니면 최후까지 버티며 저항을 했던 기억은 없다. 하지만 손가락 사이로 플러프를 쓰다듬었을 때, 플러프의 두 눈에서 느껴지는 온기가 얼마나 따뜻하고 부드러웠는지는 생생하게 기억난다. 플러프가 얼마나 끈기 있게 저녁 식사 자리에서 먹을 것을 바라며 한자리에 오래 앉아 있을 수 있었는지도.

나의 강아지 샐리

재클린 윈스피어

나는 전화기를 내려놓고 남편의 작업실로 들어갔다(우리는 둘 다 집에서 일한다). 그곳에는 거의 열다섯 살이 다 되어가는 검은색 래브라도 레트리버 샐리가 고양이들과 함께 우리가 집 안 여기저기에 놓아둔 쿠션 위에 누워 있었다. 내가 가만히 옆에 다가가 앉자 샐리가 고개를 들었다. 샐리의 눈은 나이가 들면서 백내장이 진행되어 동공을 중심으로 불투명한 우윳빛을 보였다. 코는 회색으로 색이 거의 다 바랬지만 입가에는 희미한 미소가 보였다. 그렇다, 샐리는 분명히 미소 짓고 있었다.

"약속을 잡아놨어요. 스콧 선생님이 4시 45분까지 오라고 했어요."

존은 하던 일을 멈추고 몸을 숙여서 샐리의 머리를 쓰다듬었다. "모두 다 함께 정원으로 나갑시다." 존이 말했다.

우리 넷은 9월 하순의 태양빛 속에서 호두나무 아래 그늘에 앉아 거의 하루 온종일을 보냈다. 우리 고양이 델디는 샐리의 곁을 떠나려 하지 않았고, 샐리 또한 우리 곁을 떠나려 하지 않았다. 우리 넷은 그렇게 모두 13년 동안 온갖 추억의 시절을 함께 보냈다. 행복하고 아름다웠던 순간부터 가슴 아프고 시렸던 시절까지 그간의 상당한 기억이 파노라마처럼 눈앞에 펼쳐졌다.

개를 다시 키우기로 결정했을 때 나는 캘리포니아 샌 안셀모의 마린 카운티에서 혼자 살고 있었다. 나는 영국 켄트 지역의 시골 마을에서 자랐고 내가 기억하는 한 항상 집에서는 개를 키웠기 때문에 개가 없는 집이란 텅 빈 공간이나 마찬가지라고 생각했다. 당시 나는 가정주택의 옥탑에서 세를 살고 있었다. 커다란 데크 반대편에는 방도 하나 있고 해서 공간은 충분하다고 생각했다. 아침에는 옥상에서 걸을 수 있고 저녁에는 나와 함께 산책을 하고, 주말이 되면 근처 산으로 하이킹을 갈 수 있는 생활이라면 새로 들일 개에게 충분한 공간과 운동을 제공할 수 있을 것이라는 계산이었다. 우선 개를 키우기 위한 첫 번째 관문은 주인집 부부인 크리스토퍼와 사브리나의 허락을 받는 것이었다. 나는 주인집 부부가 각각 여섯 살과 네 살인 아들 네이트, 매튜와 함께 외출했다 돌아오는 때를 기다렸다. 개를 좋아하고 갖고 싶어하는 아이들의 심리를 이용하면 허락을 받을 수 있으리라 생각한 것이다.

"음, 부탁드릴 게 있는데요. 정말 이건 큰일이라서 안 된다고 해도 할 말은 없지만……."

주인집 부부가 무슨 부탁이기에 이렇게 어려워하나 싶었는지 표정이 어두워지기 시작했다.

"음, 제가 개를 많이 좋아해서……."

주인집 부부의 얼굴에서 갑자기 미소가 퍼져 나왔다. 사브리나가 활짝 웃는 얼굴로 말했다. "오, 재키, 물론 당연히 괜찮죠. 너무 좋은 생각이에요." 사브리나가 문을 향해 고개를 돌리며 외쳤다. "네이트, 매튜! 재키가 개를 키우겠대!"

네이트와 매튜는 마치 강아지가 벌써 문 앞에 와 있기라도 한듯 쏜살같이 튀어 나와서 번갈아가며 질문을 던져대기 시작했다. "언제 집에 데리고 와요? 어떤 종류의 개예요? 강아지랑 같이 놀아도 돼요?"

나는 다음 날 동물보호협회에 가서 입양 신청서를 작성했다. 나는 내가 어떤 개를 원하는지 확실히 알고 있었다. 크기는 중대형 정도로 집에서 훈련이 가능하고, 온순한 성격에 아이들과 잘 어울리는 상냥한 품종이 바로 그것. 그래서 동물보호협회에는 당장이라도 바로 집으로 데려갈 수 있는 입양 가능한 개들이 많이 있었음에도 불구하고 내가 원하는 개와 만나기 위해 다소 뜸을 들였다. 네이트와 매튜는 매일 집 앞에서 내가 돌아오기만을 기다렸다.

어느 날 매튜가 나 혼자 돌아오는 것을 보고 풀이 죽어서 물었다. "왜 아직도 개를 안 데려오는 거예요?"

크리스토퍼가 아이들을 토닥거리며 말했다.

"우리 모두 기다리고 있어요."

"알아요. 곧 만나게 될 거예요."

매서운 날씨가 계속되던 그해 2월 14일, 나는 동물보호협회를 다시 찾아 가벼운 한숨과 함께 동물들이 잔뜩 모여 있는 철장 사이를 거닐었다. "저를 선택해주세요, 저요, 저요! 전 좋은 강아지예요!" 강아지들이 이렇게 말하는 것 같았다. 나는 새로운 개들이 들어왔다는 구역으로 이동했지만 내가 원하는 개는 보이지 않았다. 나는 동물보호협회에 들어온 유기견들의 기록이 적힌 책자를 펼쳐서 잡지를 보듯 건성건성 페이지를 넘겼다. 책자에는 협회에 들어와 있는 개들의 행동이나 평가가 세밀하게 적혀 있었다.

두 살. 걷기를 좋아하고 아이들이나 다른 개들과 잘 어울리고 식탐도 많지 않음. 하지만 노는 방법을 잘 알지 못함.

나는 협회 직원에게 부탁해서 그 개를 보여달라고 했다. 마치 하얀색 레이스 셔츠에 턱시도를 걸친 모습의 아주 새까만 래브라도 레트리버 종 개가 누가 날 보러 왔는가 싶은 잔뜩 호기심 어린 표정으로 나를 바라봤다. 절로 미소가 지어졌다.

"안녕." 내가 인사를 건넸다.

만약 개도 미소를 지을 수 있다면, 개가 가장 환하게 미소를 지을 수 있는 순간이 바로 그때였을 거라고 나는 생각했다. 그 개는 내 인사를 알아들었는지 내 쪽으로 걸어 와서 쓰다듬어달라고 말하듯 앞발로 철창을 툭툭 쳤다. 나는 지체 없이 직원에게 요청했다.

"이 녀석을 잠시 데리고 걸어봐도 될까요?"

다음 날 내가 샐리를 데리고 집에 왔을 때 크리스토퍼와 사브리나, 네이트, 매튜가 밖에 나와 기다리고 있었다. 샐리는 아주 크나큰 환대와 함께 첫 번째 테스트를 성공적으로 통과했다. 아이들은 샐리를 만지고 안고 입을 맞추기까지 했는데 샐리는 그 모든 행동을 아무런 거부반응 없이 선뜻 받아들였다. 사브리나가 샐리를 자식처럼 껴안았고, 순간 나는 내 새로운 친구를 뺏기지나 않을까 두려운 생각까지 들었다.

개들에게 가장 어려운 시기는 새로운 곳에서의 첫 번째 한 달이다. 다행히도 나는 당시 영업사원 일을 하고 있어서 시간을 어느 정도 자유로

이 샐리에게 할애할 수 있었다. 나는 데크에서 가능한 많은 시간 동안 함께 놀아주고, 내 책상 밑에서 함께 껴안은 채 텔레비전을 시청하는 일 따위를 했다. 그리고 얼마 후 내가 계획했던 것처럼 아침에는 데크에서 걷거나 가벼운 산책을 하고, 저녁이 되면 멀리까지 정겹게 산책하는 규칙적인 일과를 시작했다. 우리는 아침 산책길에서 니나와 그녀의 세 마리 개 블레이즈, 엘렌, 밴디트 같은 새로운 친구도 사귀었다. 그들은 모두 샐리의 정말 좋은 친구가 되었다. 동물보호소에서는 샐리가 노는 방법을 잘 알지 못하는 개라고 했지만 그들과 함께 뛰고 뒹굴고 깨물며 놀 때 샐리의 모습은 어쩜 이렇게 완벽한 개가 있을까 싶은 경이로움 그 자체였다. 하지만 그렇다고 언제나 좋은 일만 계속된 것은 아니었다.

샐리가 내게 온 지 한 달쯤 되었을 때, 나는 정기적인 백신 접종을 위해 동물병원을 찾았다. 나는 그냥 수의사에게 단순하게 샐리가 요즘 좀 우울한 것 같다는 염려를 표했다.

"샐리가 지금은 노는 것을 좋아해요. 공을 물어오는 것도 잘하구요. 하지만 이따금 뭔가 나쁜 기억을 잊지 못하는 사람처럼 침체되어 있는 게 느껴져요. 기분을 나아지게 해주려고 공원에도 데리고 나가고 하지만 그래도……."

샐리의 수의사인 롭 에르트먼은 고개를 끄덕거리며 샐리의 눈을 들여다보고 머리를 가볍게 두들겨보기도 했다. 그가 진찰을 멈추며 말했다. "재키, 비록 동물들의 기억 방식이 사람들과는 다르다고 하지만, 특히나 유기견이었다 구조된 개들은 과거의 기억이 남아 있는 경우가 많고 심한 경우 고통으로 이어지곤 해요. 사람들도 나쁜 기억이 그냥 사라져버리지 않듯, 개들도 마찬가지인 셈이죠." 수의사가 잠시 말을 멈추자 샐리는 그에게 머리를 기댔다. "생각해보세요. 당신의 친구가 아주 안 좋은 일을 털어놓았는데 '좋았어, 이제 나가서 놀자'고 하지는 않잖아요. 대신 당신은 친구를 두 팔로 안아주며 안심시켜주고 언제나 곁에 있어주겠다는 말을 해주죠. 샐리에게도 마찬가지예요. 매일 조용한 시간을 골라 샐리에게 사랑한다고, 이제는 안전하다고 말해주어야 해요. 그러면 샐리 역시 안심하게 될 거예요."

그래서 그날 저녁, 식사와 산책을 마친 후에 나는 샐리와 함께 바닥에 앉아서 등을 소파에 편안하게 기댄 채 팔을 뻗어 샐리를 안았다. 샐리는 내 품 안에 바짝 파고들며 몸을 기댔다. 샐리의 머리는 내 가슴 위에서 그야말로 편안하게 쉬고 있었다.

"샐리야, 이제 넌 안전해. 난 절대로 널 떠나지 않을 거야. 넌 내 사랑이야. 언제나 너를 사랑할 것이고, 영원히 너를 지켜줄 거야." 나는 진심으로 샐리에게 사랑을 속삭였다.

일주일도 지나지 않아서 샐리의 모습이 아주 활기차게 변했다. 심지어 눈빛도 더욱 밝아졌다. 그리고 노는 것이 어떤 것인지를 잘 안다는 것도 확실하게 증명해주었다.

샐리는 사고 치는 데에도 일가견이 있었다. 롭은 개들의 사고가 가장 빈번하게 발생하는 때가 금요일 오후라고 했다. 이제 한 마리 정도만 더 진료하면 주말을 즐길 수 있겠거니 생각하고 있으면 꼭 다른 개가 다쳐서 병원에 들어온다고. 사고의 종류는 아주 다양하다. 교통사고나 추락으로 인한 골절상은 기본이고, 철조망에 찔리거나 긁혀서 오는 경우도 있으며, 수영장에서 그냥 개만 풀어놓고 너무 오래 방치하는 바람에 위장에 물이 차서 오기도 하고, 7미터도 넘는 벽이 무너져서 다치는 경우도 있다고 했다. 샐리의 경우 공원에서 주인을 찾을 수 없는 커다란 검은색 개에게 옆구리를 물렸다. 나는 서둘러 샐리를 차에 태우고 병원으로 갔다. 일단 샐리는 차에 두고 부랴부랴 대기실로 뛰어들어 갔는데 너무 놀라서 아무 말도 할 수가 없었다. 동물병원 접수 담당인 팅크가 나를 쳐다보더니 내가 완전 넋이 빠져 있음을 알아채고는 물었다.

"샐리가 다쳤어요?"

나는 고개를 끄덕였다.

"많이 다친 거예요?"

나는 또 고개를 끄덕였다.

"빨리 안으로 데리고 오세요. 롭 선생님께 말씀드릴게요. 도와드릴까요?"

나는 괜찮다고 고개를 흔들고 다시 차로 가서 샐리를 부축해서 걷게 했다. 샐리는 피를 뚝뚝 흘리면서 대기실을 엉망으로 만들며 검사실로 들어갔다. 나는 대기실의 사람들에게 고개를 숙여 죄송하다고 속삭였다. 롭은 곧바로 샐리를 철제 테이블로 옮겼다. 진료실에서 샐리가 상처를 치료하는 동안 간호사 질이 샐리를 붙잡고 있었다. 옆에 서 있던 실습 나온 고등학교 남학생이 말했다. "혹시 어지럽다거나 하면 밖에서 기다리시는 게 좋을 것 같네요."

나는 다소 메스꺼움이 있지만 문제없다고 대답했다.

학생은 고개를 끄덕거렸다.

롭은 동맥이나 내부 장기를 다친 게 아니니까 몇 바늘 꿰매고 안정을 취하면 괜찮아질 거라고 했다. 나는 안도의 한숨을 내쉬면서 치료가 진행되는 동안 샐리의 머리를 내 가슴으로 안고 속삭였다.

"괜찮아, 샐리. 아프지 않을 거야. 난 아무 데도 안 가. 내가 함께 있어 줄게."

처음 존을 만났을 때부터 나는 개들에 대해 많은 얘기를 나눴다. 존은 키우던 개를 이혼한 부인과 공동으로 양육하고 있었고, 나는 그에게 다섯 살 된 샐리에 대해서 모든 것을 다 얘기했다. 매번 존을 만날 때마다 샐리를 한번 보기만 하면 완전히 사랑에 빠지게 될 것이라고 했다. 그래서 얼마 후 존이 우리 집에 와서 "우리 공주님이 어디 있지?"라는 말을 했을 때, 나는 그 공주님이 내가 아님을 자연스럽게 받아들였다.

우리는 샐리가 여덟 살이 되었을 때, 캘리포니아 오하이로 집을 옮겼고 그때부터 내가 책 홍보 때문에 집을 비우게 되는 일이 잦아졌다. 내 책이 연이어 두 권이나 출간되었으니 몇 주씩 집을 떠나 있어야 했다. 또한 나는 나이가 드신 부모님을 뵈러 일 년에도 여러 차례 영국으로 가려 노력했다. 그러면서 샐리는 존과 아주 급속하게 가까워졌고, 오하이로 이사하자마자 키우게 된 고양이 델더필드와는 친구이자 연인처럼 완전히 달라붙어 이제 그 둘은 떨어져 살 수 없는 사이가 되었다. 하나가 일어나 어디로 가면 다른 하나가 꼭 일어나 따라다니는 사이가 되었으니 말이다.

샐리가 열한 살 무렵 치아 정기 검진을 받았는데 상당히 심각한 구강암이 발견되었다. 내가 그 소식을 들었을 때는 부모님을 뵙기 위해 영국으로 가기 바로 전날 저녁이었다. 이번 여행은 얼마 전에 엄마가 가벼운 뇌졸중으로 쓰러진 적이 있었기에 상당히 심각하고 중요한 여행이었다. 그럼에도 불구하고 나는 여행을 취소하려고 했지만, 존이 샐리는 괜찮을 거라고 했다. 내가 비행기를 타고 있는 동안, 카핀테리아의 샐리 담당 수의사였던 스콧 스미스가 수술을 집도할 예정이었다. 여행도 수술도 둘 다 미룰 수도 취소할 수도 없었던 상황이었다. 그때 비행기 안에서 칠흑같이 어두운 바깥 하늘을 바라보던 때를 기억한다. 내가 할 수 있는 거라곤 기도밖에 없었다.

'더도 말고 딱 일 년만 더 샐리와 함께할 수 있는 시간을 주세요. 딱 일 년만 더.'

내가 영국에 있는 동안 샐리는 병원에서 퇴원했다. 샐리는 여전히 몸이 많이 아픈 상태였다. 존은 샐리가 퇴원한 직후 일주일을 모조리 샐리에게 바쳤다. 존은 그래도 다행이었다고 말했지만 난 아픈 샐리와 떨어져 있는 것을 견디지 못하고, 일정을 단축시켜 일찍 집으로 돌아왔다. 와서 보니 샐리는 혼자서는 아무것도 먹지도 마시지도 못하는 상태였다. 음식은 존이 손으로 일일이 먹여주어야 했고, 특별히 제조된 음료를 입에 넣어주어야 했다. 다행히 샐리의 상태는 생각보다 빠르게 호전되어 금세 혼자서 먹고 마실 수 있는 상태가 되었다. 일주일이 채 지나지 않아서 샐리는 혼자서 자기가 좋아하는, 내가 벼룩시장에서 75센트에 산 동물 모양의 가짜 은그릇에 습식사료를 먹을 수 있게 되었다. 샐리가 수술에서 회복을 하게 되면서 우리는 하루하루가 샐리에게 최고의 날이 될 수 있도록 최선을 다하자고 다짐했다. 비록 남은 날이 얼마인지는 신만이 알고 있겠지만, 그 시간들을 몇 갑절로 풍족하게 보내는 일은 우리의 능력 안에 있었기 때문이다. 우리는 샐리를 위한 최선이 무엇인지를 생각했다. 무엇보다도 샐리가 고통스럽지 않아야 한다는 게 최우선이었다.

샐리를 위해 매일 최선을 다한다는 계획은 결과적으로 우리에게도 좋은 일이 되었다. 인근 공원에서 많은 친구들을 사귀게 되었고, 일찍 일을 마치고 샐리를 해변으로 데리고 나갔다. 아니면 그냥 샐리와 함께 시내로 나가서, 야외 테라스에 앉아 커피를 마시며 사람들이 지나가는 모습을 구경했다. 샐리는 커다랗고 위풍당당한 체구의 개였지만 사는 동안 이런저런 사고로 풍파를 많이 겪어서인지 행동도 많이 느려졌고 힘도 예전만 못했다. 하지만 내가 그토록 간절하게 바랐던 1년은 3년으로 연장되었다.

샐리 왁스터, 샐리 와거루니, 샐리 와가사 라스비, 샐리 수로도 불리는 우리 샐리는 우리와 함께 정원에 앉아 나와 존의 얘기를 들었다. 우리는 도그 파크에서 샐리가 얼마나 빨리 달렸는지, 샐리가 물을 얼마나 좋아했는지, 몬타라 해변에서 일본까지 수영해서 가려고 시도했을 정도로 얼마나 수영을 잘했는지, 샐리의 날렵한 모습이 얼마나 멋졌는지 그리고 여러 가지 사건 사고들을 포함하는 샐리의 삶에 대해서 얘기했다. 그리고 로스트 치킨만 보면 영혼이라도 팔 것처럼 굴던 샐리의 모습도. 샐리야, 기억 나니? 어느 농장에서 머릿속에 맛있는 로스트 치킨을 상상이라도 했는지 미친 듯 닭을 쫓던 너의 모습. 정말이지 난 그때의 샐리의 모습을 잊을 수가 없다.

그리고 4시 15분이 되었다. 떠날 시간이었다.

"가는 게 좋겠어." 존이 말했다.

우리는 샐리를 차에 태운 뒤, 델디에게 다녀올 테니까 잘 기다리고 있으라고 인사하고 집을 나섰다.

샐리는 이 길이 마지막 여정이라는 것을 안다는 듯, 동물병원으로 가는 내내 힘들어했다. 나는 샐리를 두 팔로 껴안았다. "엄마가 여기 있어. 걱정 마, 괜찮을 거야."

동물병원에 도착한 우리는 샐리를 안아서 내렸다. 여전히 숨이 가빠 호흡이 힘든 상태였지만 병원 바닥에 실례를 하지 않겠다는 결심이라도 한 건지 비틀비틀 잔디밭으로 걸어가서 오줌을 쌌다. 그렇게 샐리는 마지막 여정의 와중에서도 자존심과 위엄을 지켰다. 그렇게 몇 발자국을 걸은 후 바닥에 누워 더 이상 걷지 못했고, 존과 스미스 선생님이 샐리를 안고 진료대 위에 조심스레 올려 놓았다. 곧 선생님이 말을 꺼냈다.

"지금 바로 이별이 시작되지는 않겠지만, 그렇다고 시간이 많이 걸리지도 않을 겁니다. 그대로 나둬도 샐리가 오늘밤을 넘기기는 힘들 것 같습니다."

간호사인 레지나가 천사 같은 샐리의 앞발을 지그시 눌러 잡았다. 그녀의 눈에는 눈물이 고여 있었다. 모든 사람이 샐리를 사랑했다.

나는 스미스 선생님이 주사기를 준비하는 것을 차마 보지 못하고 등을 돌려서 머리를 샐리의 몸에 파묻었다. 존은 샐리의 등을 쓰다듬어주고 있었다. 스미스 선생님이 안락사가 어떻게 진행되는지 설명해주었다. 자기가 주사를 놓으면 샐리는 마치 깊은 잠에라도 빠진 것처럼 죽게 될 거라고 했다.

"잠시 둘만의 시간을 가지시는 게 좋을 듯합니다. 저는 잠시 후에 다시 돌아오겠습니다."

스미스 선생님이 진료실을 빠져나가자 나는 샐리를 껴안았다. "샐리야, 나 여기에 있어. 널 무척이나 사랑한단다. 괜찮아, 넌 안전해. 널 떠나지 않을게."

다시 돌아온 스미스 선생님이 샐리의 앞다리에 주사바늘을 꽂은 후 조명을 낮추었다. 몇 초 후에 샐리의 숨소리가 잦아들더니, 가쁘게 몰아쉬던 그 소리도 이내 곧 멈추고 말았다. 나는 마지막으로 이 말을 속삭였다. "사랑해, 나의 샐리."

Kiki

키키

세실리아 망구에라 브레이너드

수컷 고양이 친씨가 열아홉의 나이에 죽으면서 하얀색 고양이 프레이디가 우리의 유일한 고양이가 되었다. 프레이디는 그다지 접촉을 즐기지 않는, 늘 시무룩하고 뚱한 표정의 고양이였는데 느닷없는 우리의 관심에 짐짓 놀라는 눈치인 것 같기도 했다. 그러나 머지않아 변화된 상황을 즐기는 듯, 우리가 텔레비전을 보거나 침대에서 잠을 잘 때에도 과감하게 무릎 위로 점프해서 올라오곤 했다. 그건 뭐랄까, 친씨가 독점적으로 누리던 특권 같은 것이었는데 말이다.

남편은 새로운 원칙을 세우기로 했다. "여기까지! 고양이는 딱 한 마리, 더 이상은 안 돼." 사실 고양이에 대한 지식은 나보다 남편이 훨씬 더 풍부했다. 독일 셰퍼드를 키우면서 자랐던 내게 고양이는 집 밖에서 쥐나

도마뱀을 잡는 동물에 불과했다. 처음 고양이를 키우자고 했던 것도 남편이었다. 남편은 처음부터 개가 아니라 고양이를 원했다. "고양이들은 독립적이고 개만큼 관심을 기울일 필요가 없어. 게다가 개와는 달리 언제 그만 먹어야 할지를 알 정도로 절제력도 있어." 사실 남편 말이 틀린 것은 하나도 없었다. 주말에 어디론가 여행을 가더라도 고양이들에게는 그냥 적당량의 먹을 것과 물을 남겨두고 가면 그만이었다. 결과적으로 봤을 때 우리 고양이들은 성격이 냉담하고 까다롭고 거만했다. 어렸을 적, 내가 학교에서 돌아오면 방방 뛰면서 꼬리를 흔들며 나를 반겨주고, 내가 어디를 가든지 따라다니며 관심받기 원했던 개들과 달랐다.

고양이는 딱 한 마리만이라는 남편의 선언이 있은 지 얼마 안 돼서, 큰아들 크리스가 6개월 된 고양이 한 마리를 품에 안고 나타나더니 물었다. "잠시만 고양이를 맡아주실 수 있으세요?" 그는 여자친구와 헤어져서 이사를 해야 하는 상황이었다. 크리스가 데려온 고양이는 털이 긴 흑백의 암컷 고양이였는데, 배 쪽의 털이 하얘서 꼭 턱시도를 입은 것 같은 모양이었다. 얼굴은 하얀 가운데 눈과 귀 부분만 검은색 털로 덮여 있어 가면을 쓴 것 같았고, 검은색 다리와 구분되는 흰 발은 꼭 장화 신은 고양이를 연상시켰다.

남편이 크리스에게 말했다. "고양이는 한 마리만 키우기로 결정했단다. 그리고 우리가 단모종의 수컷 고양이를 좋아하는 거 알잖니. 암컷은 곤란하단다. 언젠가 암컷 고양이가 발정 나서 할머니 옷에 오줌을 뿌리고 다녔던 거 기억 안 나니? 게다가 장모종 고양이들은 털도 많이 빠지고 벼룩까지 달고 다니잖아."

그때 크리스가 턱시도를 입은 새끼 고양이를 남편의 손에 올려놓았다. 너무 작고 앙증맞아서 남편 손바닥에 푹 파묻힐 정도였다.

"고양이를 또 들일 수는 없어. 그리고 이 기다란 검은 털을 좀 봐라."
새끼 고양이가 남편의 손에서 꼼지락거리며 기지개를 펴듯 손을 위로 뻗
었다. 그러더니 남편의 뺨을 핥기까지 했다. 결국 남편이 한발 물러날 수
밖에 없었다. "네가 이사를 하고 자리를 잡을 때까지만이다. 그 후에는 반
드시 데려가도록 해라."

물론 당연히 그런 일은 벌어지지 않았다. 그렇게 또 다른 고양이 한 마
리 키키(크리스의 여자친구가 지어준 이름)가 우리에게 찾아왔다. 장남 크
리스는 로스쿨 때문에 멀리 떨어져 있고, 둘째 아들은 대학 생활로 바쁘
고, 막내는 고등학생이었던 중년 부부의 삶 속으로 말이다. 프레이디가
당혹스러워한 것도 이해가 간다. 이제 좀 온전히 자기 입맛에 맞는 환경
이 조성되었다 싶었는데, 어디서 또 하나 흑백의 이상하게 생긴 녀석이
들어왔으니 절대 환영할 수 없는 침입자로밖에 보이지 않았겠지.

반면에 키키는 프레이디를 보자마자 귀를 쫑긋 세우더니 바로 배로 파
고들어 젖을 빨려고 했다. 모성본능이라고는 전혀 없는 처녀 고양이였던
프레이디가 깜짝 놀라 하악, 소리를 내며 앞발로 키키를 밀어냈지만 키키
는 계속해서 시도했다. 하얀 처녀 고양이는 새끼 고양이가 물러설 때까지
발작하고 으르렁거렸다. 그렇게 둘은 이틀 동안 서로를 피해 다녔다. 하
지만 키키는 계속해서 프레이디에게 다가가려 했다. 계단에 앉아 일광욕
을 즐기고 있는 프레이디 품에 안기려 들었고, 프레이디의 꼬리를 건드려
또 다른 싸움을 촉발시키기도 했다. 키키가 프레이디를 맞는답시고 문 안
쪽에 앉아 있다가 갑자기 다가가 오히려 프레이디를 놀라게 한 적도 많
았다.

사실 키키는 완벽한 애완동물이라고 해도 과언이 아니었다. 전혀 모르
는 사람이 키키를 안아 올려도, 기분이 좋다는 듯 가르랑거리며 제 몸을

바짝 밀착시켜 왔다. 심지어는 인사라도 하는 양 앞발을 이용해서 얼굴을 툭 하고 건드리기까지 했다.

키키는 우리 침대에서 잠을 잤고, 아주 추운 날이면 내 바로 옆에 있는 담요 밑으로 파고들기도 했다. 내가 추위를 많이 타는 편이라서 키키를 종종 세게 껴안을 때도 있었는데, 그럴 때도 키키는 절대로 싫어하거나 저항하는 기색을 보이지 않았다. 그때마다 키키는 꼭 털이 수북하고 따뜻한 물주머니 같았다. 그 자세로 내가 다시 잠이 들 때까지 있다가, 내가 잠이 들었다 싶으면 살그머니 내 품에서 빠져나가 침대 어느 구석 원래 누워 있던 자리로 돌아가서 잠을 잤다.

아침이 밝으면 키키는 침대에서 뛰어내려 아래층으로 내려가 고양이문을 통해 밖으로 나가 제 볼일을 보았다. 키키의 하루는 그렇게 시작되었다. 아침을 먹고, 밖으로 나가 햇살 좋은 곳에 앉아 털을 다듬었다. 신기하게 키키가 가장 좋아하는 곳도 프레이디의 아지트인 원형 계단의 네 번째 층계였다. 주변에 참새들이 많아지는 봄이 되면 그중 하나를 잡아서 집 안으로 물고 오기도 했다. 결코 죽이지는 않았기에 참새는 파닥거렸고 거기에 내가 아무리 신경질적으로 반응해도 키키는 생의 마지막 봄까지 새 사냥을 멈추지 않았다. 녀석은 오후가 되면 다시 집으로 돌아와 소파나 침대 위에서 낮잠을 잤다. 금요일에는 그 모든 활동들 사이에 꼬리를 휘두르거나 허공을 후려치는 활동이 추가됐다. 저녁에 우리가 거실에서 텔레비전을 시청하고 있으면, 키키는 남편 무릎에 올라 앉아 잠을 자거나 놀곤 했다. 둘은 조용히 의자 위에서 몇 시간씩이고 보내곤 했는데 남편이 크로스워드 퍼즐을 하거나 스도쿠를 푸는 동안 키키는 계속해서 낮잠을 즐겼다. 내가 "키키가 당신을 정말 좋아하나봐요"라고 하자 남편은 멋쩍은 듯한 표정을 지으며 말했다. "고양이잖아. 사람들을 이용하는 거라고."

반면에 프레이디는 대부분의 시간을 이웃집 마당에서 보냈다. 어느 날, 이웃집 여자가 전화를 해서 그쪽 집 하얀색 고양이가 우울증 뭐 이런 거 아니냐고 물어왔다. 대부분의 시간을 자기 집 죽은 개 무덤 위에서 햇볕을 쬐며 보낸다는 것이다.

얼마 안 있어 프레이디의 귀에서 종양이 발견되었다. 의사의 설명에 따르면 하얀색 고양이들에게 종종 발견되는 종양인데, 고양이들에게는 사람처럼 태양빛으로부터 자외선을 차단해주는 멜라닌 색소가 없기 때문이라고 했다. 프레이디의 양쪽 귀에는 검은색 반점이 생겼고 반점 주위로 흉하게 발진이 생겼다. 수의사는 녀석의 귀 대부분을 제거할 수밖에 없었다. "프레이디가 밖으로 나가려고 하면 귀와 코에 선크림을 발라주세요. 사실 고양이를 그냥 집 안에 두는 편이 제일 좋고요."

우리는 위층 안방을 프레이디의 방으로 바꾸기로 결정했고, 배변상자와 밥그릇과 물을 욕실에 가져다 놓았다. 프레이디의 쿠션은 안방 침대 밑에 놓았고 담요는 침대 위에 올려 놓았다. 그리고 침실 문을 닫아 키키가 들락거리는 것을 막았다. 그렇게 4년 동안 프레이디를 간호했고, 프레이디는 별 문제없이 잘 살아주었다.

하지만 우리와 함께 자던 키키는 침실에서 쫓겨난 것에 상당한 앙심을 품은 것 같았다. 굳이 애완동물심리학자가 아니더라도 키키가 자신의 천적이 이 집에서 가장 중요한 방을 독차지하고 있다는 사실에 화가 나고 질투심에 사로잡혀 있음을 알아챘을 것이다. 키키는 침실에서 쫓겨 유배 생활을 해야 하는 상황을 내 탓으로 돌리는 듯했다. 내가 안아 올릴 때 위협적인 소리를 내거나 할퀴며 저항하지는 않았다. 그냥 나와는 전혀 눈을 마주치려 하지 않았고 가르랑거리지도 않았다. 배척하지는 않지만 호감을 보이지는 않겠다는 결의 같았다. 하지만 남편이 키키를 안아 올릴 때는 눈을 지그시 감고 가르랑거리며 좋아하는 소리가 온 집안에 울려 퍼질 정도였다. 마치 이렇게 말하는 것 같았다. "난 이 사람이 좋아요, 정말 좋아요, 하지만 당신은 아니에요."

프레이디가 죽고 나서 수년이 흐른 후, 나는 키키를 보며 너도 나도 다 나이가 들어가고 있구나 하고 생각했다. 키키는 침대로 뛰어오르는 걸 힘들어하기 시작했다. 가끔은 발을 저는 경우도 있었고, 예전보다 낮잠도 많이 잤다. 혹시 누군가 척추 아래쪽을 잘못 만지면 깨물기도 했다. 하지만 언제나 놀기 좋아하던 그 모습은 그대로였다.

크리스는 이제 변호사가 되었고, 고양이를 키우고 싶어하는 새 여자친구와 우리 집 근처로 이사를 왔다. 언제나 간소한 생활을 꿈꾸었던 남편은 이제 키키를 돌려주자고 했고, 크리스 커플은 키키를 방 두 개짜리 자기네 아파트로 데려갔다. 새로운 생활에 적응하기 힘들었는지 키키는 신발과 옷 여기저기에 오줌을 쌌다. 심지어는 크리스의 여자친구 가죽 재킷에 오줌을 뿌린 적도 있었다. 다행히도 고양이를 좋아했던 크리스의 여자친구는 그냥 웃어넘겼지만 문제는 크리스였다. 어느 날 크리스가 아무런 예고도 없이 불현듯 키키를 안고 우리 집에 나타났다. 손이 벌벌 떨리는 상태였다. 크리스가 키키를 건네며 말했다. "이 녀석을 데려가세요. 안 그러면 제가 동물보호소로 데려갈 거예요." 키키는 조금의 동요도 보이지 않고 바닥으로 내려오더니 소파에 올라 앉아 여유롭게 털을 다듬기 시작했다. 의기양양하고 우쭐대는 표정이었다. "여기가 바로 내 집이지. 다시는 내 인생을 바꾸려 들지 마세요"라고 말하는 것 같았다.

키키는 다시 우리 집과 정원, 그리고 가끔씩 이웃집을 드나드는 예전의 생활로 돌아왔다. 우리 정원으로도 이웃집 고양이들이 들락거렸다. 키키에게는 그곳이 일종의 작은 행성이었다. 하지만 변화가 찾아왔다. 키키에게는 자신과 똑같은 종류의 턱시도 고양이 친구가 있었는데, 나이가 들면서 움직임이 둔해지더니 어느 날부터인가 모습이 보이지 않게 된 것이다. 그리고 프레이디가 동물병원으로 떠나던 마지막 모습도 지켜보았다. 우리 집과 가족이 변화하는 것도 지켜보았다. 침실이 사무실이 되고, 앞마당에 문이 생기고, 남편과 내가 체중이 늘어 움직임이 둔해지고, 병원과 치과에 대해 얘기하는 빈도가 늘어나는 것을 지켜보았다. 우리 세 아들들이 훌쩍 커서 대학에 가고, 집으로 돌아오고, 직장을 잡고, 직장을 잃고, 사랑에 빠지고, 실연의 아픔을 겪거나 결혼하는 것을 지켜보았다. 키키야말로 우리 가족의 삶의 여로, 그 모든 변화의 과정을 지켜본 단 하나의 존재였다.

키키는 손자, 손녀들을 싫어했다. 키키는 아이들이 자신을 만지는 것 자체를 싫어했다. 자신을 놀라게 하는 아이들의 급작스런 행동은 경계 대상이었다. 키키는 아이들이 다가올 때마다, 털을 곤두세우며 경계심을 표현하고 정원이나 침실의 어디론가 황급히 사라져버리곤 했다. 키키가 아무리 싫은 내색을 보여도 아이들은 막무가내였다. 절대로 기가 죽지 않는 아이들은 키키를 발견하며 소리치곤 했다. "봐, 여기 키키 찾았다!" 키키는 그렇게 아이들에게 안개 낀 깊은 숲 속 어딘가에 숨은 유니콘 같은 존재였나보다.

어느 시점에선가 고양이 나이를 사람 나이로 환산해서 키키와 나는 동갑내기가 되었다. 키키의 검은색 털이 바래면서 불그스름한 색조를 띠기 시작했고, 염색한 내 검은 머리도 이와 별반 다르지 않았다. 나는 우리 둘 사이에는 뭔가 유대감이 있다고 생각했다. 털 색깔과 머리카락 색깔이 비숫해지는 그런 유대감 이상의 것이 있다고 확신했다. 어느 밤, 키키가 뛰어오르기에 침대가 너무 높아져서 우리는 보조 계단을 설치해주었다. 키키의 잇몸과 치아에 문제가 생겼을 때는 수의사에게 이빨을 전부 뽑는 게 낫겠다는 이야기를 듣기도 했다. 하지만 난 그 말을 무시했다. 다행히 키키의 이빨은 완전히 회복되었고 지금은 누구라도 자기에게 해를 가하면 바로 달려들어 물어버릴 만큼 성한 이빨을 자랑하고 있다.

키키는 지금도 나보다는 남편의 무릎을 더 좋아한다. 하지만 내게 기대는 면도 많다. 키키가 아프면 병원에 데려가주는 사람이 나고, 인터넷에서 각종 정보를 검색해서 병간호를 하고, 입에 약을 넣어주고 털을 빗겨주며, 얼마 남지 않은 이빨을 손가락 칫솔로 정교하게 닦아주는 것도 나다. 사실 키키가 나이 들어가는 것을 지켜보는 것은 상당히 고통스러운 경험이다. 내 인생의 많은 부분을 차지하고 있는 키키가 내 곁을 떠난다는 것은 상상조차 하기 힘든 일이다. 키키의 버르장머리 없는 행동이나 거만함까지도 내게는 사랑스럽기 그지없는 모습이다. 난 정말 이 고양이를 사랑했던 것이다.

키키와 함께한 17년의 기간 동안, 가끔은 역할이 완전히 뒤바뀐 적도 많았다. 키키는 우리를 기쁘게 해주는 귀여운 애완동물로서의 역할을 가뿐히 제쳐버리곤 했다. 반대로 우리가 주인이자 여왕님이 된 키키를 기쁘게 하기 위해 갖은 재롱을 펼쳐 보였다. 남편은 아닌 때도 있었지만 나는 늘 그랬다. 나는 마지막 순간까지도 키키의 하녀이자 간호사이자 비서였다.

키키는 장미가 우거진 정원의 부겐빌레아 덤불 아래에서 새들이나 다람쥐를 바라보며 많은 시간을 보냈다. 녀석은 더 이상 우리 침대가 아닌 거실 소파를 좋아했다. 아마도 침대에 기어오르는 게 녹록지 않아서 성가셨을 게 분명하다. 어쩌면 우리가 만지고 보듬고 다가오는 게 예전처럼 마냥 편치만은 않았을지도 모르겠다. 혹은 우리에게서 조금씩 멀어져 자연에 몸을 섞고 싶었는지도.

어느 화창한 봄날, 키키는 장미 정원에 있었다. 흑백의 고양이가 부겐빌레아 덤불 아래서 꽤나 만족스럽다는 듯 누워 있는 모습은 아주 자연스럽고 흔한 풍경이다. 장미가 빨간색, 노란색, 분홍색으로 완벽하게 만개해 있는 오후였다. 새들의 지저귐까지도 선명하게 들을 수 있는 적막한 오후였다. 나는 그동안 키키를 위해 할 수 있는 모든 것을 했다. 내 두 손으로 키키를 안고 확신에 찬 목소리로 말해주었다. "넌 할 수 있어, 다시 건강해질 수 있어, 그러니까 먹어야지, 먹고 마셔야 살 수 있지." 그날 키키는 장미 정원에서 그 어느 때보다도 안락하고 행복하게 오후를 즐기고 있었다. 나는 일을 하러 서재로 들어갔다. 그때 갑자기 야옹 하는 소리가 들렸고 고개를 돌려보니 키키가 방에 들어와 있었다. 뭔가를 입에 물고 있었는데, 내 앞에 떨어뜨린 그것은 어린 새였다. 언제나 그래왔듯 퍼덕이는 새가 싫었던 나는 깜짝 놀라 몸을 흔들었다. 키키는 그런 나를 이상하다는 듯 쳐다보았다. 아마도 내게 선물을 주고 싶었던 것 같다. 키키는 선량한 눈빛으로 자기 선물을 받으라고 내게 말하고 있었다. 나는 키키를 안아 올려서 꽉 껴안고 이렇게 말했다. "고마워요."

세 달 후 우리는 키키를 생전에 그렇게나 좋아했던 장미 정원의 부겐빌레아 덤불 옆에 고이 묻어주었다.

Seamus and Spud
시머스와 스퍼드

주디스 루이스 머닛

그 아이들은 천안문 광장에서 한 남자가 탱크에 맨 몸으로 맞서고, 베를린 장벽이 페레스트로이카에 무너지던 1989년 6월에 태어났다. 또한 그해는 내가 딱히 결혼 말고는 무엇을 해야 할지 몰라서 사랑하지 않았던 남자와 그냥 충동적으로 결혼을 해버렸던 해이기도 했다.

둘을 함께 찍은 첫 번째 사진에서 녀석들은 막대기를 물고 있었다. 아마 물고 있다는 표현은 적절한 단어가 아닐 것이다. 두 녀석은 싸우고 있었다. 케언 테리어 종인 시머스는 머리에 비해서 너무 큰 귀를 지니고 있고, 금방이라도 날뛰고 폭주를 할 것 같은 표정에, 눈의 흰자위가 꼭 애팔루사 종 말처럼 생긴 강아지였다. 그리고 막대기의 한쪽 끝을 물고 있는 진한 갈색털의 토이견이 스퍼드이다. 시머스가 막대기를 물고 있는 힘은 막대기와 함께 스퍼드를 땅 위에서 그대로 들어 올릴 수 있을 정도였는데도, 스퍼드는 절대 지지 않겠다는 고집으로 맞서는 중이었다.

지면은 색이 바랜 나뭇잎과 미네소타의 10월 하늘의 흐릿한 호박색 태양빛이 얼룩덜룩하게 어우러져 있었다. 두 녀석은 서로 으르렁대며, 막대기를 물고 흔들면서 평생 동안 오래오래 계속될 두 라이벌간의 싸움의 서막을 열어젖히고 있었다. 녀석들은 당시 둘 다 생후 4개월이었다.

그 사진은 내 나이 스물아홉 살 때 찍은 것이다. 스퍼드는 남편 마이클과 함께 조그만 갈색 고양이와 거북 먹이를 사러 갔던 가게에서 처음 보았다. 그 강아지는 몸이 온통 까만 네 마리의 형제자매들과 함께 깨끗한 플라스틱 우리 안에 들어 있었다. 우리는 스퍼드를 바닥에 내려놓고, 스퍼드가 마치 만화 영화에 나오는 강아지 캐릭터처럼 뭉툭한 앞발로 타박타박 우리 발 사이를 왔다 갔다 돌아다니는 모습을 감상했다. 그리고 저렇게 작은 강아지라면 집주인이 전혀 눈치채지 못할 것이라고 확신한 후 3백 달러를 지불하고 스퍼드를 집으로 데리고 왔다. 하지만 마이클이 스퍼드를 재킷 안에 숨겨서 데리고 나오다 집주인에게 들킨 이후, 우리는 세인트 폴 시내에서 강아지를 키울 수 있는 로프트 아파트를 알아보았다. 그곳은 천장이 높고 강아지들 다리 관절에 좋은 카펫이 깔린 곳으로, 매일 퇴근시간이면 낑낑대는 강아지들과 노래하듯 즐겁게 자신의 개에게 말을 건네는 사람들로 로비가 가득 차는 아파트였다.

어쨌든 스퍼드 때문에라도 강아지 출입 금지 주거지역을 벗어나게 되었으므로, 나는 굳이 한 마리만을 고집할 이유가 없다는 판단을 내리게 되었다. 신문이나 잡지를 샅샅이 뒤져 어렸을 때부터 내가 꼭 기르고 싶어했던 강아지 분양 공고를 기어이 찾아냈다. 바로 『오즈의 마법사』에 등장한 도로시의 개 토토로 알려진 케언 테리어 종 강아지로, 내가 가는 곳이면 어디든지 따라 다니고 이런저런 귀염성 넘치는 재주를 가르칠 수 있는 똑똑한 종이었다.

마음에 드는 녀석을 발견한 건 벼룩시장 신문에서였다. 쥐잡이 개의 후손으로 농장에서 태어난 녀석이었는데, 스퍼드와 나는 도심 외곽의 주차장에서 강아지와 주인을 만나기로 약속을 잡았다. 신문에 광고를 낸 주인은 세 명의 사내아이들을 데리고 와서 차 안에서 한 떼의 강아지들을 내려서 풀어놓았다. 강아지들은 스퍼드를 보고 다가와서 모두 등을 땅에 대고 누웠다. 단 한 마리만이 뒤에 처져서 움직이지 않고 있었는데 나는 그 녀석을 데리고 가겠다고 했다.

집으로 오는 길에 나는 새로운 친구에게 시머스라는 이름을 붙여주었다. 시머스는 분명히 그날부터 어디가 좋지 않았거나 무엇인가에 대단히 긴장해 있었음에 틀림없었다. 우리 집에 온 지 일주일도 안 돼서, 자신의 물그릇으로 다가오는 모든 침입자들에게 윗입술을 실룩거리며 으르렁대기 시작했다. 개나 고양이는 물론이고 거북도 접근하지 못했다. 내가 그 녀석을 옆으로 옮기려는 순간, 시머스는 내 엄지와 검지 사이 살가죽을 물어버렸다. 거북 한 마리는 시머스에게 물려 죽었고, 더 큰일이 날까 두려워 애완용 토끼도 서둘러 다른 곳으로 보내버렸다. 고양이는 숨어서 나오려 들지를 않았다. 아직 꼬마 강아지에 불과한데도 녀석은 우리 모두를 공포에 사로잡히게 만들었다.

마이클이 단호한 목소리로 말했다. "이 녀석을 키울 수는 없어. 저렇게 사나워서야, 이러다가는 사람이 물릴 수도 있겠어." 하지만 그렇다고 강아지를 포기할 수는 없었다. 나는 시머스에게 복종 훈련을 시켜보기로 했다. 그러나 너무 공격적이라 훈련 자체가 힘들겠다는 진단을 받았다. 나는 다른 훈련소를 찾아갔다. 하지만 그곳에서도 시머스는 에어데일 테리어 종 개에게 달려들었고, 나는 훈련이고 뭐고 할 것도 없이 부랴부랴 그곳을 떠날 수밖에 없었다. 마침내 나는 미네소타와 위스콘신 주 국경 근처에서 로트와일러를 훈련시키는 여자를 발견했다. 세상에, 로트와일러를 훈련시키다니! 큰 머리에 사납기 그지없는, 그 어떤 종보다도 대단히 숙련된 전문기술을 요하는 견종이 아닌가. 그 정도라면 시머스를 훈련시킬 수 있겠다고 생각했다. 그녀의 이름은 마리온이었고, 우리 집에서 약 70킬로미터 정도 떨어진 곳에 살고 있었다. 나는 부지런히 일주일에 한 번씩 기초 훈련 코스를 들으러 그녀를 방문했다. 심하게 몰아치는 눈보라를 뚫고 간 적도 있었다.

평화로운 마리온과 그녀를 닮은 로트와일러 개들은 나의 산만한 테리어 시머스를 환영해주었다. "이 녀석과 좀 더 재미있게 놀아줄 필요가 있어요." 어느 날 마리온이 다른 개에게 확 달려드는 동작을 취하는 시머스를 향해 엄하게 훈계를 하면서 이렇게 말했다. 마리온은 내게 •초크 체인을 사용하는 방법과 가르친 내용을 잘 따랐을 경우 요란스럽고 떠들썩하게 칭찬하는 방법을 알려줬다. 그렇게 몇 주가 지나면서 시머스는 으르렁거리는 행동을 멈추었고, 드디어 본격적인 훈련에 들어가게 되었다. 그리고 약 한 달의 시간이 흐른 뒤 시머스는 드디어 기초 훈련을 끝마치게 되었고, 영광스럽게도 졸업식 날 가장 극적으로 변모한 모습을 보인 강아지에게 수여되는 '개과천선상'을 받았다.

관계를 진전시키는 과정을 배우기에는 강아지 훈련만한 게 없다. 살면서 강아지가 무엇인가를 배우는 것을 지켜볼 때의 경이로움만큼 짜릿한 것도 흔치 않다. 개들이 주인이 보내는 신호의 의미를 알아채고, 맹렬하

• 일시적으로 개의 목에 압박을 가할 수 있도록 만들어진 체인

고도 기민한 반응을 보일 때의 그 희열이란 감동의 도가니라는 표현으로도 부족할 것이다. 반항적인 테리어들로 가득 찬 세상에서 시머스는 따지고 보면 드물게 순종적인 테리어였다. 녀석은 '가자, 일어나, 주세요' 등을 배웠다. 하이파이브를 배웠고, 양손 하이파이브까지 습득했다. 구르고 내 품에 뛰어 안기는 것을 배웠고, 공을 물고 와서 주는 것도 마스터했다. 이제 시머스는 명령에 따라 중저음의 목소리로 즐겁게 노래도 부를 수 있게 되었다. 사정없이 으르렁대기만 하던 성질 더러운 개에서 인간의 가장 친한 친구로의 탈바꿈에 성공한 시머스는 그동안 내가 그 어떤 것에서도 느껴보지 못했던 열정과 희열을 갖게 만들었다. 지옥에서 천국으로, 악몽에서 깨어 엄마 품에 안긴 아이의 마음이었다.

하지만 시머스는 여전히 스퍼드에게는 평화를 안겨주지 않았다. 시머스는 스퍼드에게만은 방어적이었다. 냉장고, 개구멍, 테니스 공, 음식, 의자, 고양이, 모자, 라디오, 차 등. 스퍼드가 그 모든 것에 가까이 다가가기만 하면 으르렁대다 갑자기 잡아먹을 듯 격앙된 소리를 내며 방어적인 태도를 취했다. 스퍼드 역시 으르렁대며 마치 스타워즈에 나오는 이오크 족처럼 통통 튀며 앞뒤로 왔다 갔다를 반복했지만, 늘 뒷걸음질치며 물러나는 것은 스퍼드였다. 시머스는 어떻게 해도 스퍼드에게만은 요지부동이었다. 물그릇은 항상 시머스의 독차지였다. 우리가 두 녀석들 사이에 끼어들어서 중재를 하지 않았다면, 아마도 스퍼드는 물을 한 모금도 마시지 못해서 갈증에 목이 타 죽었을지도 모를 일이었다.

시간이 흐르면서 스퍼드는 마이클의 개가 되고 시머스는 내 개로 굳어지게 되었다. 당시 시머스와 스퍼드 사이에 존재하는 당장이라도 폭발할 것 같은 팽팽한 긴장감은 의심할 여지없이 우리 결혼 생활의 불평불만을 그대로 반영하고 있었다. 우리가 개들을 집으로 데리고 온 지 2년쯤 됐을 때 나는 캘리포니아에서의 일자리 하나를 제안받았다. 내가 정착하는 동안 두 녀석을 떨어뜨렸다가 나중에 마이클이 합류하는 계획을 세웠다. 하지만 도저히 스퍼드와 떨어질 수가 없었다. 캘리포니아까지 가는 동안 시머스는 개집에 넣어서 자동차 뒷좌석에 안전벨트로 고정시켰고, 스퍼드는 아이오와와 사우스다코타, 유타의 산악지형을 뚫고, 네바다 사막지대를 통과하는 2천 킬로미터가 넘는 거리를 내 무릎 위에서 잠을 자면서 여행했다.

열일곱 번째 생일을 맞이하기 바로 전 6월 1일, 시머스가 거처로 사용하고 있는 철망으로 된 울타리에서 힘겹게 일어서서 문이 열려 있는 것도 모른 채, 문이 아닌 뒤쪽으로 걸어서 나오려 들었다. 시머스는 철망에 머리를 부딪쳤고 다시 시도했다 또 부딪치고 난 후, 마침내 한숨과 함께 불쌍한 모습으로 주저앉았다. 녀석은 눈도 보이지 않고 귀도 들리지 않을 뿐더러 똥오줌도 전혀 못 가리는 상태다. 나는 시머스의 삶에 대해 무언가 결단을 내리지 않으면 안 되는 시기가 오는 것을 무척이나 두려워해 왔다. 그러나 올 것은 결국 오게 되어 있다. 시머스는 자신의 마지막 식사인 치즈 피자를 그 조그맣고 우아한 앞발로 쥐고 있었다. 마치 아이들이 땅에 떨어진 새를 양손으로 집어 들고 있는 모습 같았다. 시머스가 치즈 피자를 다 먹은 후, 우리는 시머스가 소파에서 가장 좋아했던 부분으로 그를 옮긴 후에 촛불을 밝히고 수의사에게 첫 번째 주사를 준비해달라고 얘기했다. 수의사의 손이 시머스에게로 가깝게 다가가자 시머스가 갑자기 고개를 쳐들고 주사를 물려고 했다.

스퍼드는 여전히 그 따뜻하고 영민하게 반짝거리는 눈빛을 자랑했다. 어디서고 부르는 소리에 잘 반응하고 무릎 위에 뛰어오를 수 있다. 나는 스퍼드에게 시머스의 마지막 모습을 보여줄 수 없었다. 평생의 적수였던 시머스가 두 번째 주사를 맞고 심장이 멈추며 침묵 속으로 빠져드는 동안 나는 스퍼드를 다른 방에 두었다. 내가 시머스를 보내고 스퍼드에게 돌아왔을 때, 스퍼드는 헐떡거리기는 했지만 뭉툭하고 짧은 꼬리를 여지없이 흔들어대면서 늘 보금자리 삼곤 했던 이케아 쿠션에 누워 있었다. 녀석은 평생 아픈 적이라고는 단 한 번도 없었다. 그 흔한 설사도 한 적이 없었고, 다리를 절었던 적도, 기관지염이나 피부병, 심지어는 벼룩도 한 번 묻어오지 않았다. 스퍼드가 자신에게는 평생에 해당하는 17년의 세월을 보내고서야 드디어 시머스의 으르렁거림 없는, 더없이 행복하고 단순하기 그지없는 평화를 누리게 되었구나 하는 생각이 들었다.

하지만 스퍼드는 시머스가 없어진 첫날밤에 잠을 이루지 못하고 밤새 뒤척이며 무언가를 애타게 찾는 듯 보였다. 다음 날 아침 나는 시머스의 철망 울타리 안에 웅크리고 누워 있는 스퍼드를 발견했다. 스퍼드는 대소변을 가리지 못했던 시머스가 싸놓은 오줌에 한쪽 다리를 적신 채, 풀죽은 모습으로 누워 있었다. 내가 울타리를 다른 곳으로 치웠지만 스퍼드는 그곳으로 따라와서 계속 울타리 곁을 지켰다. 먹으려 들지도 않았다. 스퍼드를 안아 올려서 밖으로 꺼내놓았지만, 돌아오면 다시 울타리 안이었다.

스퍼드에게 고기 통조림을 먹였다. 미용사에게도 데려갔다. 스퍼드는 미용하면서 예쁨 받는 것을 좋아했었고, 실제로 그날도 굉장히 행복해하는 것 같았다. 하지만 집으로 돌아와서는 다시 내 손 안에서 축 늘어진 콩자루 마냥 처져 있었다.

시머스가 죽은 지 일주일 하고도 하루가 지났을 때, 요가 수업에 가는 동안 내 친구 판도라에게 집에 와서 스퍼드를 봐달라고 부탁했다. 판도라는 스퍼드를 많이 예뻐했었고 스퍼드 역시 판도라를 좋아하고 잘 따랐다. 난 판도라의 방문이 스퍼드에게 기분전환이 될 것이라 생각했다. 그런데 집을 나선 지 얼마 되지 않아 판도라가 전화를 걸어 집으로 빨리 오라고 외쳐댔다.

판도라가 거실에 앉아 있는데 스퍼드가 비틀거리며 그녀를 향해 다가와 무릎 위로 올라서려 하더라는 것이었다. 스퍼드는 판도라를 올려다 보더니 무릎을 한 번 핥은 후에 힘없이 고개를 떨궜다고 한다. 판도라는 너무 놀라서 병원에 데려가야 하나 허둥대고 있었는데, 이미 스퍼드는 생명의 증후를 잃어버린 것처럼 보였다고 한다. 그래서 그녀는 그렇게 가만히 스퍼드를 안고만 있었고, 또 그렇게 스퍼드의 마지막 모습을 지켜보았다.

그날 오후 4시경, 스퍼드가 죽고 1시간쯤 지났을 때 일주일 전에 스퍼드의 노령견 건강검진을 담당했던 수의사가 전화를 했다. 스퍼드의 검진 결과가 나왔다는 전화였다. 스퍼드는 무척 건강하다며, 피부 상태도 좋고 이빨도 잇몸도 관리가 잘 되었다면서 날 칭찬해주었다.

그녀에게 말했다. "스퍼드가 죽었어요. 한 시간 전에 스퍼드가 저 세상으로 갔어요."

수화기 너머로 그녀가 놀란 입을 다물지 못하고 있다는 것이 생생하게 느껴졌다.

스퍼드는 실연의 상처로 죽은 것이다.

사람이 죽는 것과 동물이 죽는 것에 대한 반응의 차이는 엄연히 존재하고 사뭇 다르다. 하지만 실연의 아픔을 겪는 당사자들의 슬픔의 정도에는 그다지 차이가 없을 것이다. 하늘이 무너지고 가슴이 산산조각이 나고, 어디에 기대야 할지 모를 슬픔에 매몰되어버리는 것은 매한가지다.

엄마 생각이 났다. 엄마가 돌아가셨을 때, 나는 다락방을 청소하다 색종이 장식이 가득한 상자를 하나 발견했다. 내 스물한 살 생일을 요란스럽게 축하하고자 했던 엄마의 준비물이었다. 그때 난 학교 때문에 뉴욕에 있었고 언제나 그렇듯 특유의 변덕을 부려 생일 때 집으로 가는 일정을 취소했지만, 엄마는 언제나 그렇듯 사랑하는 딸이 집에 오는 것을 기대하며 열심히 생일 파티를 준비했을 것이다. 가족으로서의 세월을 함께 보냈던 두 마리의 개들이 우연히도 그렇게 얼마 간격을 두지 않고 세상을 떠난 슬픔이 내 기억 속의 엄마에 대한 명료하고 깊은 슬픔을 미안함과 죄스러움의 감정으로 일깨웠던 것이다. 난 다시 절망에 빠졌다.

시머스와 스퍼드가 죽었을 당시에 나는 남편과 이혼 후 3년 동안 만나 온 남자의 아파트에 살고 있었다. 그가 온기를 잃어버린 스퍼드의 몸을 주무르고 있는 나에게 말했다. "지금은 아니라고 생각할지 모르겠지만 아마 그게 최선이었을 거야." 나는 소리 지르며 오열할 수밖에 없었다. 그 사람이 뭘 알았겠는가? 그는 아무것도 몰랐을 것이다. 내가 그렇게까지 울 수밖에 없었던 것은 비단 스퍼드의 죽음 때문만은 아니었다. 스퍼드를 통해 겪은 상실의 고통이 사랑에 대한 내 무지함을 깨우쳐줬고, 그 때문에 눈물이 터져 나왔던 것이다. 우리는 강아지와 소파에서 서로 껴안고 뒹구는 것이 사랑이라고 생각한다. 그렇지 않다. 그건 단지 당신이 잃어버린 온기를 찾으려는 욕심에 불과할지도 모른다. 사랑이란 혹여 강아지에게 나쁜 일이 일어나지 않도록 사소한 일상에 관심을 기울이는 것이다. 난 스퍼드에게 그런 관심을 기울이지 못했다.

그 당시 나는 혼자 자전거를 타고 목청껏 큰 소리를 질러 대며 여기저기를 돌아다니곤 했다. 얼마나 바깥으로 나돌아 다녔는지 블루투스 이어폰의 통화 버튼 글자가 지워져서 보이지 않을 정도였다. 난 사람들에게 불쑥 "미네소타를 떠나지 말았어야 했어" 혹은 "그때 마이클을 떠나지 말았어야 했어" 같은 말들을 하곤 했다. 시머스와 스퍼드가 그렇게 가고 말았던 그때는 정말 그렇게 생각했다. 마이클과 함께 있었다면 내가 더 행복했었으리라는 게 아니라, 그렇게 하는 게 시머스와 스퍼드에게 더 좋은 환경을 제공했을 것이라고 생각됐기 때문이었다. 난 그냥 미네소타에서 로트와일러 조련사 마리온과 함께 시머스에게 복종 훈련이나 민첩성 강화 훈련을 시키면서 지냈어야 했다. 내가 더 편하게 지낼 수 있고 시머스와 스퍼드가 태어나기도 했던 그곳에서 계속 살았어야 했다. 미네소타의 정원이 딸린 집에서 강아지들이 공을 물고 뛰어놀 수 있도록 했어야 했다. 시머스와 스퍼드의 이빨을 더 깨끗하게 닦아주었어야 했다.

너무도 숱한 후회와 미련이 밀려들었다. 케언 테리어 종 털 관리 기술도 제대로 익혀두었어야 했다. 시머스 같은 테리어 종 개들의 두꺼운 털은 정기적으로 조금씩만 다듬어주면 깔끔하고 예쁜 모양새를 쉽게 유지할 수 있다. 하지만 난 따로 관리가 필요하지 않은 단모종이라는 이유만으로 그냥 덥수룩하게 대충 방치해두었다. 완전히 잘못된 생각이었다.

무엇보다도 스퍼드에게 더 많은 관심을 기울여주지 못했던 것이 후회되었다. 스퍼드를 더 주의 깊게 돌봤어야 했다. 늘 시머스에게 괴롭힘을 당하면서도 별 탈 없이 잘 지내준 고마운 스퍼드. 어쩌면 부잡스럽고 이기적이지만 귀엽기 그지없는 시머스의 모습에 매료되어 스퍼드에 대한 관심이 부족해졌을 수도 있다. 단지 하이킹 친구 이상의 교감을 나눴어야 했다. 죽음과 함께 이제야 깨닫다니. 도대체 어떻게 그토록 건강했던 개가 슬픔으로 인해 단 일주일 만에 시름시름 앓다 죽을 수 있단 말인가? 그건 단순히 성격의 문제였을까? 아무리 그래도 그렇지, 도대체 어떻게 그런 일이 일어날 수 있단 말인가.

스퍼드는 정말 친절하고 사랑스러운 강아지였다. 사랑은 그가 가진 모든 것이었고, 사랑을 베푼다는 것은 이런 것임을 보여준 강아지였다. 스퍼드는 모든 것을 사랑했다. 고양이, 다른 강아지들, 아기 다람쥐, 토끼, 아이들, 실버 레이크 도그 공원의 모든 사람들을 다 사랑했다. 우리가 공원에 들어서면 사람들은 스퍼드의 이름을 반갑게 불렀고, 스퍼드는 사람들을 향해 짧은 다리를 흔들어대며 달려가곤 했다. 스퍼드는 시머스도 그렇게 사랑했으리라. 험상궂은 불만투성이 강아지 시머스에게도 사랑을 베푸는 것을 잊지 않았으리라. 스퍼드는 시머스를 내가 누군가에게 베풀었던 그 어떤 사랑보다도 더 많이 사랑했다. 냉담하고 야속한 둘 사이의 팽팽한 긴장을 사랑했고, 서로 으르렁대며 싸움 직전까지 갔던 일촉즉발의 위기감과 물그릇을 향해 걸어가던 아찔한 순간을 모두 사랑했던 것이다. 그런 둘의 관계를 평생의 라이벌이자 원수로 생각했던 난 도대체 뭐였단 말인가.

어느 날 청소를 하다가 문득 그런 생각이 들었다. '만약 내가 이렇게 외롭게 지내다 죽으면 어떡하지?' 사실 그런 생각이 아무 맥락 없이 찾아오진 않았을 테지만 정말 소스라치게 놀란 순간이었다. 아직 살아 있는 핏불 테리어 종 몰리와 함께 언덕을 산책하는 순간에도 그랬다. 날카로운 외로움이 나를 사로잡아 혹시 내 심장이 멈춰버리는 건 아닐까 하는 생각이 들었다. 몰리는 사랑스러운 개였다. 하지만 인간에 대한 나름대로의 뚜렷한 취향과 기호가 있었고, 슬프게도 나는 그 기호에서 벗어난 인간이었다. 혹시 떠나버린 친구들을 대신할 수 있는 강아지들을 찾을 수 있을까 싶어 희망을 가지고 사무실에서 케언 테리어 구조대 사이트를 샅샅이 뒤지던 순간에도 나의 외로움은 멈추지 않았다. 부러 그런 생각을 떨쳐버릴 요량으로 자동판매기 앞에서 요깃거리를 고민하는 와중에도 절대 떨

처지지 않았다. 나는 뭘 먹을 것인지를 결정하고 버튼을 눌렀다. 하지만 그날 내내 온통 머릿속을 헤집어 놓은 지독한 외로움에 대한 공포는 버튼마저 잘못 누르게 만들었다. 삶은 계란을 원했지만 플라스틱 덮개 안에 떨어져 나온 것은 황망하게도 계란 샌드위치였다.

그때 복도 한쪽에서 뉴스 섹션을 담당하고 있는 직장동료 알이 나타났다. "얼굴 표정이 완전 똥 밟은 표정인데요?" 알이 웃자고 한 농담이었다는 것은 안다. "왜 그래요? 강아지가 또 죽기라도 한 거예요?"

그 순간, 주위에 수많은 직장동료들이 있는 그곳에서 난 무릎을 꿇고 주저앉아 큰 소리로 엉엉 울음을 터뜨리고 말았다.

내 직계가족 다섯 중 셋은 사고나 병으로 일찍 세상과 작별했다. 그들의 죽음은 남은 평생 내가 짊어지고 살기에는 너무도 힘겹고 고통스러운 패배감을 남겼다. 난 더 이상 아빠와 맥주캔을 사이에 두고 평화로운 오후의 한때를 함께할 수 없다. 내가 오지 않을 것을 알면서도 생일 파티를 준비하던 엄마의 억척스런 기대에도 보답할 수 없다. 이제는 더 이상 언니에게 가죽 재킷을 허락도 없이 입고 가서 망쳐 놓았던 일에 대해 사과할 수도 없다. 나와 내 남동생, 이제 둘 밖에 안 남은 우리는 필요 이상으로 자주 사랑한다는 말을 주고받으며 산다. 죽은 사람과는 화해할 수 없다는 깨달음 때문이다.

하지만 개들과는 화해가 가능했다. 어느 날 나는 저널리스트 친구인 수잔과 함께 저녁을 먹었다. 수잔은 열 마리도 넘는 개를 떠나보냈고, 그보다 많은 개를 입양해서 키우고 있었다. "모든 것을 잃어버렸다는 생각 뿐이지?" 수잔이 말했다. "하지만 다음번에 다시 키우게 될 강아지의 눈을 들여다보면 알게 될 거야. 모든 개들의 영혼은 그 사랑스러운 눈망울 속에서 하나라는 사실을."

혹시 내가 다른 강아지를 키우게 되더라도 그전 강아지와 함께했던 동일한 관계의 행복을 누릴 수는 없을 것이다. 하지만 그 이유는 대부분 내가 변했기 때문일 것이다. 개들은 사랑스러운 눈망울 속에서 동일한 영혼이다. 동일한 행복을 누리지는 못하겠지만 적어도 다른 종류의 행복을 누릴 수는 있을 것이다. 수잔의 말마따나 강아지들과는 언제나 화해의 기회가 존재하는 것이다.

스퍼드가 죽고 2주일이 지난 후, 전국의 유기견들이 모이는 온라인 사이트인 펫파인더닷컴에 내가 원하는 강아지가 나타났다. 오래전 사진에 막대기를 물고 절대 놔주지 않을 듯한 기세로 낑낑대고 있던 케언 테리어 종의 바로 그 강아지였다. 큰 귀에 까만색 코를 지닌 잘 빻은 호밀처럼 부드러운 색깔의 강아지였다. 까만 눈으로 뭔가를 의심하는 듯 고개를 갸우뚱하고 있는 프로필 사진 속의 모습이 무척 귀여웠다. 구조대 사람들은 그 강아지에게 토마스라는 이름을 붙여줬고, 빨간색 두건을 목에 둘러주어서 딱 봐도 대단히 활발하고 건강한 인상이었다. 그건 게시였다. 생후 9개월 때 이미 다른 집에 입양을 갔다가 문제를 일으켜서 다시 보호소로 왔다고 하는데, 이미 난 그 강아지에게 홀딱 반해 있었다.

나는 시머스가 죽고난 후 정확히 21일째 되던 날, 친구 신디와 함께 로스앤젤레스 동쪽으로 100킬로미터 이상을 달려서 토마스를 데리러 갔다. 토마스는 가정에서 훈련을 받아본 적이 없어서 목줄이 무엇인지도 모르는 눈치였다. 늑대의 야성 본성이 남아 있는 것처럼도 보였고, 케언 테리어 종의 기원인 쥐잡이 개의 본능에 가까운지 사람에게는 조금도 흥미를 느끼지 않는 것 같았다. 토마스를 집으로 데려오는 동안 우리는 야외 잔디밭에서 잠시 쉬었는데, 토마스는 우리가 마시는 석류 스무디를 할짝대기도 하고 지나가는 사람들을 흘깃흘깃 바라보기도 했다. 다른 개들을 보면 귀를 쫑긋 세웠고 자동차 경적 소리, 바람 소리 등에 신기한 듯 반응했다. 다만 우리한테만 관심이 없는 듯했다.

토마스는 순한 강아지가 아니었다. 다루기도 힘들고 손이 많이 가는 강아지여서 도무지 쉴 틈을 주지 않았다. 나는 토마스를 서부 로스앤젤레스 애견 훈련소에 등록시켜 복종 훈련을 받도록 했다. 거의 한 달이 지나서야 토마스는 공원에서 목줄을 풀고 돌아다닐 수 있었고, 축구공을 가지고 노는 사람들을 향해 으르렁대며 뛰어가려던 버릇을 고칠 수 있었다. 토마스는 터널 안에서 대기하는 방법, 점프, 한쪽 발로 서기 등등의 기술도 익혔다. 나는 토마스를 쥐잡이 개 콘테스트에도 데려갔다. 기원이 쥐잡이 개인 테리어 종 개들이 땅속의 쥐를 찾아내는 본성을 겨루는 시합이었다. 경기장에서 테리어 종 개를 좀 아는 듯한 한 여자가 토마스를 내게서 빼앗아 안더니 이렇게 말했다. "이 녀석 털은 좀 •스트리핑을 해줘야겠어요." 그러면서 손으로 직접 스트리핑을 하는 시범을 보여주었다.

그해 8월의 마지막 주에 나는 토마스를 강아지 캠프에 보냈다. 토마스는 그곳에서 기다란 다리의 빼빼 마른 그레이하운드 종 개들 때문에 꽤 고생을 했다고 한다. 그리고 나는 트럭에 텐트와 코펠, 배낭 등을 꽉꽉 채우고 북쪽으로 천 킬로미터 넘게 떨어진 네바다 사막의 버닝맨 축제를 향해 떠났다. 어찌됐든 내게는 회환과 욕망을 버리고 새 출발이 필요했던 시기였고 거대한 인간 모형을 불태우는 버닝맨 축제는 그런 나에게 딱 맞는 축제처럼 보였다. 나는 실컷 울고 춤추고 자고 싶을 때만 자면서 몸이 뻐근해질 때까지 뛰고 즐겼다. 그뿐만 아니라 하루는 축제에 온 사람 몇몇과 함께 인근의 절을 방문해 사랑했던 존재를 떠나보낸 슬픔을 공유

• 수명이 다한 털을 손가락이나 스트리핑 나이프를 이용해서 털이 자라는 방향으로 뽑아주는 행위

하기도 했다. 나는 기왓장 위에 유성 펜으로 사랑했던 두 마리의 강아지들에게 인사말을 남겼다. "슬프다, 이제 너희들을 볼 수 없구나."

그때의 기억과 함께 나는 새 출발을 시작했다. 숱한 실패의 나날들을 뒤로 하고 새로운 꿈, 새로운 삶의 계획을 활활 타오르는 버닝맨 조형물들과 함께 세워나갔다. 무엇보다도 충만한 사랑으로 가득 찬 삶이야말로 나의 우선순위였다. 내가 있는 곳에 발을 꽉 딛고 설 수 있다는 것, 그보다 만족스러운 것은 더 이상 없었다.

두 달 후, 11월의 만월 아래에서 나는 토마스와 함께 등산을 했다. 함께 등산을 했던 사람들 중에는 빌리라는 친구가 있었는데, 우리는 일행들과 떨어져서 8시간 동안 많은 얘기를 주고받으면서 걸었다. 그로부터 정확히 2년 후 빌리와 나는 결혼식을 올렸다.

빌리와 나는 어떻게 하면 세상을 변화시킬 수 있을지에 대한 거대 담론부터 몰리의 죽음 이후 새로 입양한 핏불 테리어 종 강아지를 돌보는 문제까지 충돌이 잦은 편이었다. 게다가 빌리는 동물을 그다지 좋아하는 편이 아니어서 강아지들의 훈육을 오히려 망치곤 했다. 그래도 난 지금의 남편인 빌리를 만난 것이 마술과도 같은 축복이었다고 느낀다. 그는 내가 사랑하는 존재를 사랑할 줄 아는 남자였다. 내가 빌리를 만날 수 있었던 것은 나 자신이 그 사람을 발견할 수 있는 안목을 얻었기 때문이다. 그 안목은 바로 스퍼드가 죽음으로써 내게 알려준 삶의 방향이었다.

This Dog's Life
개의 인생

앤 라모트

좋은 개와 함께하는 삶이란 어머니의 사랑이나 신의 사랑이 무엇인지를 알게 되는 과정과 같다. 새디가 죽었을 때 샘과 나는 뼛속까지 녹아내릴 정도로 슬픔에 젖었다. 나는 내 아들 샘에게 다른 강아지를 키울 수 있을 것이라고 약속했지만, 정말 내가 다른 강아지를 들일 수 있는 용기가 있는지 확신이 서지 않았다. 가슴에 상처 입는 일은 두 번 다시 겪고 싶지 않았다. 내 아이에게 가슴이 산산이 조각나는 그런 아픔을 다시는 맛보게 하고 싶지 않았다. 하지만 인간은 자신이 원하는 것만 취하며 살 수 있는 것은 아니다. 그저 얻을 만한 것을 얻게 될 뿐이다. 나의 딜레마는 그것이었다. 아이를 고통으로부터 보호해주고 싶었고, 동시에 삶의 평안을 가져다주고도 싶었다. 신학자들은 평안이란 쉽게 얻어지는 거지만 진실을 찾기 위해서는 크나큰 고난이 필요하다고 말한다. 어찌됐건 내가 아이의 삶을 대신 살아줄 수는 없다.

애초에 우리는 개와 함께하는 삶을 시작조차 하지 말았어야 했는지도 모른다. 이들에게도 죽음이 찾아오기 때문이다. 언젠가는 사라지고 마는 예술 작품을 만드는 장인의 심정이 그러할까? 심장이 부서지는 아픔은 절대로 고상하지 않다.

샘이 두 살이었을 때 난 많은 시간을 우울과 두려움 속에서 보냈다. 누군가가 내게 위해를 가할 것 같다는 느낌으로부터 벗어날 수가 없었다. 위협과 공포로부터 나를 지켜줄 남자와 결혼을 하든지, 아니면 사나우면서도 말을 잘 듣는 개를 구하든지 뭔가 조치를 취해야 한다고 생각했다. 나는 두 번째 방법을 선택했다.

처음에는 지역 신문 광고를 보고 전화를 걸었다. 모든 사람들이 전부 자신의 개는 완벽하다고 말했다. 하지만 도대체 누구한테 완벽하다는 말인지 의아하기만 했다. 어떤 개는 주인 여자가 아이들을 정말 좋아하는 개라고 입에 침이 마르도록 칭찬했는데 샘을 보자 곧바로 이빨을 드러내고 으르렁댔다. 우리한테 달려드는 개들도 많았다. 도무지 사람들의 말을 믿을 수 없었기에 나는 내가 원하는 개에 대한 광고를 직접 게재하기로 마음먹었다. '얌전하고 아이에게 친근한, 집 지키는 개를 찾습니다.' 얼마 안 있어 어떤 여자에게서 딱 맞는 개가 있다는 전화가 걸려 왔다.

정말 완벽한 개였다. 아주 우아하고 늠름하게 생긴 새디라는 이름의 두 살 된 검은색 개는 래브라도 레트리버와 골든 레트리버가 반반씩 믹스되어 생김새로만 보면 검은색 아이리시 세터 종 같았다. 난 항상 사람들에게 새디를 소개할 때 검은 털 코트를 입은 예수님이니, 블랙글라마 밍크코트를 걸친 오드리 햅번이니 하는 식으로 소개했다. 우아하고 사랑스럽고 품위가 넘치면서도 활달한 숙녀, 그게 바로 새디였다.

처음 집에 왔을 때 새디는 상당히 낯을 가렸다. 수의사 말로는 어렸을 때 학대를 당했을 가능성도 배제할 수 없다고 했다. 새디는 즐거운 표정보다는 걱정스런 표정이 더 많았다. 수의사는 새디와 함께 계단을 오르는 방법이나 장난치며 놀자고 의사소통하는 방법, 스킨십을 하는 방법을 가르쳐줬다. 샘과 내가 다소 호들갑스럽게 장난을 걸면 처음에는 좀 놀라는 것 같았지만, 이내 그게 함께 놀자는 말임을 알아챘는지 점잖게 반응을 보이곤 했다.

10년의 세월을 함께 보내면서 새디는 우리에게 끝도 없는 기쁨을 안겨줬다. 새디는 아픈 친구들 때문에 힘들어하는 나를 위로해줬고, 샘의 할머니 할아버지가 돌아가셨을 때도 옆에 있어줬다. 나는 매일 새디와 함께 샘을 학교까지 바래다줬다. 내가 남자친구 문제로 힘들어할 때 의지한 가장 좋은 친구도 새디였으며, 샘이 못된 여자친구 때문에 속상해할 때도 위로해주었다. 새디는 처음으로 내게 위안이 무엇인지 알려준 존재였다.

새디가 열세 살로 접어들었을 무렵, 몸에서 림프종이 발견되었다. 목 안에 거의 골프공만 한 크기의 종양이 생긴 것이다. 수의사는 당장 치료하지 않으면 앞으로 한 달 이상을 버티기 힘들 것이라고 했다. 엄청나게 힘든 치료 과정이 새디에게 고통만 안겨줄까 두려워 한편으로는 새디를 편하게 보내고 싶은 유혹도 있었지만, 샘과 여러 차례 얘기를 나눈 끝에 이 고난을 극복해나가기로 했다. 우리는 새디가 힘든 항암치료를 마치고 또 한 번의 봄을 맞이할 수 있도록 모든 도움을 주기로 했다. 새디의 치유능력은 정말로 대단했다. 항암치료의 결과로 새디는 2년간의 새로운 삶을 얻었다. 하지만 새롭게 얻은 2년의 삶이 마지막에 접어들고, 새디가 다시 아프기 시작했을 때는 이전처럼 눈에 띄게 나아지지 않았다. 수의사는 더 이상의 치료는 포기하고 그만 새디를 평안 속으로 인도하자고 제안했다. 그의 말에 따르면 어떤 존재가 극도로 아픈 상태에 있다고 해도 육체와 정신의 95퍼센트 이상은 여전히 건강을 유지하고 있다고 한다. 단지 나머지 5퍼센트에 탈이 났을 뿐이라는 것이다. 수의사의 권유에 따라 우리는 새디에게 기쁨을 안겨줄 수 있는 건강한 95퍼센트에 집중하기로 했다. 새디를 많이 쓰다듬어주고 정성스럽게 빗질도 해주었다. 함께 산책을 가면 안아주고 서로의 냄새를 맡아보고 우리가 늘 함께한다는 것을 새디가 눈으로 확인할 수 있도록 곁에 있어주었다.

새디의 수의사 선생님은 극도로 고통을 받는 상황이 아니면 약물을 이용한 안락사는 반대하는 편이었다. 새디는 기력이 많이 떨어졌지만 아파하지는 않았다. 그는 만약 새디가 침대 밑으로 들어가서 절대 나오려들지 않는다면, 그때는 진정제를 동원해서 편안하게 가도록 도움을 주겠다고 했다. 그리고 어느 날, 수의사의 말대로 새디가 침대 밑으로 들어가서 나오려 하지 않는 상황이 벌어졌다.

내 침대 밑은 초록색의 부드러운 카펫이 깔려 있긴 하지만 춥고 어두운 동굴과 다름없는 곳이었다. 새디는 가쁜 숨을 몰아쉬고 있었다. 침대 밑을 찾아 들어가기까지 고민을 많이 한 듯한 표정이었다.

나는 수의사에게 전화를 걸어 새디를 병원으로 데리고 가야 하는지 물었다. 그는 병원보다는 집에서 가족과 함께 마지막을 보내는 게 좋을 것 같다고 말했다. 난 새디를 집에 둔 채 병원으로 가 약물을 받아 왔다. 수의사는 모두 세 개의 주사기를 줬다. 침대 옆 협탁 위에 올려놓은 주사기를 바라보았다. 차라리 내가 저 주사를 맞는 것이라면 마음이 이렇게 아프지 않을 것이라는 생각이 들었다. 난 새디 옆에 누워서 새디를 다독였다. 네가 이제 샘과 나를 보호하지 못하더라도 넌 정말 좋은 개였어. 넌 누구보다도 우리의 가장 든든한 보호자였어. 난 새디가 고통 없이 죽을 수 있기를 기도했다. 새디를 위해서도 당연한 바람이겠지만 무엇보다도 샘이 학교에서 돌아오기 전에 이 모든 게 끝났으면 싶었다. 그 아이가 새디의 죽은 모습을 보지 않았으면 했다. 우선 새디에게 몰핀을 주사했다. 잠시 후 하나도 아프지 않을 것이라고 새디에게 부드럽게 속삭이고는 두 번째 주사를 새디에게 놓은 뒤 수화기를 들었다. 수화기 건너편에서 수의사가 말했다.

"무척이나 힘든 일이죠. 하지만 새디는 조금도 괴로워하지 않을 거예요. 당신이 느끼는 고통은 출산에 버금가는 것이겠지만 새디에게는 당신과 하느님, 그리고 새디의 평안을 도와줄 약물이 있습니다. 행복을 찾아가는 과정이라고 생각합시다."

난 침대 밑 카펫에 몸을 눕히고 새디 옆에 머물렀다. 어느 순간 새디가 고개를 들어 꼭 검은색 말처럼 나를 쳐다보는 것 같더니 가볍게 한숨을 내쉬고 난 후 머리를 떨어뜨렸다. 새디는 그렇게 13년의 생을 마감했다.

비록 오랫동안 투병 생활을 이어왔지만, 도무지 새디가 죽었다는 게 믿기지가 않았다. 뭔가 커다란 물결이 가슴 한편으로 거세게 밀려왔다가 허망하게 빠져나가는 느낌이었다.

쏟아지는 눈물을 멈출 수가 없었다. 오빠에게 전화를 걸었지만 부재중이었다. 새언니는 오빠에게 빨리 우리 집으로 가라는 메시지를 남기겠다고 했다. 오빠가 샘이 학교에서 돌아오기 전에 죽은 새디를 데리고 갔으면 했다. 나로서는 새디가 죽은 모습을 본 샘의 상실감을 도저히 위로할 자신이 없었기 때문이다.

나는 초조하게 시계를 쳐다보았다. 30분만 있으면 샘이 학교에서 돌아올 시간이었다.

새디가 죽고 난 후 정확히 17분이 지났을 때 새언니가 키우는 강아지 사샤와 함께 집에 도착했다. 난 침대 밑에서 카펫을 꺼냈다. 새디는 카펫 위에서 예전처럼 아름답게 잠들어 있었다. 새언니와 나는 새디를 곁에 두고 마루에 앉았다. 사샤는 까만색 털이 점점이 박힌 조그맣고 하얀 강아지인데 앙증맞은 귀에 단추처럼 귀여운 눈을 지닌 영특하고 활발한 종이었다. 우리는 사샤를 체코슬로바키아 서커스 테리어 강아지라고 불렀는데, 정말이지 사샤의 깜찍하고 귀여운 모습에 웃음이 멈추지 않곤 했다. 사샤는 작은 발을 들어 올려서 내 손을 핥더니 이내 새디에게 다가가 얼굴을 핥아대기 시작했다. 그러다가 갑자기 뒤돌아서서 나와 새언니에게 다가왔다. 샤샤가 꼭 이렇게 말하는 것 같았다. "제가 여기 있잖아요, 전 살아 있어요, 쫑긋한 제 귀를 보세요!"

마침내 오빠가 도착했다. 이제 몇 분만 있으면 샘이 학교에서 돌아올 시간이었다. 난 오빠가 서둘러서 새디를 차에 싣기를 원했지만 축 늘어진 새디의 몸을 무슨 텔레비전 도둑질이라도 하는 양 안아서 차에 넣는 오빠의 모습을 샘이 볼지도 몰라 두려웠다. 나는 숨죽이고 오빠가 임무를 성공적으로 완수하기를 기도했다. 하지만 샘은 카펫 위에 누워 있는 새디를 기어이 발견하고 말았다. 샘이 날카로운 비명과 함께 울먹이며 새디 옆에 주저앉았다. 나는 두 눈이 빨갛게 충혈된 샘을 안아주었다. 사샤는 계속해서 죽은 새디 옆을 뛰어다녔다. 카펫 위에 누워 있는 온화한 검은색 개가 무슨 앞마당 화단이라도 되는 것처럼 철없이 뛰어다니고 있었다. 사샤는 재롱을 피워서 샘을 위로했다. 침대 위로 뛰어올라 샘에게 입을 맞추었고, 치료를 위해 회진을 도는 의사라도 된 것 마냥 돌아가면서 우리 모두에게 입을 맞추었다.

얼마 안 있어 온 집이 어수선해졌다. 내 친구 네샤마가 날 위로해준다고 집에 찾아왔다. 내가 그녀에게 전화를 걸었기 때문이다. 그리고 샘의 친구가 아버지와 함께 들렀다. 그의 아버지는 마치 그림자처럼 침대 옆으로 스르르 가더니 가만히 서 있었다. 다시 초인종이 울리더니 이번에는 믿거나 말거나 '그냥' 지나치는 중이었다던 샘의 또 다른 친구가 들렀다. 그리고 언덕 위에 사는 다른 녀석이 샘의 자전거를 빌리겠다고 들렀다. 모두들 우리 집에 머물렀다. 사람들로 북적대는 게 꼭 영화 『한밤의 오페라』의 거실 장면 같았다. 도합 다섯 명의 성인과 네 명의 아이들, 정신없이 뛰어다니는 하얀색 체코슬로바키안 서커스 테리어 한 마리와 검은색 죽은 개 한 마리.

새디가 마치 바다 위의 섬처럼 누워 있었고, 우리는 섬 주위를 떠도는 부유물처럼 둥그렇게 둘러앉아 있었다. 삶과 죽음, 그리고 개들과 인간. 영원히 함께 하기를 원하지만 마냥 그럴 수만은 없는 존재들이 기적을 바라듯 애처롭게 서로를 응시하는 커다랗고 둥그런 원이었다.

우리는 마치 엄마도 없이 처음 유치원에 모여 둥그렇게 앉아 있어야 하는 아이들처럼 의식적으로 침묵을 유지하고 있었다. 그러다 기지개를 켜고 하품을 하고 낮잠을 자기도 하지만 선생님은 오지 않고 마냥 다음 행동을 기다리고 있어야만 하는 아이들의 적요의 시간.

결국 샘과 친구들은 아래층으로 내려가서 록 음악을 틀었고, 어른들은 그 자리에서 조금 더 머무르는 형국이 되었다. 나는 부엌에서 초콜릿을 좀 가져와 건배라도 하듯 함께 나누어 먹었다. 새디는 죽었다. 새디는 더이상 새디가 아니다. 움직일 수도 없고 냄새를 풍길 수도 없고 털이 빠지지도 않는다. 오빠가 새디를 카펫으로 말아서 밴으로 옮겨 실었다. 새디에게 오빠의 밴은 고대 이집트 투탕카멘 왕의 석관인 셈이다.

며칠간은 주변에서 거실 나무 바닥을 긁는 발톱 소리, 꼬리를 치거나 머리를 흔드는 소리, 헉헉거리는 숨소리 등 새디의 소리가 들리는 것 같았다. 한동안은 샘의 존재마저 잊을 정도로 새디의 환영에 휩싸이기도 했다. 하지만 서서히 새디에 대해 남은 생각과 이제 새디는 바다 위의 부유물처럼 그렇게 어딘가로 떠내려갔으리라는 생각이 혼재되어 감정이 흐려지는 단계를 맞이하기 시작했다.

그러다 6개월여 후 정말 아무런 준비도 안 된 상태에서 친구들이 우리에게 5개월 된 강아지를 한 마리 안겨줬다. 이름은 릴리였다. 로트와일러, 샤페이, 셰퍼드 잡종견으로 몸집은 커다랗지만 전혀 사납지 않고 상냥하기 그지없는 강아지였다. 너무도 사랑스럽고 아름다운 그 강아지를 샘과 나는 정말로 사랑했지만 그래도 새디를 잃은 슬픔이 완전히 사라지지는 않았다. 아름다운 릴리는 조각가 앤디 골드워시가 다큐멘터리 『강과 조류』에서 보여준 강물 위의 화환 같은 존재인 셈이다. 가시면류관 주위로 빨갛고 노란 꽃과 녹색 잎사귀들이 서로 엉겨 붙거나 가시덩굴을 의지한 채로 둥둥 떠서, 때로는 급류에 휘말리기도 때로는 평온한 강물과 온전히 함께 한 채로 바다를 향해 떠가는 화환. 앤디 골드워시는 순환이라는 의미를 가장 잘 보여주는 강물을 통해 시간의 변화에 따라 밀물이 되기도 하고 썰물이 되기도 하는 자연의 이치를 형상화했다. 강물 위로 떠내려가는 화환은 우리의 눈에 보이지 않게 되었더라도 사라진 것이 아니라 어딘가에서 자유롭게 떠다니고 있는 것이다. 새디는 그렇게 떠내려간 화환이고, 썰물 후의 밀물처럼 이제 릴리가 우리에게 왔다. 자연은 그렇게 아름답게 순환한다.

와인스버그

바바라 애버크롬비

　'고양이를 팝니다'라고 적힌 팻말이 붙어 있었고 안 될 것은 또 뭐냐 싶은 생각이 들었다. 나는 막 헬렌 이모와 점심을 마친 직후였는데 대낮부터 칵테일을 걸쳐서 기분도 좋아졌겠다, 다소 지저분한 펫샵이긴 했지만 이것저것 따지기보다는 그냥 기분대로 해보고 싶었다. 사실 내가 기분파는 아니지만 말이다. 그 당시 내 나이 열아홉, 대학을 중도에서 그만두고 뉴욕에서 배우가 되겠다는 꿈을 꾸고 있었으며, 수중에 가진 돈이라곤 단 몇 푼이 다였고, 깨진 창문을 테이프로 이어 붙인 기찻길 옆 아파트에 살고 있을 때였다.

　벼룩이 들끓을 것 같은 지저분한 외모와 갈비뼈 윤곽이 드러나는 앙상한 몸매에 갈탄만큼이나 진한 흑색 털을 가진, 아직은 엄마에게서 떨어지기에는 이른 듯한 새끼 고양이였다. 누가 봐도 그 고양이에게는 따뜻한 애정을 지닌 주인이 필요했다. 여전히 뜨거운 9월의 오후에 데킬라 두 잔을 마신 후의 행동으로는 그다지 훌륭한 선택은 아니었다. 하지만 안 될 것은 또 뭐란 말인가? 나는 5달러를 지불하고 고양이를 집으로 데려와서 벼룩을 없애주기 위해 깨끗하게 목욕을 시킨 후 이름을 뭐라 붙일까 궁리하기 시작했다.

"와인스버그?" 고양이가 커튼을 잡고 매달리는 것을 지켜보던 룸메이트 하나가 말했다.

"오하이오 와인스버그!" 내가 대답했다. 당시 내 남자친구가 셔우드 앤더슨의 책 《와인스버그, 오하이오》를 각색한 연극에 출연 중이었기 때문이다.

와인스버그는 커튼에 올라타는 것 말고도 침대 밑에 숨는 것을 좋아했다. 침대 밑에 누워 있다 발목이 나타나면 날카로운 발톱이 달린 앞발(룸메이트들에게 내가 물어낸 스타킹이 몇 켤레였는지)로 장난을 치기 시작했다. 와인스버그가 가장 좋아하는 장난감은 화장실 휴지이다. 화장실 휴지를 이빨로 물고 거실을 통과해서 방 안까지 질주하는 녀석 뒤로 기다란 현수막처럼 휴지가 펼쳐지는 것은 정말 장관이었다.

"이 녀석이 화장실 휴지를 가지고 노는 걸 더 이상 가만히 둬서는 안 될 것 같아." 룸메이트들 중 하나가 의자와 소파에 여기저기 널려 있는 화장지를 치우며 말했다.

그랬다. 와인스버그는 솜털처럼 작고 귀여워서 껴안아주고 싶은 고양이는 아니었다. 그보다는 미치광이처럼 온 집 안을 헤집어놓는 그런 고양이였다. 하지만 누가 뭐래도 우리는 서로 아주 잘 맞았다.

와인스버그와 나는 여행을 많이 했다. 주말에는 부모님 댁을 방문하기 위해 기차를 타고 웨스트체스터에 갔고, 연극 순회공연 때문에라도 필라델피아나 워싱턴 등지로 수도 없이 이동해야만 했다. 와인스버그는 호텔 방을 빠져나가는 것을 좋아했다. 주의한다고 했지만 문만 열면 쏜살같이 호텔 방을 빠져나가는 바람에 직원 손에 붙잡혀서 야옹거리는 것을 건네받은 적이 한두 번이 아니다. 조앤 베네트 주연의 『그 남자에게 프로포즈하기』의 전국 순회공연에 출연했을 때에는 베네트의 푸들 팅커벨을 공격하기도 해서 웨스트체스터에서 온 엄마가 나머지 순회공연 기간 동안 집에 데리고 있어야만 했던 적도 있었다. 엄마가 와인스버그를 고양이 캐리어에 넣어 차에 실으면서 말했다. "정말 말썽에 말썽이 끊이지 않는 고양이구나."

순회공연이 끝나고 나는 혼자 살 수 있는 작은 아파트를 마련했다. 아파트 페인트칠을 맡기는 동안 나는 파크 애비뉴 86번가에 있는 친구 니키의 고풍스러우면서도 세련된 아파트 14층에 신세를 지게 되었다. 그러던 어느 날 밤 와인스버그가 보이지 않았다. "도대체 어떻게 아파트 14층에서 고양이가 사라질 수 있는 거야?" 울음이 터져나왔다.

와인스버그를 한참 찾다가 창문을 바라본 니키와 나는 동시에 얼굴이 하얘지며 비명을 지를 수밖에 없었다. 아파트 창문이 방충망 없이 열려 있었던 것이다. 우리는 스프링이 팅기듯 곧바로 밖으로 뛰쳐나갔다. 도어맨이 그날 밤에 창문에서 떨어진 고양이는 절대로 없었다고 우리를 안심시켰다. 흥분한 가슴을 진정시키고 도대체 와인스버그가 어떻게 마술사처럼 감쪽같이 사라졌는지 생각하기 시작했다. 와인스버그는 이상하고 낯선 곳에 숨는 것에 천부적인 재능을 타고난 고양이였고, 니키의 아파트는 숨기에 충분히 넓었다. 나는 와인스버그가 집 안 어딘가에 숨어 있으며 준비가 되면 스스로 나올 것이라고 생각하기로 하고 잠을 청했다.

다음날 아침, 초인종이 울렸다. 옆집 부부였는데 아내가 와인스버그를 안고 있었다. 그녀는 새벽에 깨워서 미안하다고 말하면서 고양이 주인이 맞느냐고 물었다.

나는 귀염둥이 내 사랑을 받아 안으며 말했다. "네, 네, 맞습니다. 어디서 찾았나요?"

이번엔 남편이 말했다. "어젯밤에 창문을 타고 우리 집에 들어와서 소리도 없이 자고 있는 것을 새벽에 발견했답니다. 저희도 뭐 이런 고양이가 다 있나 하고 깜짝 놀랐습니다."

니키의 아파트 창틀 선반은 20센티미터 정도에 불과했고, 옆집 창문과의 거리는 2미터는 족히 되어보였다. 도대체 얼마나 겁이 없었으면 14층 높이에서 그곳으로 건너갈 생각을 했단 말인가. 정말 어이가 없어서 웃음도 나오지 않았다.

나의 첫 번째 남편은 해군 중위였다. 결혼 후 나는 관광 비자를 받아 남편을 따라 베트남에 갔고, 당연히 와인스버그도 함께 데리고 갔다.

탄손누트 국제공항에서 짐 보따리 사이에 와인스버그가 들어 있는 휴대용 캐리어를 안고 있는 내 모습을 보며 남편이 소리쳤다. "고양이를 데리고 온 거야?"

"사이공에서 고양이 배설용 모래를 찾아보겠다고 편지에 썼잖아."

"농담인 줄 알았지."

"나는 내 고양이에 관한 한 농담 따위는 하지 않아." 그렇게 말하면서 대체 내가 왜 이 남자랑 결혼했을까 잠시 고민했던 기억이 난다.

남편과 나 그리고 와인스버그 이렇게 세 식구는 사이공 시내의 컨티넨탈 팔레스 호텔에 투숙했다. 2천 킬로미터가 넘는 거리를 비행한 와인스버그의 컨디션은 최악이었다. 일주일 정도 후에 우리는 프랑스 대사관 건너편의 주택을 렌트했다. 하지만 고양이를 집 안에 붙잡아두는 것은 거의 불가능에 가까웠다. 녀석은 길을 건너 불교 학교를 지나 대사관까지 어슬렁어슬렁 산보를 다니곤 했다. 내가 와인스버그를 찾으러 대사관 쪽으로 다가가면 경비원이 불어로 말했다. "사랑 찾아 헤매는 검은색 고양이 말이죠!"

와인스버그와 나는 사이공에서 전쟁이 심각해져 외국인들이 본국으로 후송될 때까지 거의 1년을 살았다. 나는 관광 비자를 가지고 베트남에 머물렀지만 본국 후송 자격이 되었고, 어느 날 아침 젊은 장교가 집으로 와서 후송 계획에 대해 말해주었다. 사실 후송 계획은 엄청난 규모의 프로젝트였다. 장교나 하사관의 부인들이 모두 본국으로 후송되는 계획이었는데, 월남에 주둔하는 미군사령관 웨스트 모어랜드 장군이 직접 공항에서 환송했을 정도다.

"제 고양이는요?" 내가 물었다.

"고양이요?"

"고양이가 한 마리 있어요. 같이 가야 해요."

"죄송합니다만 고양이는 후송 계획에 포함되어 있지 않습니다."

"그럼 저도 떠날 수 없어요."

젊은 장교는 평정심을 되찾으려 애쓰는 표정이 역력했다. 그의 목소리가 군대식으로 낮아졌다. "이번에 반드시 떠나셔야 합니다. 이건 전시에 수행하는 소개 작전입니다. 여기에 머무실 수 없습니다. 지금은 전쟁 중입니다."

"그럼 누군가 제 고양이 문제를 해결해주셔야겠군요."

"해군에서 조치를 취하도록 하겠습니다." 젊은 장교는 이 말을 남기고 떠났다.

와인스버그와 나는 그렇게 베트남을 떠나게 되었다. 하지만 문제가 또 생겼다. 여차저차해서 베트남에서 나오는 비행기에는 탈 수 있었지만, 동물 검역 문제로 와인스버그가 미국 땅으로 바로 후송될 수 없었다. 결국 나는 개인 비용을 들여서 검역 절차를 완료하고 하와이에서 에어 프랑스 비행기로 갈아탄 뒤에야 뉴욕 집에 도착할 수 있었다.

와인스버그는 베트남에서 무사히 살아남았고 내 첫 번째 결혼 생활의 무대가 되는 모든 아파트와 집에서 함께 생활했다. 내가 집필을 하는 모든 책상 위에 다리를 뻗고 누웠으며, 모든 침대에서 잠을 잤고, 아이들이 태어났을 때에는 매번 질투했다. 다른 고양이들 때문에 곤경에 처하기도 했으며, 우리가 키웠던 뉴펀들랜드 종 초대형견에게 분노의 주먹을 날리기도 했다. 하지만 와인스버그가 언제나 최초였다. 녀석은 우리와 함께한 역사가 가장 긴 고양이였으며, 가장 개성이 강하고, 가장 성깔이 있는 고양이였다. 그리고 당연히 가장 아름다운 고양이였다. 와인스버그가 마지막으로 살았던 집으로 이사할 즈음에는, 그 괄괄했던 고양이도 나이가 들어 성질이 많이 온순해졌다. 귀가 멀어가면서 소리를 잘 듣지 못했고, 매일 아침 천천히 풀장 근처로 걸어가서 가만히 물 위에 반사된 풍경을 감상하는 모습을 보이기도 했다. 그런 와인스버그를 보고 있자면, 내 눈앞으로 뉴욕의 허름한 아파트와 베트남의 집과 캘리포니아의 팔로스 버디스까지 삶의 모든 장면들이 영화처럼 흘러가곤 했다.

와인스버그는 1977년 9월 26일 오후 4시 30분에 죽었다. 열아홉 살이었다. 신장이 제 기능을 못 해서 서 있지도, 물을 마시지도 못했다. 나는 와인스버그가 집에서 편안하게 죽을 수 있기를 바랐지만, 어느 날 너무 아파해서 오후 늦게 급히 병원에 데려갈 수밖에 없었다. 수의사는 와인스버그의 심장박동이 빨라졌다고 했다. 앞다리 하나의 털을 민 후에 주사바늘이 들어갔고 와인스버그는 죽음을 맞이했다.

난 와인스버그가 죽으면 얼마나 힘들어질지 알지 못했다. 내 주변이 정말 조용해져버렸다. 가족 중 누군가가 죽은 것 같은 느낌이었고, 남편이나 아이들 그 누구보다도 나와 함께한 시간이 길었던 존재였던지라 느낌이 이상했다. 내 과거 추억과의 연결점이 일순간 끊어져버린 것이다. 와인스버그가 내 소중한 추억을 가득 안고 사라져버린 것 같았다. 내 인생의 반에 해당하는 추억을 말이다.

나는 침대로 가서 사흘 내내 울었다. 어디에서고 와인스버그가 보이는 것 같았다. 그림자 속에서, 아무렇게나 던져놓은 스웨터 더미 위에서, 다른 동물들과 섞여 어렴풋하게. 그러다 마침내 몸을 일으켜 내 생활을 이어가긴 했지만 그 후로도 오랫동안 와인스버그를 추억하고 생각하며 그리워했다. 동물을 떠나보낸 사람의 상실의 아픔을 치유하는 가장 좋은 방법이 다른 동물과의 새로운 추억 만들기라고 했던가. 나는 검은 고양이 한 마리를 입양했다.

이 글을 쓰면서 난 와인스버그와의 추억을 돌이켜보기 위해 오래전 일기를 읽어보았다. 그리고 아마 와인스버그에 대한 기억이 희미해졌을 전남편에게 이메일을 보냈다. 14층 아파트에서 잠시 신세를 졌던 내 친구 니키에게도 전화를 걸었다. 니키가 말했다. "내가 만난 가장 말썽꾸러기 고양이였어. 내 스타킹을 죄다 구멍내버렸잖아. 미치광이 토끼 같았지." 난 동생에게도 이메일을 보냈고 이렇게 답장을 받았다. "정말 사나운 고양이였지. 기억나? 엄마를 할퀴어서 피가 철철 났던 거? 누나만 따르는 고양이였잖아."

와인스버그가 엄마를 공격했었다니 내게는 조금도 남아 있지 않은 기억이다. 내 기억 속 와인스버그는 사나운 고양이가 아니었다. 와인스버그는 고결한 영혼이었다. 비록 다루기 쉽고 친근하게 잘 엉겨 붙는 고양이는 아니었지만 사랑스럽고 참 추억이 많은 고양이다.

내가 반려동물을 하늘나라로 떠나보내고 하나 배운 것은 충분히 슬퍼하고 울어야 한다는 것이다. 나도 사랑했던 존재에 대한 간절한 그리움의 눈물이 내 심장에 닿을 때까지 울고 나서야 슬픔을 극복할 수 있었으니까. 슬픔은 줄어들거나 다른 곳에 스며드는 것이지 결코 사라지는 것은 아니다.

My virtual Cat
가상 공간의 고양이

제니 러프

비단같이 부드러운 하얀색 털을 지닌 고양이가 받은메일함에 들어와 있었다. 장모종 페르시안 고양이였는데, 사진을 클릭하자마자 나와의 인연이 예사롭지 않을 것임을 직감했다. 동물병원에 유기된 고양이였는데 내 친구 수즈도 그 병원에서 유기견을 데려왔다고 했다. 열여섯 살 먹은 그 고양이는 오줌을 잘 가리지 못했다. 치명적인 상황은 아니지만 신장질환 초기증상이라고 했다. 수즈는 고양이가 지금 새로운 가족을 찾고 있다며 눈물겨운 이야기를 인터넷에 올리고 있었다. 받은편지함의 고양이 아이시는 만개한 벚꽃 같은 핑크색의 코를 제외하고는 모든 곳이 완전한 순백이었다. 나이 때문에 흰구름처럼 탁해진 눈동자도 하얀 털에 가려 눈에 잘 띄지 않을 정도였다.

"정말 예뻐, 정말 정말 예뻐." 나는 수즈에게 답장을 보냈다. "내가 데려다 키우고 싶어. 진심이야."

고양이를 키우기 위해 내가 해야 할 일은 론을 설득하는 것뿐이었다.

론은 나와 결혼하면서 내 개 래브라도 레트리버 종 믹스견을 함께 키우게 되었다. 내 개를 훈련시킨 것도 전적으로 론이였다. 물그릇 뒤에 깜짝 선물을 숨기는 것도, 길게 늘어나는 산책용 줄을 조절해가며 매일 산책을 시켰던 것도, 주말이면 공원에서 프리스비 훈련을 함께하며 오후를 보냈던 것도 론이었다. 개를 좋아하는 그는 개에게는 뛰어놀 수 있는 마당이 반드시 있어야 한다는 주의였다. 하지만 우리에게는 마당이 없었다. 아파트에서 다세대 주택으로 또 저층 주택으로 이사를 다니는 형국이었다. 론은 그동안 모은 적금을 모두 깨서 우리가 살고 있었던 워싱턴 근처에 집을 사고 싶어했다. 하지만 나는 우리가 만나서 사랑을 일구고 결혼을 했던 캘리포니아로 돌아가는 게 꿈이었다. 현 상황이 지금 살고 있는 곳을 정리할 수 있는 수준은 아니었지만, 그래도 나는 서부와 동부를 자주 왔다 갔다 하며 고향으로 돌아갈 준비를 하고 있었다. 이 시점에 만약 내가 새 고양이를 들이면 몇 가지 문제가 발생한다. 내가 분주히 왔다 갔다 하는 동안 고양이 변을 치우는 것부터 먹이를 주고 동물병원 진료를 가는 것까지 모두 론의 차지가 될 것이다. 론이 이 모든 것을 오케이하면 문제될 것이 하나도 없을 테지만, 전혀 그럴 것 같지 않다는 게 문제였다.

우리가 가족을 늘리고 싶어 하지 않는 것은 아니었다. 우리 집에는 빈방도 있었고 충분한 공간도 있었다. 하지만 빠진 조각은 고양이가 아니라 아이였다. 나는 3년 전에 유산을 했다. 초음파 검사 도중에 아이의 심장박동이 사라진 것을 발견했다. 론과 나는 한동안 얼어붙은 듯 움직이지 못했다. 나는 검사실에서 발치 아래 바닥만을 하염없이 내려다보며 가운 아래로 눈물을 떨어뜨렸고 론이 팔을 뻗어 닦아주었다. 이어 진행됐던 수술에서 의사는 내 자궁에 염증이 발생해서 향후 추가 임신이 불가능할 수도 있음을 알려주었다. 호르몬 요법, 인공수정 등 여러 가지 요법을 시도했지만 통하지 않았다. 우리는 그때 이후로 아이를 임신하지 못했다.

그래서 수즈가 이메일을 보낸 그날도 나는 그녀에게 내가 아이시를 원하는 진짜 이유에 대해 솔직히 고백했다. "빈손증후군 때문이야."

나는 아이를 품에 안고 만지고 보듬고 비비고 싶어하는 갈망에 심한 우울증이 생겼다. 그리하여 아이가 안 된다면 적어도 사랑스러운 고양이와의 스킨십이라도 하면 이 세상을 그럭저럭 살아낼 수 있을 것 같았다.

수즈가 말했다. "나도 마찬가지야. 내가 개를 입양한 이유도 너랑 같아. 우리가 개를 입양한 시기도 첫 번째 인공수정이 실패로 돌아간 직후였거든. 아이가 아니라면 무언가라도 절대적으로 필요했던 상황이었어."

수즈는 내 말을 완전히 이해해주었다. 수즈 역시 나처럼 임신 문제로 여러 가지 고민이 많았기 때문이다. 난 수즈에게 론이 나이가 많은 고양이를 입양하는 일을 절대로 찬성하지 않을 것 같다고 털어놓았다.

"론에게 초능력 메시지를 보내야겠어."

말을 마친 뒤 나는 눈을 감고 론에게 텔레파시를 보냈다. 론은 출장을 마치고 수천 킬로미터 떨어진 하늘에서 워싱턴으로 돌아오는 비행기 안에 있었다. 아마도 피곤한 눈을 감고 한창 잠에 빠져 있을 게 분명했다.

수즈는 자기가 가지고 있는 아주 괜찮은 고양이 그릇과 화장실 상자를 빌려주겠다고 했고, 나는 토요일에 당장 가지러 가겠다고 했다. 입양할 고양이에 대한 정보를 더 얻기 위해 수즈의 동물병원 담당의사인 화이트헤드에게 연락했다.

"아이시는 하루 온종일 당신 무릎 위에 누워 있을 것입니다. 아이시에게 인생의 목적이라고는 그것뿐이니까요." 화이트헤드가 말했다.

정말 달콤하고도 굉장한 말이었다. 하루 온종일 내게 제 몸을 기대고 가르랑거리는 고양이라니. 나는 아이시의 부드러운 털을 쓰다듬고 아이시의 조그마한 두 귀 사이에 입을 맞추는 상상을 했다. 나는 그날 밤 내내 아이시의 꿈을 꾸었다.

론은 아침 일찍 도착했고 장거리 비행으로 눈에 피곤이 잔뜩 어려 있었다. 나는 일단 눈을 좀 붙이라고 권했고, 그 후에는 식사를 만들어 주었다. 그리고 마침내 입을 열었다. 하지만 론의 대답은 단호했다.

"열여섯 살 먹은 고양이를 입양하는 일은 없을 거야." 오줌 얘기는 아예 꺼내지도 못했다.

나는 모든 이야기를 쏟아내기까지 몇 시간을 더 기다렸다. 아이시가 앞으로 몇 년은 건강하게 잘 살 수 있는데도 전 주인이 안락사시키려 했다는 자세한 설명도 덧붙였다. 그리고 내 가슴속에 뻥 뚫린 그 황망한 공허함에 대해서도 설명했다. 그토록 간절하게 아이를 원했다가 실패했는데, 지금 그저 조그맣고 연약한 고양이 한 마리도 돌보지 못한다면 내가 겪게 될 무력감이 얼마나 클지를 생각해보라고 했다. 론은 완강했지만 나는 계속해서 설득을 시도했다.

"좋아, 도대체 왜 아이시 입양을 반대하는 거지?"

"논리적으로 생각해봐. 당신이 2월에 떠나면 고양이는 어떻게 할 거야?"

"데리고 가야지."

"농담하지 말고."

"농담 아니야. 고양이와의 여행은 합법이라고. 아주 예쁜 고양이 이동 케이스를 하나 구해서……."

"아마 고양이는 미치고 말 걸?"

"……안정제도 좀 구해야겠지."

"그 돈은 누가 낼 건데? 음식이니 장난감이니 병원 진료비니 등등은 누가 부담할 거냐고?"

낼 수 있다면 당연히 내가 내고 싶었다. 우리가 결혼했을 때 론과 나의 수입은 거의 비슷했다. 하지만 내가 작가가 되기로 작심하고 변호사 일을 그만두자, 내 수입은 꽉 막혀버렸다.

그날 저녁 나는 무거운 마음으로 개 사료를 사러 느릿느릿 동네 마트에 갔다. 가서 괜히 여기저기를 헤맸다. 집에 돌아와서 장바구니를 풀다가 깜짝 놀랐다. 다시 한 번 내용물을 살펴보니 내가 유기농 고양이 배설용 점토를 구입했던 것이다.

"이건 어떤 계시야." 나의 말에 론이 물었다. "환불이 될까?" 나는 남편을 쳐다보면서 한숨을 쉬며 고개를 저였다. 비록 남편이 내 계획에 동의하지는 않았지만 천성이 점잖은 사람이었다. 그는 상냥하고 나의 모든 일에 지원을 아끼지 않았으며 신의 있는 배우자였다. 그런 론이 도대체 왜 내가 아이시를 구해주는 것이 아이시가 나를 구원해주는 것이라는 사실을 알아채지 못할까? 그게 고양이를 기르는 비용만큼 값지지 않다고 생각하나? 아니, 어쩌면 론은 막무가내로 고집을 피우려는 나를 구원하는 것일지도 모른다. 내가 눈에 뻔히 보이는 상처로 고통에 젖는 것을 막으려 하는 것일지도 모른다.

재밌는 것은 나보다 론이 동물을 더 좋아한다는 사실이다. 예를 들어 실내에서 거미를 발견하면 나는 신발로 짓이겨 죽이지만, 론은 손으로 잡아서 바깥에 자유롭게 풀어준다. 지난 크리스마스에는 완벽한 동물 봉제 인형을 고르기 위해 세계야생동물기금 카탈로그를 이 잡듯 뒤지기도 했

다(알래스카를 좋아하는 누나한테는 고래 인형, 미시간에 사는 우리 엄마한테
는 늑대 인형을 골라 선물했다). 론은 길을 걷다 곤충을 발견하면 그 자리에
쪼그리고 앉아 관찰하곤 한다. 그때마다 나는 론이 이번에는 곤충과 어
떤 대화를 시도할지 인내심을 가지고 기다려야만 했다. 예컨대 이런 식이
다. 풍뎅이에게 "여기가 어딜까? 벌써 롬바드 거리까지 왔을까?" 하고 말
을 걸거나 과자 부스러기를 이고 가는 개미를 보고 "와우, 이게 웬 떡이
야. 이런 기막히게 운수 좋은 날이라니!" 하고 혼잣말을 하는 식이다. 캘
리포니아에서 대학을 다닐 때 론의 룸메이트가 고양이를 키운 적이 있었
는데, 론은 식당에서 밥을 먹다가도 연어를 남겨 집으로 가지고 와서 고
양이 밥그릇에 두었다고 했다. 하지만 내가 간절히 원하는 고양이 아이시
의 문제에 있어서만큼은 도무지 어떻게 할 수가 없었다. 론은 조금의 여
지도 허락하지 않았다.

그리고 아이시를 향한 나의 집착이 시작됐다. 나는 아이시를 받은메일
함 속에 보관했다. 매일 아침 아이시의 사진을 보며 가상의 삶을 꾸려나
가기 시작했다. 우리는 좋은 책을 함께 읽으며 대화를 나누기도 했고, 내
집필실에서 함께 하릴없이 시간을 보내기도 했다. 책상에 앉아 글을 쓰다
팔을 뻗어 모니터의 아이시 사진을 만지작거리면 아이시가 기분이 좋아
가르랑거리는 게 느껴졌다. 마치 오랫동안 서로 알고 지낸 사이처럼 우리
의 유대관계는 급속도로 강해졌다. 한 번도 만나보지 못했던 동물인데 몇
년의 시간을 함께 안고·자며 지내왔던 것 같은 기분이 들었다. 가상 공간
에 있는 고양이와의 동거였지만 애틋하면서도 사랑스런 그 감정은 현실
세계에 있었다.

사실 애틋한 대상에 대한 내 이상할 정도의 집착은 아이시가 처음은
아니다. 유산을 겪은 후 임신이 불가능해진 나는 매일 국제 입양 웹사이

트에 들어가서 입양이 가능한 아이를 찾아보곤 했다. 그중에서도 내가 눈여겨봤던 아이들은 '특별한 도움'이 필요한 장애를 가진 아이들이었다. 예를 들어 베트남과 같은 아주 이국적인 나라를 하나 선택한 후, 그 나라의 입양 웹사이트에 들어가 아이들의 얼굴을 하나하나 들여다보며 이 아이와 내가 어떤 관계를 맺을 수 있을지 상상해보곤 했다. 하지만 이런 작업을 진행하면서 나는 국제 입양에 아동 학대 및 밀매, 혹은 사기 행각이 만연해 있다는 현실을 알게 되었다. 론은 무턱대고 감정에 이끌려 '특별한 도움'을 필요로 하는 아이를 입양하겠다고 나서지 말고 가능한 많은 조사와 공부를 해서 건강한 아이를 입양할 수 있도록 시간을 갖자고 했다. 하지만 이미 집착이 시작된 나의 머릿속에서는 '특별한 도움'이 필요한 아이들의 얼굴이 사라지지 않았다.

나는 그렇게 인터넷에서 위안을 찾았다. 인터넷에서 보내는 시간만큼 특별한 도움을 필요로 하는 아이들에게 점점 이끌렸다. 육체적으로나 정신적으로 문제가 있는 아이들의 경우 입양 우선순위에서 뒷전으로 밀리기 때문에 이런 아이들은 신생아 밀매라는 어둡고 위험한 그물에서 벗어나 있을 거라고 믿었다. 웹사이트를 훑어보다 한 아이의 얼굴이 머릿속에 박히면 나는 그 아이의 사연이 각인될 때까지 반복해서 내용을 읽었다. 중증 알콜중독, 에이즈, 뇌성마비 등 대부분의 경우 나랑은 아무 상관 없는 사연들이었지만, 그 얘기를 읽어 내려갈 때마다 내 심장박동은 요동을 치곤했다. 대부분의 아이들이 뇌수종증이나 관절만곡증 같은 선천적 장애를 안고 태어났다. 아이들을 소개하는 글은 대부분 '이 예쁜 여자아이는 의학적 치료가 필요하며 도움을 베풀 수 있는 가족을 애타게 찾고 있습니다'라거나, '이 심성이 고운 사내아이는 자신을 돌봐줄 수 있는 부모를 기다리고 있습니다' 같은 문장으로 마무리되고 있었다. 이런 문장

은 내 마음을 동요시키기에 충분했지만 그와 동시에 쉽게 극복할 수 없
는 내 무력함을 상기시키기도 했다.

나는 쉬탈이라는 이름의 일곱 살 난 소녀에게 집착했다. 완전한 갈색
피부에 짧은 머리카락을 지닌 동남아시아 아이였다. 선한 웃음으로 짐작
해보건대 자신의 행복을 누릴 줄 아는 아이임에 틀림없었다. 그 아이의
건강한 미소를 보고 있자면 도저히 간경화증 환자라는 게 믿기지가 않았
다. 그 아이가 얼마나 살 수 있는지는 알 수 없었지만, 의학적 치료가 필
요한 상태임은 확실했다. 정말 큰마음 먹고 과감하게 그 아이를 입양하고
도 싶었다. 나는 당시에도 내가 현재 아이시와의 판타지 세계에서 살듯,
쉬탈과의 생활을 상상하며 지내곤 했다. 쉬탈에게 책을 읽어주고, 함께
개를 산책시키며 노천카페에 들러 차를 마셨다. 그곳에서 이웃 주민들을
만나 새로운 동물친구들과 인사를 나누곤 했다.

쉬탈의 사진이 입양 사이트에서 사라졌을 때 나는 심한 충격을 받았
다. 안내에는 쉬탈이 영원한 가족을 찾았다고 나와 있었다. 나는 가슴 한
편으로 그럴 리가 없다고 소리치고 있었다. "영원한 가족은 바로 나와 우
리 가족 얘기란 말이야!" 하지만 난 론에게 쉬탈에 대한 얘기는 꺼낸 적
도 없었다. 그냥 계속해서 어떻게 하면 쉬탈의 얘기를 꺼낼 수 있을까 호
시탐탐 기회만 노리다 그렇게 되고 만 것이다.

그리고 얼마 지나지 않아 아이시의 사진도 웹사이트에서 사라지고 말
았다. 아무도 아이시의 입양을 원치 않았던 것이다.

어느 날 수즈가 전화를 걸어왔다. "내 동생이 화이트헤드와 얘기를 나
눴는데 아이시를 안락사시킬 계획이라고 했대."

심장이 격하게 뛰기 시작했다. "안락사시킬 계획이라고?"

"그게 얼마 전 일이니까……."

나는 그 소식을 듣고 완전히 기운이 빠져버렸다.

그날 저녁 잠을 설친 덕분에 머리에 두통을 이고 개운치 못한 기분으로 잠에서 깼다. 나는 그동안 너무도 많은 상실의 짐을 짊어지고 살았다. 내 고향 캘리포니아를 등지고 떠났던 일, 3년 전의 유산과 그로 인한 마음고생, 그리고 쉬탈과 이번에는 아이시까지.

수즈에게서 이메일이 도착해 있었다. 아이시가 살아 있다는 소식이었다. 나는 몸 안에서 전류가 솟구치는 것을 느꼈다. 지금 당장이라도 아이시를 두 팔로 껴안고 싶었다. 아이시는 그간 화이트헤드가 보살피고 있었는데, 아이시가 다른 고양이들을 좋아하지 않아서 개인적으로 따로 보살필 수밖에 없었다는 것이었다. 어쨌든 화이트헤드가 조만간 노스캐롤라이나로 옮기게 되는데, 그때가 되면 어쩔 수 없이 안락사를 피할 수 없을 것이라는 내용이었다.

정말 그런 일이 벌어진다면?

그날 밤 나는 침대에서 론 옆으로 몸을 굴려서 베개 하나를 둘이 나란히 베고 한쪽 팔로 론의 가슴을 가만히 안았다. 그리고 아이시를 위한 마지막 애원을 시도했다. 론은 여전히 나이가 들고 몸이 좋지 않고 오줌마저 아무 곳에나 지리는 고양이는 원치 않는다고 했다. 나는 론을 안았던 팔을 풀고 내 베개로 돌아와서 누웠다.

잠시 후 론이 내 손을 가만히 잡으며 말했다. "언젠가 우리가 여러 마리의 애완동물을 키울 수 있는 여건이 되면, 그때 고양이를 키우도록 하자."

나는 다른 고양이를 원하는 게 아니다. 내가 원하는 고양이는 아이시다!

도대체 왜 그랬을까? 나는 아이시의 사진을 처음 보았을 때 이미 내가 안락사의 운명에 처한 고양이를 구하고 싶어 한다는 것을 알았다. 하지만 정말 이해가 가지 않았다. 내 인생을 뒤돌아보고 그간의 삶 속에서 내 행동을 돌이켜봐도 나는 그런 종류의 헌신과는 거리가 먼 사람이었다. 캘리포니아에서 이사 온 지도 4년이 넘어가는데 나는 아직까지도 워싱턴에 정을 주지 않았다. 건강한 아이를 입양할 수 있는 기회가 여전히 존재함에도 불구하고, 난 입양 관련 서류를 작성하는 일을 거의 그만두다시피 했다. 어찌된 일인지 난 원기 왕성한 어린 고양이를 데려다 키우는 것에 관심이 없었다. 난 아이시를 원하고 있다. 그렇게도 간절히 쉬탈을 원했다. 도대체 왜? 내가 보살피지 않으면 누구도 원치 않기 때문에? 절대적이고 헌신적인 보살핌을 안겨줄 수 있는 가정이 필요하기 때문에? 나도 정말 내가 그렇게 이타적이라면 좋겠다. 도대체 왜? 나는 정말 이유를 알 수 없었다.

추측해보자면 나는 그저 그런 일반적인 사람이지만, 가상 공간에서는 크고 자애로운 마음을 가진 사람이 되는 것 같았다. 내 시간과 열정을 고양이나 아이에게 나눠주는 것에 열심이었을 뿐만 아니라, 개나 불쌍한 사람들을 보면 눈시울부터 붉어졌다. 가상 공간에서는 나는 모든 것을 줄 수 있을 것만 같았다. 내 환상 속에서는 양탄자의 누런 오줌 자국을 지우는 행위나 아픈 동물들의 수술을 기다리며 병원 대기실에서 열손가락을 마주 끼고 전전긍긍하는 상황 같은 것은 없었다.

쉬탈이나 아이시가 나와 함께 살 수 없다는 것을 이해할 수 있는 구석이 내게는 없단 말인가? 가상 공간에서의 그런 행동은 어느 정도 현실을 망각한다는 전제에서 이뤄지는 행동인 셈이다. 론이 숙고하고 여러 상황을 고려하여 현실적인 판단을 내리는 편이라면, 나는 그냥 감정과 이상에 이끌리는 부류였던 셈이다. 굳건하게 두 다리로 현실에 뿌리를 두고 서지 못하고 어정쩡하게 한 다리로 절룩거렸던 셈이다. 나는 지금껏 현실을 향한 계단을 디딘 적이 없었다. 내가 잃어버린 조각은 바로 그것이었다. 현실과 맞서 싸워야 한다는 진실.

나는 결정을 내렸다. 더 이상 가상 공간에 안주하며 현실을 회피하는 짓은 하지 않기로 했다. 누군가에게는 사소한 결정에 불과하겠지만, 내게는 이것이 커다란 도약이 될 것임을 확신한다. 그리고 내 옆에는 그 모든 것을 함께해줄 론이 있다. 그날 밤 나는 침대에 누운 채 론에게 다가가서 론의 어깨에 머리를 살포시 기댔다. 그리고 손과 손을 맞잡았다. 나는 이제 앞으로 나아갈 것이다.

First Dog, Best Dog
첫 번째 개가 최고의 개

소니아 레비틴

나는 로이드와의 관계가 친구에서 연인으로 바뀌던 그 순간을 정확하게 기억하고 있다. 어느 화창한 오후에 우리는 골든게이트 공원에서 피크닉 담요를 깔고 앉아서 젊은 부부가 그들의 아이와 에어데일 테리어 종 개와 함께 놀고 있는 것을 지켜보고 있었다.

나는 로이드에게 정말 중요한 질문을 했다. "개 좋아해?"

로이드가 말했다. "아주 좋아하지."

나는 천진난만하게 말했다. "우리도 언젠가는 함께 개를 키울 수 있겠지?"

그때 내 나이는 열여덟이었고, 로이드는 스물이었다. 로이드는 이 말을 명백한 프러포즈로 받아들였다. 일 년 후 여전히 학생 신분인 채로 우리는 결혼했다. 가진 것은 없었지만 꿈만은 풍족한 삶이었다. 언젠가는 우리도 집을 갖게 되고, 아이들을 낳고, 당연한 말이겠지만 개도 키우게 될 것이라는 그런 소박한 꿈.

이즈음에서 빨리감기로 약 10년 후로 이동한다. 우리 딸인 샤리가 세 살이고 아들 다니엘이 일곱 살이다. 얼마 전 친구에게서 캘리포니아 모라가 지역에 닭이나 오리, 염소들과 함께 개를 키워서 분양하는 고즈넉한 분위기의 농장이 있는데, 그곳에서 독일 셰퍼드 새끼들이 태어날 예정이라는 말을 들었다. 나는 아이들과 함께 차를 몰고 그 농장을 찾아갔다. 가족 소개를 하고 새끼 한 마리를 입양하겠다는 예약을 하고 돌아왔다. 우리는 강아지가 태어나는 날을 손꼽아 기다렸다. 마침내 그날이 왔다. 우리가 입양할 녀석은 생각보다 크고 색깔도 더 검었지만 미운 구석 하나 없이 눈부시게 아름다운 강아지였다. 우리는 그 녀석의 이름을 검은색 턱시도를 입은 남작이라는 의미를 담아 바론이라고 지었다.

내 기억이 정확하다면, 바론이 대소변을 가리는 데는 딱 사흘이 걸렸다. 또한 바론은 주방에서 파운드케이크를 훔쳐 먹은 죄로 따끔하게 야단을 맞은 후로는 주방이 접근 금지 구역이자 사람들의 고유 영역으로 존중해야 할 곳임을 바로 알아챘다. 딱 한 번 배구공을 물어서 구멍 내고는 절대로 내놓으려 하지 않았던 적을 제외하면, 바론은 안 된다고 하는 물건을 물어뜯거나 망친 적도 없었다. 바론이 배구공을 물어뜯은 때는 같이 태어난 형제자매들과 농장에서 며칠을 함께 보냈던 시기였다. 사실 바론은 그때 염소를 몰던 종의 본능이 작동했는지 염소들을 좁은 축사로 몰아붙여 몇 마리에게 부상을 입히기도 했다. 배구공 비용을 포함해서 수의사 왕진비까지 바론이 끼친 총 피해액은 84달러 정도였다. 하지만 바론이 태어났던 곳을 찾아가서 보낸 시간은 바론에게 좋은 여행이 되었다고 생각한다.

바론은 아이들을 교육시키기에 아주 적당한 개였다. 아이들이 말을 잘 듣지 않으면, 나는 녀석들을 주방 벽 앞에 일렬로 세우고 엄중한 훈계를 시작하곤 했다. "엄마가 그러라고 했어, 안 했어? 엄마 말 안 들으면……."

그러면 그때 3개월 된 바론이 나와 아이들 사이에 병정처럼 버티고 서서 나를 향해 으르렁대며 컹, 하고 큰 소리로 짖는다. 그러면 내가 아이들을 향해 덧붙인다.

"봤지? 바론이 절대 그러면 안 된다고 하지?"

바론은 온순하면서도 상냥하게 내 권위를 지켜주는 나의 동반자였다.

바론은 현관문 앞에 앉아 집을 지키는 것을 좋아했다. 번견으로서의 자의식이 탁월한 개였지만 신기하게도 가족이나 친구들 심지어는 세탁소 직원까지 한 번 본 사람은 경계를 풀고 입장을 허락했다. 세탁물은 매주 수요일 아침에 수거해 가는데, 나는 세탁물 주머니를 현관문 안에 아무렇게나 던져 놓는다. 그러면 세탁소 직원이 잠기지 않은 현관문을 열고 세탁물이 가득 찬 주머니를 가져가고, 빈 주머니를 놓고 간다. 바론은 가만히 앉아서 이 과정을 지켜본다. 세탁소 직원이 문을 열고 "안녕, 바론!" 하고 인사한 뒤에 자기 일을 하는 동안 바론은 꼼짝 않고 아무 소리도 내지 않은 채로 이 모든 과정을 말똥말똥 지켜본다. 정말로 경이로울 정도로 놀라운 상호 신뢰가 아닐 수 없었다.

그렇다고 예외가 없는 것은 아니었다. 주택가를 트럭으로 이동하며 우유팩을 던지듯 내려놓고 황급히 떠나는 배달부를 향해서는 신경질적으로 짖어댔다. 그렇다. 바론은 사람을 확실하게 가리는 성격이었다. 익숙한 사람에게는 한없이 선량하고 온순하지만, 인사도 없이 제 할 일만 하고 떠나는 사람에게는 동물 본능을 발휘했다. 하지만 여기에도 예외가 있었다. 로이드가 친구들과 포커 게임을 하던 어느 날 저녁, 수십 번 이상 우리 집에 왔던 로이드의 친구 테드가 마실 것을 가지러 가기 위해 일어섰다가 바론에게 벽으로 몰리는 상황이 발생했다. 정확한 이유는 여전히 미궁이지만, 늘 온순하고 상냥하게 굴었던 사람에게 바론이 이빨을 드러내며 흉포하게 으르렁댔던 것이다.

너무도 순식간의 일인지라 아무도 무슨 상황인지를 가늠하지 못했다. 테드도 자신이 무슨 짓을 했는지, 자신의 어떤 행동이 바론을 도발했는지 전혀 알지 못했다. 이 사건 이후에 우리는 아무리 완벽한 동물이라고 해도 이들에게는 예측할 수 없는 부분이 있음을 받아들이기로 했다. 또 다른 경우로 바론이 우리 친구 메리 베스를 물었던 적도 있었다. 때는 7월 4일 독립기념일이었다. 이웃집 마당에서는 여기저기 폭죽이 작렬하고 있었고, 메리 베스는 겁먹은 바론을 위로하기 위해 그에게 다가갔다. 베스는 바짝 겁을 먹고 바닥에 쪼그리고 앉아 있는 바론에게 몸을 숙이며 괜찮다고 쓰다듬어주기 위해 손을 가져다댔다. 그때 바론이 메리 베스의 손을 물었다. 다행히 큰 상처는 아니었지만, 당시만 해도 우리는 겁먹은 개에게는 시선을 낮춰서 다가가야 한다는 요령을 깨우치지 못한 상태였다. 당연히 우리는 그 뒤로 누군가 바론에게 호감을 표하기 위해 다가오면 일단 바론을 안정시키는 것을 잊지 않았다.

돌이켜보면 우리 가족은 모두 바론을 친구처럼 대했던 것 같다. 로이드와 나에게 바론은 가장 완벽한 하이킹 동료였다. 바론은 우리 집 인근의 언덕을 뛰어다니는 것을 좋아했고, 일요일마다 차를 몰고 고택이 즐비한 동네를 돌아다니는 것도 좋아했다. 차를 몰고 어디론가 가게 되면 우리는 먼저 바론에게 오줌을 싸고 오라고 명령했고, 그러면 바론은 그 고난이도의 명령을 신통하게 이행했다.

바론은 동물세계에서 사교성이 뛰어난 개는 아니었다. 친구라 할 수 있는 개들도 거의 없었다. 한번은 아이들이 햄버거 케이크와 함께 바론의 생일 파티를 열어줬던 적이 있다. 인근의 어떤 개들도 전부 다 참석할 수 있는, 개들을 위한 오픈 파티였다. 산책을 하던 개들도 그냥 들어와서 먹을 것을 먹고, 개들끼리 어울려 함께 장난감을 가지고 놀면 되었다. 하지만 바론은 다른 개들에게 그다지 관심을 보이지 않았다. 개보다는 사람을, 사람보다는 공을 더 좋아했다. 배드민턴 셔틀콕이든 농구공이든 모양이나 크기는 상관없이 모든 종류의 공을 좋아했다. 바론은 공이 어디에 처박혀 있든 집요하게 추적해서 끝끝내 공을 입에 물고 나온다. 언젠가는 역사협회 피크닉에서 개최한 리틀 야구시합에서 1루 베이스를 향해 구르던 내야 땅볼을 물고 달아나버린 적도 있었다. 우리에게야 귀엽고 재미난 나이스캐치였지만, 그때 이후 모든 야구시합에 출입 금지된 것은 당연한 결과였다.

바론이 가장 좋아했던 것은 사람과의 일대일 관계였는데, 다니엘이 바론의 귀에 대고 비밀을 속삭인다거나 샤리가 직접 쓴 시를 읽어줄 때 바론은 정말 행복해 보였다.

녀석에게는 평생 단 두 마리의 이성친구가 있었다. 첫 번째 친구는 우리 집 뒤 골목 끝에 살았던 검은색 래브라도 레트리버 종인 켈리였다. 바론은 켈리가 발정기를 맞을 때마다 •마운팅을 하며 켈리를 괴롭혔다. 그때마다 켈리는 바론에게 으르렁대며 저리 가라고 고개로 밀어내곤 했다.

• 교미 행위를 흉내 내는 것

바론은 켈리 말고는 평생 누구에게도 짝짓기를 허락하지 않았다.

두 번째 친구는 얼마 전에 옆집으로 이사 온 닥스훈트 종인 플로이드였다. 이 녀석은 조그마한 게 뭐가 그리 화끈한지 시도 때도 없이 발정이 나곤 했다. 플로이드가 발정 날 때마다 바론은 창가에 앉아 밖을 내다보며 꼬리를 흔들고 짖거나 낑낑대는 소리를 냈다. 바론은 플로이드와 사랑에 빠진 게 분명했다. 하지만 안 될 일이었다. 셰퍼드와 닥스훈트라니 물리적으로도 불가능해 보이는 사랑이었다. 우리는 바리케이드에서부터 약물까지 모든 방법을 동원했다. 그러나 소용이 없었다. 날이 갈수록 바론의 시름은 깊어만 갔다. 결국 우리는 플로이드의 중성화 수술에 드는 비용을 지불하는 것으로 사태를 수습했다.

몇 년의 시간이 흘렀고 우리는 남부 캘리포니아로 이사했다. 새 집은 천장이 높은 탁 트인 거실에 아름다운 철제 대문이 있는 집이었다. 우리는 초인종을 원하지 않았는데, 초인종을 누를 때마다 바론이 짖어대고 그 소리가 온 사방에 메아리쳐 울리면 이웃들에게 바론이 낙인 찍힐지도 모를 일이었기 때문이다. 그래서 나는 과감하게 초인종을 없애버렸다. 초인종이 없으니 잡상인이나 원치 않는 불청객들의 방해를 받지 않고 집필에 집중할 수 있었고, 바론이 문 앞에 떡하니 앉아 집을 지키고 있으니 우리 집이 마치 요새라도 되는 양 안심이 되기도 했다.

바론이 나이가 들어가면서 우리는 서서히 다른 강아지를 들이는 문제를 생각하게 됐다. 받아들이기 쉽진 않지만, 우리의 평생 친구가 되리라 기대했던 바론도 언젠가는 이 세상을 떠나게 될 것이고, 그 후 어떻게든 우리의 관심을 다른 강아지에게 돌리고 새로운 사랑을 시작하는 것이 순리라 생각했다. 가장 좋은 방법은 바론이 아빠가 되는 것이었다. 우리는 이내 바론의 씨를 받을 암컷을 모색하기 시작했다. 당연히 독일산 셰퍼드

여야 했고, 좋은 성격에 영리하고 아름다운 개여야 했다. 하지만 아뿔싸, 동물병원의 수의사에게 우리의 계획을 밝혔을 땐, 열 살이 넘은 개의 정자는 생식력이 거의 없다는 말이 돌아왔을 뿐이다. 우리는 바론의 완벽한 파트너를 찾기 위해 다시 수소문에 착수했다. 바론과 같은 강아지를 찾아야만 했다. 하지만 인간이 그러하듯 강아지들도 외양은 비슷해도 내양은 천차만별이었다.

그리고 드디어 우리가 사는 곳에서 80여 킬로미터 떨어진 켄넬 클럽에서 독일 셰퍼드를 분양한다는 소식을 듣게 되었다. 우리는 그곳에서 긴 털과 완벽한 색깔, 외모에 우아함까지 갖춘 독일산 셰퍼드 새끼를 데리고 돌아왔다. 이름은 바니라고 붙였다.

바니는 집에 온 첫날부터 소파를 물어뜯고 로이드의 새 가죽 신발에 오줌을 쌌다. 이 사태에 대해 나는 바니가 신발에 오줌을 싸는 것은 그 사람을 주인으로 인정하면서 복종을 맹세하는 첫 단계라고 주장했지만, 로이드는 내 말을 완전히 무시했다. 어쨌든 그게 끝이 아니었다. 우리 집 계단에서 얼쩡거리며 뛰던 바니가 아래로 굴러떨어지고 만 것이다. 다행히 다치지는 않았지만, 우리는 저러다 나중에 다리가 부러진다거나 하는 사고가 발생할 수도 있으니 훈련을 제대로 시켜야 한다고 생각했다. 정말이지 바니는 따지고 들자면 아주 짜증나고 훈련도 잘 안 되는, 아무 데나 오줌을 싸는 골칫덩어리 강아지였다.

바니는 돌이나 뼈다귀, 때로는 죽은 새 같은 것을 마당에서 발견하면 물어다 데크 위에 올려 놓아서 나를 놀라게 한 적도 많았다. 바니는 정원의 호스가 움직일 때마다 공격하는 것을 즐겼고, 물을 마실 때마다 물그릇의 물을 튕겨 사방으로 흩뿌렸다. 수영을 해도 저렇게 물이 튀지는 않겠다 싶을 정도였다. 차 안에서도 가만히 있는 법이 없었다. 운전석에 앉아 있는 나에게 머리를 들이대기 일쑤였다. 바론처럼 뭘 지킨다거나 하는 충직함은 전혀 찾아볼 수가 없었다.

바니는 다른 사람이나 다른 개들, 심지어는 청설모나 고양이까지도 무서워했다. 나는 바니를 애견훈련학교에 데리고 갔다. 강사 말로는 바니가 '내성적'이어서 다른 개들의 서클에 끼는 것을 거부하고 있다고 했다. 바니가 훈련을 받다 도망쳐서 그 뒤를 쫓느라 아주 당혹스러웠던 적도 있었다. 강사는 '사회성이 아주 떨어지는 개'의 대표 격으로 바니를 지목했다. 같은 애견훈련학교의 동기견들 중에서 졸업하지 못한 유일한 개가 바로 바니였다. 정말 굴욕적인 경험이 아닐 수 없었다.

바니와 바론과의 관계는 다소 불확실하다. 하지만 대부분 바론이 보호자 같은 역할을 했다. 바론과 바니를 처음으로 함께 산책시킨 날, 알 수 없는 큰 소음이 바니를 패닉으로 몰고 갔던 일이 있었다. 그 순간 바니는 곧바로 바론 밑으로 숨어서 집까지 그 상태로 걸어갔다. 멀리서 보면 다리가 여덟인 이상한 생명체가 걷고 있는 것 같은 기이한 모습이었을 것이다.

바론은 바니가 다가와서 달라붙고 친해지려는 행동을 무시했다. 그냥 단순히 어린 강아지로만 취급했다. 그런 장면들을 보고 나서 나는 향후 다시 개를 키우게 될 경우의 고려사항을 추가했다. 반드시 연령대가 비슷한 강아지를 키울 것. 그래야 둘이 진정으로 어울리는 놀이 친구가 되고 함께 자신들의 왕성한 시기를 즐기게 될 테니까.

나이가 들어간다고 해서 엉망진창에 제멋대로인 바니의 버릇이 나아지는 것은 아니었다. 그래도 바니는 천성이 착한 개였다. 한번은 새끼 고양이를 우리 집 마당에서 구한 적도 있었다. 명백하게 누군가가 마당에 몰래 놓고 간 고양이임에 틀림없었는데, 바니는 아마도 그게 돌이나 뼈다귀 같은 거라고 생각했는지 조심스럽게 고양이들을 물어서 데크 위에 올려다 놓았다. 나는 바니가 또 죽은 쥐를 데크 위에 물어다 놨구나 생각했다. 하지만 잠시 후에 '야옹'거리는 소리가 나면서 쥐가 아니라 고양이임이 밝혀졌다. 그 고양이들이 지금의 제시와 징시이다.

새로운 식구들이 늘어가는 동안 바론은 점점 나이가 들어서 보기 애처로울 정도로 몸이 많이 약해졌다. 수의사는 6개월에서 1년 정도의 기간이 남은 것 같다고 말했다. 한번은 늦은 밤에 바론이 마당에서 스컹크를 만나 한판 싸운 적이 있었는데, 회복하느라 사흘이 걸렸고 그 사건 이후 바론은 더 이상 예전과 같지 않았다. 계단을 올라다니며 여기저기 냄새 맡는 것도 못 하게 되어서 거실에 패드를 놓고 앉아 마냥 집만 지키는 신세가 되었다. 털은 윤기를 잃어갔고, 얼굴색은 하얗게 바래갔다. 패드를 덮었던 담요에서 피가 묻어나온 적도 있었다. 궤양이 생긴 다리에서 나온 피였다. 다리의 관절염도 문제였다. 관절염으로 인한 통증 때문에 바론은 제대로 서서 뛸 수도 없고, 누워 있거나 천천히 걷는 것만 가능했다. 뒷발로 서서 앞발을 허공에 저으며 반가워하는 행동도 더는 불가능했다. 가까스로 허공에 발짓을 해보지만, 그때마다 넘어질 듯 위태위태한 모습은 안타까움만 자아냈을 뿐이다.

어떻게 해야 하는 것일까? 언제까지 결정을 미루고 상황이 악화되는 것을 고통스럽게 지켜만 보고 있어야 하는가? 죽음으로 귀결된다고 해도 바론의 고통이 극한에 차오를 때까지 마냥 시간을 보내는 수밖에 없단 말인가?

추수감사절에 대학을 다니는 다니엘이 집에 왔는데, 바론의 상태를 보고 큰 충격을 받았다. 다니엘이 우리를 심하게 나무랐다. "저렇게 고통스러워하는데 그냥 보고만 있는 거예요? 어떻게 저렇게 살게 놔둘 수 있는 거죠?"

우리 가족은 마주 앉아 의논을 했고, 바론이 품위 있고 편안하게 생을 마감할 수 있도록 도와주자고 결론을 내렸다. 12월이 다가오며 날씨가 추워지기 시작했고 드디어 행동을 취해야 할 시기가 왔음을 느꼈다. 나는 바론이 집에서 우리와 함께 마지막 순간을 보내기를 원했기에 다음 날 수의사가 집에 와서 주사로 마지막을 집행하기로 했다. 샤리와 내가 끝까지 바론과 함께 있어주기로 했다. 모든 일이 끝나면 약속한 시간에 미국 동물보호협회에서 사람이 와서 죽은 바론을 데려갈 것이다.

그날 저녁 우리는 바론과 마지막 산책을 나갔다. 이웃집의 거대한 유칼립투스 나무 위로 은쟁반처럼 둥그런 보름달이 떠 있는 추운 밤이었다. 나는 바론에게 보름달을 보여주고 싶었지만 바론은 고개를 들지 않고 땅만 바라보고 걸었다. 바론은 이번 산책길이 다른 때와는 다른, 마지막이라는 것을 알지 못하고 터벅터벅 길을 걸었다. 나는 가끔씩 멈춰 서서 바론을 쓰다듬기도 하고 살이 빠져 울퉁불퉁해진 등뼈 위로 뻣뻣해진 털의 촉감을 느끼기도 했다. 나는 내 손길로 내가 녀석을 얼마나 사랑하는지 전달할 수 있기를 빌었다. 바론은 걷다가 앉아서 귀를 긁기도 하고 절뚝거리기도 했지만 저녁 산책을 즐기고 있었다. 다분히 심각한 표정의 사람과 어떤 상황도 전혀 아랑곳하지 않고 순간을 즐기는 낙관적인 성격의 개. 오히려 나는 피식하고 웃음을 터뜨렸다. 문득 바론이 옳은 선택을 한 것이라며 나를 격려하고 있는 것 같다는 생각이 들었기 때문이다.

바론과 바니를 키운 이래로 우리는 이른바 '위탁 관리' 형태로 다른 개들을 키우기도 했다. 우리 아이들이 새 직장을 얻고 새로운 인간관계를 시작하면서 생긴 일이었다. 당연히 잠시 동안만 맡아달라던 애완동물은 영원히 우리 식구가 되어버렸다. 우리는 아이들의 개였던 샬롯과 이자벨라의 새로운 부모가 되었다. 샬롯은 호우가 쏟아지는 외중에서도 2킬로미터 이상 떨어진 곳에서 집을 정확히 찾아오는 아주 영특한 개였다. 이자벨라는 단어가 적힌 나무 블록을 이용해서 말을 배우는 중이다. 과학자가 된 다니엘이 이 훈련을 시작했는데, 나도 열의를 갖고 계속하고 있다 (사실 다니엘에게 말은 안 했지만 효과는 거의 없다). 가끔 나는 앨범들을 훑어보며 사진 삼매경에 빠지곤 한다. 대부분 우리가 키웠던 개들의 사진이다. 다니엘은 요실금으로 고생하던 바니가 자살을 한 것이라고 주장했지만 바니는 나중에 우리 집 수영장에 빠져 죽는 사고를 당했다.

바론이나 바니와 같은 독일 셰퍼드인 브리짓은 아주 예쁘게 생겨서 사람들이 '얼짱견'이라고 부르기도 했다. 그리고 우리의 마지막 셰퍼드인 브루노는 너무도 제멋대로여서 도그 위스퍼러에게 데려갔더니 애견 군대에 보내는 게 좋을 것 같다고 했다. 하지만 우리는 그러지 않았다. 그리고 로디지아 리지백 종의 키니아가 있었다. 키니아는 지능이나 충성도 그리고 무려 유머감각까지도 그 어떤 리지백 종 개들보다 뛰어났다고 자부한다. 그리고 지금은 종을 확실히 알 수 없는 검은색 중형 구조견이었던 버디와 쉐도우가 있다. 그 두 마리의 개들은 원래 우리가 좋아했던 대형견보다는 덜 원기 왕성했지만, 뭐 지금은 우리도 나이가 들어 행동이 더디니 상관은 없다. 로이드와 나는 우리가 키웠던 개들에 대해서 얘기를 나눴다. 그 개들은 우리에게 자식이나 마찬가지였다. 그들은 우리 가족의 구성원이었으며, 우리를 기쁘게 하고 우리를 배움으로 이끈 소중한 존재였다.

우리는 그 개들을 모두 사랑했다. 하지만 우리 아이들이 태어나기도 전부터 가장 먼저 가족으로 맞아들였던 첫 번째 개는 훨씬 남다르다. 로이드와 나는 우리 개들에 대해 얘기할 때마다 바론의 특별했던 표정이나 멋진 미소, 사랑스러운 행동에 대해 빠짐없이 이야기한다. 그리고 늘 대화의 마지막은 늘 이렇게 끝이 난다.

"뭐니 뭐니 해도 역시 바론만 한 개가 없었어. 첫 번째 개가 최고의 개야."

Taking Stock

말과 인간

토마스 맥게인

　　말을 타는 행위의 황홀감이란 참으로 미스터리한 것이다. 말에 몸을 최대한 밀착시킨 상태로 말과 함께 움직일 때면 끝도 없는 행복감이 밀려온다. 이 행복감을 비단 승마 선수들만 느끼는 것은 아니다. 오래전부터 북미 원주민들이나 기마병, 카우보이, 농장의 농부들 등 모두가 이 행복감에 도취되어 말과의 정서적 교감을 늘려갔다는 증거는 얼마든지 있다. 하지만 다른 한편의 부류들은 말을 이용해 재산을 축적하느라 바빴다. 버팔로 사냥꾼들, 코카콜라 상속인, 족장, 석유 재벌, 파산이 멀지 않은 교수들이 바로 그 축재자들이다. 대평원에 살던 인디언들은 말을 탄 기병대에 밀려 중서부 산림지대로 쫓겨났고, 샌드크리크 학살에서처럼 문명에 대항하는 자들은 그들의 말을 처형하는 것으로 본보기를 삼았다.

집이 농장과 인접해 있었던 것은 내 삶의 축복 중 하나였다. 나는 매일 아침 커피를 사기 위해서 말을 타고 움직였다. 스트레스를 받거나 도저히 일에 집중할 수 없으면 농장에 말을 타러 나왔다. 친구나 가족의 구성원이 건강이 좋지 않다거나 다른 누가 불행에 처해서 편안하게 쉴 수 있는 장소를 찾을 수 없을 때, 농장에 찾아가 말을 보면 늘 위안이 되곤 했다.

손 쓸 수 없는 상황에서 어쩔 수 없이 안락사를 집행할 수밖에 없는 말에 대해서 우리 담당 수의사는 놀라운 말을 했다. 우리는 인간의 시각을 버리고 동물들이 그들에게 일어날 일에 순응하고 그 과정을 받아들인다는 사실을 이해해야 한다고 했다. 동물들은 알고 있다. 반면에 우리 인간은 아무것도 받아들이려 하지 않는다. 우리가 얼마나 빨리 죽을 수 있는지, 우리가 얼마나 오래 살 수 있는지, 우리가 얼마나 먹을 수 있는지, 우리가 얼마나 성생활을 할 수 있는지, 그 어떤 것에 대해서도 인간은 순리를 받아들이려 하지 않는다. 인간에게 순응이란 없다. 협상이나 빠져나갈 방법을 찾을 뿐이다. 하지만 말의 세계에서는 협상이란 없다. 태어나서 죽을 때까지 모든 것을 근엄하고 엄숙하게 받아들인다. 말의 세계에서 은행 금고에 들어 있는 것이라곤 경기장에서의 추억뿐일 것이다.

다시 농장 이야기로 돌아가자. 목초지의 울타리 문을 닫아놓는 일은 거의 없었지만, 그러거나 말거나 말들은 우리를 보기 위해서 그 안에 머무른다. 우리는 말들을 당근으로 유혹하여 갈취함에도 불구하고 그들이 우리를 좋아해주니까 잘난 줄 알고 착각하는데, 말들의 질투를 방지하기 위해서는 애정과 관심을 공평하게 나눠줘야 한다. 말들은 성격이 다들 독특하다. 어린 말들은 변덕스러워서 다루기가 쉽지 않다. 나이 들어 귀가 잘 들리지 않는 암말들은 다른 말들보다 두 배 이상의 공간이 필요하다. 내가 가장 좋아하는 말은 메뚜기를 보면 겁을 먹는 겁쟁이지만 아이들을 믿고 태울 수 있는 가장 신뢰할 수 있는 말이다. 키가 큰 암갈색 암말은 주에서 선출하는 엄마 말 챔피언으로 뽑히기도 했다. 가장 많은 수를 차지하는 말은 사람으로 치면 연금을 받을 나이의 말들인데, 이 말들은 코튼우드 강 가까이 모여서 서로 의지하며 산다. 그리고 강 너머에는 우리 말 친구들이 누워 있는 묘지가 있다. 어떤 말들은 오랜 시간을 사고 없이 보내고 생을 마감하지만, 넘어져서 목이 부러진다거나 번개에 맞거나 소화기관이 뒤틀리는 장애로 먹지도 못하고 죽는 말들도 많았다.

1957년에 나는 와이오밍의 목장에서 송아지를 밧줄로 포획하기 위해 말을 타고 목초지를 달리고 있었다. 세 번의 성공적인 포획 후에 내가 탄 말이 갑자기 앞발을 땅에 디디며 멈춰 섰고, 나는 그대로 하늘을 날아서 말 앞으로 고꾸라졌다. 다행히 상처를 입지는 않았지만, 그날 나는 바닥에 나뒹군 채로 엎어져 있는 나를 가만히 쳐다보던 내 말의 얼굴을 기억한다. 그리고 조용히 내가 다시 제 몸 위에 타도록 허락했던 순간도. 우리는 나의 한계에 동의하며 가볍게 달려 집으로 돌아왔다. 단 한 번도 나를 재단하려 들지 않는 존재와 아주 오랜 시간을 함께 일하는 것은 정말로 독특한 경험이다. 당신 또한 그와 비슷하게 행동하게 만든다. 말과 함께 오랜 시간을 보내면 인내를 배우게 된다. 뛰어난 기량의 한 승마 선수가 말했다. 각 말들의 한계를 받아들이고 이해하기 전까지는 결코 레이스에서 승리할 수 없다고. 확실히 말들은 인간이 보지 못하는 곳까지 볼 수 있고, 다양한 냄새를 맡을 수 있고, 뛰어난 청력으로 소리도 굉장히 잘 듣는다. 말들의 시선에서 보면 두 발로 휘청거리는 인간의 느린 속도가 아주 우스울 것이다. 도대체 저런 다리로 어떻게 밧줄을 피할 수 있는지가 의아하겠지. 말을 타는 사람이라면 누구나 매일 자신이 이 대지에 대해 아는 게 얼마나 보잘 것 없는지 깨닫게 된다. 말들은 가만히 대지의 소리에 귀를 기울인다. 말들은 그렇게 우리 인간의 모든 혼란을 참아낸다. 섹스에 미쳐 날뛰고, 돈을 갈망하고, 복수심에 이글거리는 그 못난 인간들을 여유로 인내한다.

　세상에는 어느 때보다 많은 말들이 있고 심지어 더 많아지고 있다. 그늘에서 뙤약볕을 피하고 있는 말, 꼬리로 파리를 쫓는 말, 물 한 모금으로 대지를 달리는 말, 껑충 뛰어 카우보이를 떨어뜨리는 말, 퍼레이드에 동원된 말, 아이들을 즐겁게 해주는 말, 통나무를 끄는 말, 소를 모는 말, 산림 속을 달리는 말, 무거운 물건을 나르는 말 등.

　세상의 모든 말들은 우리 인간들의 또 다른 모습이다. 어쩌면 인간의 외로움과 나약함을 극복하는 또 다른 이상향이 바로 말들의 세계일지도 모른다.

Dog Years

개의 나날들

마크 도티

처음에 발을 헛디디는 바람에 아덴은 계단에서 굴러 떨어졌다. 녀석이 떨어져 내리면서 전구가 꺼져버렸고, 계단을 찾던 녀석은 잔뜩 화가 났다. 아마도 녀석의 보일 듯 말 듯한 눈에는 옅은 빛이 드리워진 복도가 그저 암흑처럼 느껴졌을 것이다. 그러고 나서 며칠 후에 새 전구가 길을 비추는데도 녀석이 비틀거리며 올라갔다가 내려올 때는 거의 날듯이 떨어지는 바람에 남편 폴이 놀라서 반쯤 죽을 뻔했다. 다행스럽게도 아덴은 몸의 일부가 고무로 만들어지기라도 했는지, 그때마다 다친 곳 없이 비틀거리나마 당당히 일어섰다. 하지만 아파트로 향하는 계단을 오르지 못하는 날이 결국 오고야 말았다. 오른쪽 뒷다리가 날로 연약해지고 위축되어서 계단을 오르는 일이 힘들어진 것이다. 우리가 녀석을 들어서 날랐지만, 개가 밖에 나갈 때마다 들어 나르는 일도 터무니없는 짓이라는 생각이 들었다. 무릎을 굽혀도 힘이 들기는 마찬가지였다. 34킬로그램 나가는 자기 몸을 들고 계단을 오르락내리락하는 일은 스스로에게도 끔찍한 일이었음이 분명하다. 노인이 힘줄이 드러나도록 여위고 살집이 없어지는 것과 비슷하게 아덴 또한 전보다 가볍게 느껴지는 것이 사실이었지만, 그래도 녀석의 덩치는 여전히 만만치 않았다.

운 좋게도 우리에게 거의 일이 없다고 할 수 있는 학기가 있었다. 프로빈스타운에 있는 우리의 여름 집으로 평소보다 훨씬 빨리 아덴과 함께 갈 여유가 생겼다. 여전히 잿빛이고 쌀쌀하던 4월에 그곳에 도착했다. 갑자기 불빛이 켜지고 불을 피우며 누군가 거주하러 왔다는 사실 때문인지 집이 우리를 보고 반가워하는 것만 같았다. 그곳에 있는 것만으로도 안도감이 이내 물밀 듯이 밀려왔다. 아덴은 1층에 머물면서 마음껏 바깥출입을 할 수 있었다. 바깥에 나갔다가 서둘러 들어올 필요가 없어졌다. 또 하루쯤 나가지 못했다고 해서 크게 문제될 것도 없었다. 이 오래된 나무 마루는 2백 년간 별별 일을 다 겪었고, 더 상하려고 해야 상할 수도 없었다. 게다가 아덴은 이 집을 옛날 옛적부터 알았다. 늙어가기에는 근사하고 편안한 곳이었다.

6주가 흘렀고, 달력이 아덴의 열여섯 번째 생일을 향해가고 있었다. 날짜는 4월 언제였다가 5월로 들어섰다.

카이저 박사는 아덴을 조심스레 다루었고, 공격적인 치료는 꿈에도 할 생각을 하지 않는 의사였다. 나는 그가 마음에 들었다. 그는 나긋나긋 말하며, 자기 앞에 있는 피조물들에게 호기심이 많았다. 그는 몸집이 크지만 정작 자신은 그렇게 생각하지 않는 것 같았다. 가령 뉴펀들랜드 종 개들이 제 몸집에 그다지 미안해하는 기색이 없는 것처럼 보이듯, 박사도 거대한 덩치에 약간 덜 떨어진 것처럼 보이는 걸 괘념치 않는다고나 할까. 카이저 박사는 아덴이 지상에서 그토록 긴 수명을 누리는 것이 정말 놀라운 일이라고 생각했고, 우리가 그에게 얼마나 정이 깊은지도 알았다. 따라서 그는 비현실적인 시도나 약속, 제안은 전혀 하지 않았다. 이제 최고의 관건은 편안함이었다. 박사는 앞으로 어떤 일이 일어나건 간에, 이 늙은 생존자에게 남은 삶은 흔히들 말하듯이 덤이고 횡재라고 했다.

아덴은 내가 카이저 박사를 좋아하는 것만큼 그를 싫어했다. 하지만 녀석은 박사의 존재를 그럭저럭 견뎌냈고, 그가 건네주는 간 맛이 나는 비타민을 조심스럽게 받아먹었다.

이제와 생각해보면 폴이 아덴에게 늘 부르기 좋아했던 타이니라는 별명은 정말 최고였던 것 같다. 용감한 녀석, 씩씩거리며 말을 듣지 않는 몸을 끌고 이곳에서 저곳으로 어떻게 갈지 궁리한다. 우리는 "타이니가 어디에 있지?" 묻는다. 아덴은 봉오리가 피는 개나리 아래서 낮잠을 자고, 자갈밭에 나가 참새를 지그시 바라보거나 했다. 우리는 2층에 올라가서 잠을 자지만, 녀석은 우리와 함께 올라온다는 생각을 이내 버렸다. 그저 아래층 거실의 러그에 머무는 것으로 만족했고, 저녁에 불이라도 피우면 그 주변보다는 식당의 시원한 맨바닥에 배를 밀착시켰다. 봄이 다가오면서 뜰에 나가 한 장소에 길게 머무는 시간이 점점 늘어났다. 우리는 외출을 많이 하지 않았다. 동물병원에 갔다가 해변으로 차를 몰아가는 정도였다. 지난번 나들이 때는 아덴이 너무도 몸이 쑤시고 힘이 들었는지, 차 밖으로 나오는 것도 괴로워했다. 하지만 우리가 트럭의 뒷문을 열어두어서 밖을 내다보거나 흘러들어오는 대서양 공기를 호흡할 수 있었다. 그렇게 보내는 시간 말고는 자기 밥과 물이 있는 식당의 시원한 돌 타일 위에서 많은 시간을 보냈다.

사람들은 늘 내게 때가 되면 알게 될 거야, 라고 했지만 나는 그 말을 한 번도 믿어본 적이 없었다. 적어도 이 개에 관해서는 아니었다. 녀석이 죽지 않고 세상에 남아 있기를 바랐기에 이 개는 절대 그래서는 안 됐다. 나는 혹시 아덴의 몸이 말을 듣지 않아서 계단 하나, 발밑에 펼쳐진 계단 하나를 내려가는 것도 못 하게 되지 않을까 하는 두려움에 전전긍긍했다. 아덴 역시 혼란과 공황이 뒤섞인 눈빛으로 나를 바라보며 그저 살기만을 바라는 듯했다.

카이저 박사가 말했다. "언제든지 전화만 주세요. 제가 댁으로 갈 테니까요. 때가 되면 아시게 될 겁니다."

아덴은 불안해 보였고 거칠게 숨을 몰아쉬었다. 나는 녀석이 고통스러운 거라고 생각했다. 이렇게 미완으로 끝나고 마는 걸까. 그가 쓰러지면 나는 그의 배 아래로 손을 넣어 허물어져 내리는 궁둥이와 뒷다리를 들어 올리려고 애썼고, 그는 무시무시한 울음소리를 냈다.

금요일 아침, 일어나서 주방에 들어서기 전부터 아덴이 우는 소리가 들렸다. 녀석은 몸을 대자로 펴고 오줌과 똥으로 범벅인 바닥에서 빠져나오려고 허둥거리고 있었다. 아무리 노력해도 상황이 나아지지는 않았다. 나는 그때 녀석의 얼굴에 떠오른 표정이 무엇인지 알았다. 따져볼 필요도 어떤 의심도 필요 없었다.

나는 아덴을 씻기고 카이저 박사에게 전화를 걸었다. 그는 상황은 잘 알지만 일요일에나 올 수 있다고 했다. 확실히 우리로서도 시간이 조금 더 남아 있는 편이 나았다. 나는 다 괜찮을 거라고 생각했다. 우리에게 마지막으로 녀석을 돌볼 시간이 생겼으므로. 내가 견딜 수 없다고 생각한 것은 아덴이 아직 살고 싶어할 것이며 몸이 아무리 속수무책이 된다고 해도 계속 살아볼 뜻이 얼마든지 있을지도 모른다는 느낌이었다. 지상에서의 지옥. 그렇지만 그날 아침 아덴의 얼굴에서 명백한 무언가를 보았다. 그것은 이제 자기는 할일을 끝냈다는 것, 기꺼이 출구를 나가겠다는 의지였다.

내가 카이저 박사에게 전화를 걸고 나자, 아덴은 마음이 가벼워지고 변한 것처럼 보였다. 마치 갈 길이 정해졌다는 것을 아는 듯했다. 몸은 여전히 움직이지 못했지만 편안해 보였다. 불안하던 눈빛이 평소의 늙었지만 맑게 쳐다보는 시선으로 돌아왔고, 긴장감은 증발하고 없었다. 폴과 나는 마음을 가라앉히고 오래도록 올 것임을 알았던 것이 마침내 왔다는 걸 받아들였다. 녀석도 느꼈을 것이 틀림없었다.

우리는 온 힘을 다해 아덴에게 가장 따뜻하고 가장 밝은 주말을 만들어주었다. 녀석은 완전히 느긋해졌다. 우리는 녀석의 털을 빗겨주고 쓰다듬어줬다. 애정을 담아 끌어안고 말을 건네며 시간을 보냈다. 아덴은 마지막 밤을 별들 아래 펼쳐진 뜰의 시원한 공기 속에서 잤다. 우리는 녀석에게 일요일 아침 마지막 식사로 구운 닭을 줬고, 카이저 박사가 도착했을 때 녀석은 문 옆 자갈밭에서 졸음에 겨워 퍼져 있었다. 안다고 무슨 의미가 있을까 싶지만 아덴은 우리가 이제부터 어떤 일을 하려는지 완벽하게 이해하고 있다는 느낌이 왔다. 옛 정을 확인이라도 하려는 것이었을까? 녀석이 수의사에게 작게 으르렁거렸다. 그것이 의무라는 듯, 그러지 않으면 자기가 다른 개라도 되는 것처럼 말이다.

이 과정은 말도 안 되게 끔찍하기도 했고, 한편으로는 전혀 그렇지 않기도 했다. 내가 원하지 않으면 내가 고통 속에 살게 내버려두지 않도록 조치를 취하는 것. 이것이야말로 내가 나를 사랑하는 누군가에게 원했을 일이라는 생각을 되새겼다. 카이저 박사도 우리에게 얘기했듯이 그것이 우리가 할 일었다. 아덴이 이 세상을 뜨는 것을 지켜보는 것은 우리 임무 중의 하나였다.

나는 녀석의 부드러운 주둥이로 얼굴을 떨어뜨렸다. 녀석의 귀는 처음부터 내내 그래왔듯 옥수수 머핀 냄새를 풍겼다. 폴이 다른 쪽에서 아덴을 안아서 녀석이 우리 둘 다를 볼 수 있게 했다. 우리는 아덴에게 각자 조용한 목소리를 들려주었다. 처음에는 진정제가 든 주사를 놓았다. 두 번째 주사가 듣게 하려고 놓은 주사였다. 녀석은 주사 바늘이 꽂히는 것조차 느끼지 못하는 것 같았다. 우리는 녀석의 지쳐 빠진 몸뚱어리에 입을 맞추어 다독였다. 그리고 아덴은 더없이 편안하게 숨을 내쉬며 속삭임처럼 떠났다.

우리는 오래전부터 아덴이 가장 좋아하는 곳인 개나리꽃 아래 그를 묻을 계획이었다. 하지만 막상 일이 닥치고 보니 정말이지 해낼 수 없는 일이었다. 아덴은 무슨 일이 있든 그저 늘 우리와 함께 하기를 바라던 개가 아니었던가? 그곳의 온갖 야생적인 것들과 함께 내버려둔다니 안 될 말이었다. 아덴은 인간들과 벗 삼는 편을 훨씬 좋아했다. 그래서 우리는 수의사에게 화장해달라고 했고, 며칠 후에 녀석은 한 줌 재로 돌아올 예정이었다. 카이저 박사가 아덴을 들어 올렸다. 아덴의 목이 마치 시든 꽃이 줄기에서 고개를 떨어뜨리듯 꺾인 모습을 보니 가슴이 텅 빈 것 같았다. 몇 달간 조금씩 진행된 마비가 그의 신경계와 근육에 영향을 미치며 그의 목을 한쪽으로 끌어가 바짝 굳게 만들었다. 그러다 죽음에 이르니 언제 그랬냐는 듯이 경직이 풀려버린 것이다. 아덴이 그렇게 온통 긴장해서 제 목을 떠받치고 있었을 줄 누가 알았겠는가? 너무도 열심히 애썼다. 몸을 꼿꼿이 세우려고, 말을 듣지 않는 엉덩이와 다리로 다음 층계, 다음 자리로 가려고 투지를 발휘했다. 녀석의 어깨가 근육을 너무 많이 썼을 때처럼 뻣뻣하게 굳었던 것이 기억난다. 아덴은 그 모든 노고에서 손을 놓았고, 이제 의무를 마친 목은 마냥 흐느적거렸다.

수의사는 아덴의 다정한 몸을 자신의 검은색 픽업트럭 뒤에 뉘었다. 나는 참지 못하고 아덴의 머리와 고개가 편안해 보이도록 고쳐 뉘었다. 어처구니없는 짓인 것은 알았지만, 어쩔 수 없었다. 수의사는 나의 돌발 행동을 이해했다. 우리는 수의사에게 그가 해준 모든 일에 대해 감사를 전했고, 그는 차를 몰고 떠났다.

우리는 최선을 다했으니 좋은 결말이라고 생각했다. 괜찮은 결말이고 우리가 할 수 있는 최선이라고 말했다. 우리는 한동안 아덴과 함께 살았던 나날을 이야기하다가 어느 순간 그럴 수 없게 됐다. 서로 상대방이 그냥 마음껏 흐느끼도록 놔두었다. 다만 한 사람씩 돌아가면서 울기로 한 건 혹시 둘 다 눈물을 터뜨렸다가는 주체하지 못할 것 같았기 때문이다. 우리는 울먹이며 말했다. 그래도 오래 살았지, 나쁘지 않은 삶이었어. 물론 그것으로는 전혀 충분하지 않았지만.

어떤 때는 집이 너무 텅 비었다는 느낌에 참을 수 없다가도 또 어떤 때는 아무도 떠나지 않은 것처럼 느껴지기도 했다. 아덴이 가장 좋아했던 장소 중 어딘가에 앉아서 우리를 바라보고 있는 것은 아닐까? 금세 문 쪽에서 나타나는 것은 아닐까? 녀석은 앞으로도 수년간은 부재하는 동시에 존재할 것이다.

우리는 마룻바닥에 떨어진 아덴의 작은 털 뭉치를 열심히 모아서 폴이 재활용 양철통에서 찾아낸 트라이엄프 상표의 빈 캔에 넣어 벽난로 선반에 얹어놓았다.

작은 마을에 사는 사람들이 으레 그렇게 하듯 우리는 추모 광고 문구를 만들어서 신문사 사무실에 가져갔다. 우리가 사랑하는 개가 세상을 떠났음을 지역사회에 알리고 싶었다. 우리 광고를 맡아준 사람도 늙은 개가 있다고 했다. 우리는 바닷가에서 찍은 녀석의 사진과 이름, 태어나고 죽은 연도, 내가 알기로 개를 기리는 가장 당당한 비가인 로빈슨 제퍼스의 시구도 가져갔다. 헤이그라는 이름의 잉글리시 불도그가 살던 집 창문 밖에 있는 무덤에서 말하는 「집에서 기르는 개의 무덤」이라는 시다.

> 나는 지금은 할 수 없는 방법으로 내 길을 약간 바꾸었지
> 밤이면 물가를 따라 당신과 달리고,
> 다만 그것은 꿈속, 그리고 당신, 만약 당신이 잠시 꿈을 꾼다면,
> 그곳에서 나를 보겠지.

사람을 더할 나위 없이 싫어하는 시인이 자기 개를 위해 가장 따스한 애가를 쓸 수도 있을까? 나는 아덴을 알았던 사람들에게 아덴이 죽었다는 사실을 알리려고 이 시를 이메일로 보냈다. 나는 마지막 구절을 떼어내 내가 글을 쓰는 테이블 위에 놓인 아덴의 사진 옆에 붙여놓았다. 사진은 여름의 무성한 녹음 속에서 찍은 것이었다.

> 나는 외롭지 않아요. 나는 두렵지 않아요. 나는 여전히 당신의 개니까요.

그 구절이 약간 도움이 되었다.

폴과 나는 항해하는 배라도 되는 양 여기저기를 떠돌았다. 만까지 어슬렁어슬렁 걸어갔다가 시내를 가로질러서 습지대를 구경하고, 또 어슬

렁어슬렁 돌아오는데 정원들과 새로운 상점들이 눈에 띄었다. 우리는 해변에 있는 노천카페에 오래도록 앉아 있었다. 서두를 이유가 없었다. 나에게는 기이하고도 낯선 느낌이었다. 산책을 나가려고 기다리는 무언가가 16년 동안이나 있었는데 문득 사라졌으니 말이다.

이 책을 작업하던 중에 신장질환을 앓고 있었던 고양이 스튜어트를 안락사시켰다. 스튜어트 이전에도 나와 함께했던 모든 애완동물들은 아무런 사전 예고 없이 죽음을 맞이했다. 사고로 죽거나, 응급 상황이 발생해서 병원을 찾았는데 고통이 심해서 의사가 안락사를 선택한 경우여서 준비나 계획 같은 것은 한 번도 없었다. 하지만 지난 12월의 어느 날 나는 스튜어트의 남은 시간이 얼마 되지 않았음을 감지했다. 그날 오후에 수의사인 밥 골드만이 집으로 찾아와서 스튜어트가 편안하게 갈 수 있도록 조치를 취하기로 했다. 내게는 선택의 여지가 없었다. 스튜어트는 먹는 것을 거부했고, 물조차 마시려 들지 않았다. 게다가 이 깔끔하고 세심한 고양이가 자기 자리를 오줌으로 적시기 시작했다. 오줌에는 혈흔이 섞여 나왔다.

물론 스튜어트가 사랑했던 사람들과 마지막을 함께할 수 있도록 배려하는 것은 자애로운 일이라고 생각한다. 숙련된 수의사가 집으로 와주기로 했다. 고통에 신음하고 있던 스튜어트는 자신이 가장 좋아했던 내 컴

퓨터 책상 옆 쿠션 위에서, 자기를 사랑했던 사람들과 여동생 고양이 샬롯(사실 스튜어트는 샬롯을 오랫동안 괴롭히고 못 살게 굴었다. 가끔은 때리고 할퀴고 대부분의 시간을 무시하며 지냈다. 둘은 절대로 친구라 할 수 없는 사이였으며, 서로 털을 매만져준다거나 하는 친근함과는 완전히 거리가 멀었다)이 지켜보는 상황에서 생을 정리할 수 있게 된 것이다.

마지막 날에 스튜어트는 몸을 가누지 못할 정도로 아팠을 게 분명했건만, 천성이 삶을 즐기는 고양이였던지라 내 작업실에서 주방을 거쳐 마당까지 유유히 걸어 다녔다. 스튜어트의 모습은 너무 아름다웠다. 어떻게 죽음을 목전에 둔 상황에서 저런 여유를 부릴 수 있는 생명체가 존재할 수 있단 말인가. 나는 눈물을 흘리며 글을 썼고 훌쩍거리며 생강차를 마셨으며, 인터넷에서 마지막을 준비하는 고양이들에 대해 검색해보기도 했고 수의사와 이메일을 주고받기도 했다.

내가 처형을 준비하고 있었던 것인가? 사실 그런 느낌이 조금도 없었다면 거짓말일 것이다. 하지만 그런 감정이 내 마음을 슬프게 짓누르는 것이 너무 싫었다. 나는 화가 났다. 그런데 잠깐만. 내 고양이가 그냥 사라져버린다고? 아주 없어져버린다고? 컴퓨터 옆에 늘 붙어 있던 이 따뜻하고 부드러운 털의 고양이가 완전히 없어져버린다고? 도대체 이런 기분에 어떻게 대응할 수 있단 말이지?

밖에는 비가 내리다가, 이내 언제 그랬냐는 듯 맑아지며 근사한 노을이 자리를 대신했다. 나는 더 우울해졌다. 제발 신호를 좀 달라고 스튜어트에게 애원했다. 나는 너무나도 멀쩡한 그 녀석을 수의사가 오기도 전부터 이미 죽은 고양이 취급을 하고 있었다. 과연 내게 신의 뜻을 거스를 권리가 있는 걸까? 그때 갑자기 스튜어트가 몸을 낮추더니 지금껏 들어보지 못한 이상한 소리를 냈다. 반은 신음소리에 반은 으르렁거리는, 기진맥진한 듯하면서도 뭔가 막다른 곳에 다다랐다는 느낌의 소리.

클래식 음악이 스피커에서 나지막하게 흘러나왔고 사무실 조명이 은은하게 낮춰졌다. 수의사인 밥 골드만은 저녁 7시 경에 도착했다. 그는 스튜어트를 쓰다듬어주고 몇 마디 말을 건네더니 근육의 긴장을 풀 수 있는 진정제를 투여했다. 잔잔한 음악과 낮은 조명 아래에서 사람들이 돌아가면서 스튜어트를 쓰다듬으며 마지막 인사를 속삭이는 방 안의 분위기는 대성당의 장례식처럼 차분하고 따뜻했다. 그 후 밥이 두 번째 주사를 투여했고, 이내 차분하게 잠에 빠져든 스튜어트는 약 1시간쯤 흐른 뒤에 세상에 작별을 고했다. 내 책상 옆에 놓인, 가장 좋아했던 쿠션 위에서 평화롭게 말이다. 그리고 그 모든 과정을 지켜보던 고양이 샬롯이 내 옆에 와서 둥그렇게 몸을 말았다.

그 후 5개월이 지났고, 이제 샬롯이 자신의 마지막 나날을 보내고 있다. 먹는 양이 눈에 띄게 줄어들었고, 더 이상 내 사무실을 벗어나려들지 않는다. 샬롯에게 끝이 다가왔음을 나는 알고 있다. 하지만 샬롯은 지금도 평화롭고 만족스러워 보이며, 이유식이라든지 보살핌 같은 자신을 향한 세심한 주의를 당연히 여긴다. 그러면서도 어린 고양이들에게서는 결코 볼 수 없는 끈질김과 위엄을 보여준다. 그런 샬롯의 모습을 보고 있으면 어쩌면 죽음은 그다지 두려운 것이 아닐지도 모른다는 생각이 든다. 마지막 순간까지도 우아함을 잃지 않는 동물들의 모습에서 인간은 자신들의 유약함을 깨닫는지도 모른다.

내가 부드럽게 쓰다듬자, 샬롯이 가르랑거리며 눈을 지그시 감고 한껏 몸을 내게 밀착시켜왔다. 창밖의 햇빛은 유난히 환하고 바람은 온화했다.

감사의 말

　성심성의껏 참여해준 여러 작가들이 없었다면 이 책의 출간은 불가능했을 것이다. 모든 작가들에게 감사의 말을 전한다. 캐롤린 씨, 마이클 칫우드, 로빈 롬, 제인 스마일리, 조 모건스턴, 주디스 루이스 머닛, 멜리사 시스타로, 메이 리 차이, 앤 라모트, 사만다 던, 빌리 머닛, 린지 글래스, 모니카 할러웨이, 재클린 윈스피어, 세실리아 브레이너드, 제니 러프, 소니아 레비틴, 토마스 맥게인, 완벽한 시를 준 테드 쿠저에게 감사하고 특히 이런 책을 편집하는 요령을 전수해준 빅토리아 잭하임에게는 두 번 감사한다.

　내 친구이자, 학생이자, 내 개들과 고양이들의 수의사인 로버트 골드만의 도움이 없었다면 이 책은 완성될 수 없었을 것이다. 그는 내게 이 책의 아이디어와 동기를 부여해주었다. 정말 고마운 친구다. 이 책을 완성할 수 있도록 도움을 준 것 이외에도 스튜어트와 샬롯을 극진히 돌봐주어서 더욱 고맙다.

나의 에이전트인 리사 에르바흐에게도 감사의 말을 전한다. 그녀의 열정과 현명함, 값을 매길 수 없을 정도로 훌륭한 조언을 아낌없이 선사해 준 배려에 감사의 말을 전한다. 그리고 샐리 코트. 그녀는 언제나 필요한 게 무엇이고 필요 없는 게 무엇인지를 잘 알고 있다.

나의 수양딸 레슬리 아담스, 진 콜린스에게 감사하고 말을 타는 것이 무엇인지를 가르쳐준 몬태나의 친구들에게도 감사한다. 내 매킨토시에 문제가 생겼을 때 도와준 롭 델리에게 감사한다.

내 편집자인 제이슨 가드너에게는 특별히 더 감사의 말을 남기고 싶고, 교열을 담당했던 보니 허드를 포함하여 크리스틴 캐시먼, 토나 퍼스 마이어스, 트레이시 커닝햄, 무르노 마그루더, 모니크 머렌캠프, 킴 코빈 등 뉴 월드 도서관의 모든 친구들에게 감사한다. 당신들은 이 모든 작업의 진정한 기쁨이었다.

이 책의 등장인물이기도 한 내 딸들에게 감사한다. 특히나 동물에 대한 사랑을 행동으로 보여준 길런에게는 더욱 고마움을 표하고 싶다. 그리고 나의 남편. 고양이 알레르기가 있지만 스튜어트와 샬롯과 함께 13년 동안 함께 살아준 그이에게 감사의 말을 전한다. 마지막으로 우리 손자들 – 엠마, 그레이스, 카라, 윌리엄, 빈센트, 조시아 모두에게 동물친구들을 사랑해주고 아껴주어서 고맙다는 말을 전하고 싶다.

•• 빌리 머닛은 베스트셀러 소설 《나와 당신에 대한 상상》을 쓴 작가로서 작사가로서 문학 창작을 시작한 독특한 경력을 지니고 있다. 그가 작사한 노래는 칼리 사이먼이나 주디 콜린스 등이 불렀다. NBC의 홈드라마 『산타 바바라』의 극본 일에 참여하게 된 이후부터는 극작가와 스크립트 컨설턴트 일을 동시에 하고 있으며, 베스트셀러 《로맨틱 코미디를 쓰는 방법》을 출간한 이후 로맨틱 코미디의 아버지로 불리기도 한다.

•• 빅토리아 잭하임은 소설 《본 위버》의 작가이며, 네 권의 문집 《거울 속의 얼굴》, 《지켜야할 유산》, 《또 다른 여인》, 《그는 무엇을 말했나?》의 기고가이자 편집인이다. UCLA에서 문예창작을 가르치고 있으며, 라디오 프로그램인 『미미 지지스 쇼』에서 북리뷰를 담당하고 있다. 현재 샌프란시스코에 살고 있다.

•• 마이클 첫우드는 《월간 아틀란틱》, 《詩》, 《뉴 리퍼블릭》, 《버지니아 쿼틀리 리뷰》 등에 시와 소설을 기고하는 작가이다. 로어노트 초완 시 부문 수장작인 「복음의 길이 넘치는」을 포함하여 여섯 권의 시집을 출간하였으며, 그 외 에세이집과 단편집으로 호평을 받는 작가이다. 최근작인 《불쌍한 주빌리》가 2010년에 테펠로 프레스에서 출간되었다. 차펠 힐에 있는 노스캐롤라이나 대학에서 교편을 잡고 있다.

•• 모니카 할러웨이는 뉴스위크 선정 베스트 북인《죽은 사람들과의 드라이빙》,
아들 윌리스와 그의 개의 이야기를 바탕으로 쓴《카우보이와 윌리스》같은 두 권
의 회고록 저자이다. 그녀의 글은《엄마 전쟁》에 수록된 그녀의 에세이「빨간 부
츠와 콜 한스」를 포함해서 미국 전역에서 출간되었다. 현재 로스앤젤레스에서 가
족과 함께 13마리의 동물들을 키우며 살고 있다.

•• 사만다 던은 소설《파리에서의 여름》과 회고록《우연이 아닌》,《카를로스 고
메즈의 믿음》의 작가이다. 또한 단편 소설 모음집인《로스앤젤레스의 위기의 여
자들》의 공동 편집인이며 로스앤젤레스 타임스 매거진, 오프라 윈프리 매거진을
포함하여 미국 내 유명 매거진에 기고하는 유명 칼럼리스트이기도 하다. 결혼해
서 아들이 한 명 있다.

•• 캐롤린 씨는《핸디맨과 골든 데이즈》,《꿈: 억세게 운좋은 미국의 호시절》등
의 다섯 권의 소설 및 에세이를 쓴 작가이다. 또한《워싱턴 포스트》의 북 칼럼리
스트이기도 하고, UCLA 미국 문학과 교수이기도 하다. 로버트 커쉬 바디 오브 워
크 어워드와 구겐하임 펠로우십 픽션 부문 수상 작가이다. 현재 캘리포니아에 살
고 있다.

•• 멜리사 시스타로는《뉴 오하이오 리뷰》와 온라인 사이트 Anderbo.com 등에
에세이를 발표한 작가이다. 남편과 세 자녀와 함께 북 캘리포니아 지역에 살며
최근 첫 번째 소설을 출간했다.

•• 메이 리 차이는 문학상 수상작인《하파 걸》과 최근작《드래곤 치카》등 일곱
권의 책을 냈다.《세븐틴》,《미주리 리뷰》,《북미 리뷰》,《자카르타 포스트 위켄더
매거진》등 북미 및 전 세계에 걸쳐 단편 소설과 에세이를 활발하게 기고하고 있
는 작가이다.

•• 린지 글래스의 첫 번째 소설인《집시의 계절》은 여섯 개 언어로 출간되었으
며 미국 도서관 협회 선정 올해의 책 중의 하나로 뽑혔다. 그녀의 세 번째 소설이
자 가장 최근작인《대니를 찾아서》는 유기동물 구조를 향한 그녀의 열정과 집념
을 고스란히 담고 있다. 현재 UCLA에서 문예창작을 가르치고 있으며 캘리포니
아 지역의 유기견들의 구조와 재활, 입양을 위한 비영리재단인 '잃어버린 개들을
찾아서'의 상임이사이자 공동 설립자이다.

•• 로빈 롬은 '펜 USA 어워드'의 최종 결선작이었던 「어머니의 정원」과 같은 작품이 포함된 단편소설집과 《뉴욕 타임스》가 뽑은 올해의 인상 깊은 책, 《엔터테인먼트 위클리》가 뽑은 올해의 톱 5 논픽션 도서, 《샌프란시스코 크로니클》이 선정한 올해의 책에 선정된 《머시 페이퍼》를 쓴 작가이다. 《뉴욕 타임스》, 《U.K. 옵저버》, 《샌프란시스코 크로니클》, 《틴 하우스》, 《쓰리 페니 리뷰》 등에 글을 기고하고 있다.

•• 제인 스마일리는 《천 에이커의 땅에서》로 퓰리처상을 수상한 작가이다. 그녀의 최근 프로젝트는 성인들을 위한 소설인 《은밀한 사생활》과 젊은 독자들을 위한 말에 관한 책이다. 프로젝트의 첫 번째 단추로 《조지와 보석》이 2009년에 출간되었고, 2010년 가을에 《선한 말》, 2011년에 《트루 블루》가 출간되었다. 여섯 마리의 말과 세 마리의 개와 함께 캘리포니아에서 살고 있다.

•• 조 모건스턴은 《월스트리트 저널》의 영화 평론가로서 2005년 퓰리처상 수상 작가이다. 《뉴욕 타임스》의 해외 특파원이며 《뉴욕 헤럴드 트리뷴》의 영화 및 연극 평론가, 《뉴스위크》의 영화 평론, 《로스앤젤레스 헤럴드 이그재미너》의 칼럼니스트를 지냈다. 《뉴요커》, 《뉴욕 타임스 매거진》, 《플레이보이》, 《콜럼비아 저널리즘 리뷰》 등에 기고하고 있으며 『로 앤 오더』의 몇 에피소드를 포함하여 텔레비전 스크립트 작업도 하고 있다.

•• 재클린 윈스피어는 영국에서 태어났으나 1990년 이후 미국 캘리포니아에서 살고 있다. 잡지나 라디오에 방대한 분량의 글과 에세이를 기고했으며, 글을 쓰지 않을 때는 사랑하는 두 마리의 말 사라와 올리버, 그리고 유기견이었던 검은색 래브라도 레트리버 종 개 마야와 함께 시간을 보내기 위해 노력하고 있다.

•• 세실리아 망구에라 브레이너드는 소설 《마그달레나》, 《무지개 여신이 흐느낄 때》를 포함하여 일곱 권의 책을 저술한 작가이다. 캘리포니아 문화예술위원회 소설 부문 대상을 포함하여 많은 상을 받았고, UCLA에서 문예창작을 가르치고 있다.

•• 주디스 루이스 머닛은 《LA 위클리》매거진에서 16년을 근무하며 예술과 테크놀로지, 환경 분야에 꾸준히 글을 썼다. 또한 《마더 존스》, 《와이어드》, 《씨에라》, 《하이 컨트리 뉴스》 등에 기고했으며, 로스앤젤레스 프레스 클럽, 미국 애견 작가

협회에서 수여하는 상을 받았다. 캘리포니아 베니스에서 남편과 두 마리의 개, 두 마리의 고양이를 키우며 살고 있다.

•• 앤 라모트는 《오퍼레이팅 인스트럭션》과 《새들의 인생: 창작과 인생에 대한 지침》과 같은 베스트셀러 에세이를 포함해서 여섯 권의 소설을 낸 작가이다. 구 겐하임 펠로우십 논픽션 부문 수상작가이기도 하고, 격주로 발행되는 살롱 매거 진인 《온라인 다이어리》는 타임지가 선정한 최고의 웹사이트에 선정되기도 했 다. 2010년에 소설 《불완전한 새들》이 출간되었다.

•• 제니 러프는 《워싱턴 포스트》, 《로스앤젤레스 타임스》, 《요가 저널》, 《USA 위 크엔드》 등에 정기적으로 글을 기고하는 작가로서 라디오에서 자주 만날 수 있는 글을 쓰는 것으로 유명하다.

•• 소니아 레비틴은 아동과 성인 모두를 대상으로 다양한 장르에 걸쳐 40권이 넘는 책을 썼다. 최근 자신의 소설 《The Return》을 바탕으로 뮤지컬 『Return』을 만드는 프로젝트에 참여했다. 그녀는 현재 서던캘리포니아대학교에 교수로 재직 중인 남편 로이드와 두 마리의 구조견과 함께 캘리포니아 남부에 살고 있다. 두 마리의 구조견은 '버디'라는 이름의 랩 믹스견과 '섀도'라는 이름의 차우차우 믹 스견이다. 소니아는 UCLA에서 몇 년째 글쓰기 강의를 하고 있다.

•• 토마스 맥게인은 열 권의 소설과 세 권의 에세이, 두 권의 단편모음집을 쓴 작 가이다. 몬태나 주 맥로드의 목장에서 살고 있다.

•• 마크 도티는 여덟 권의 시집을 출간했고, 2008년에 시선집 《불에서 불까지》 로 내셔널 북 어워드를 수상한 작가이다. 또한 2007년에 뉴욕 타임스 베스트셀 러인 《개의 나날》을 포함하여 네 권의 에세이를 발표하기도 했다. 현재 루트거스 대학에서 교편을 잡고 있다.

너를 잊지 못할 거야

초판 1쇄 인쇄 2012년 11월 26일
초판 1쇄 발행 2012년 11월 30일

엮은이 | 바바라 애버크롬비
옮긴이 | 이상구
발행인 | 정상우
기획편집 | 이민정 정희정
마케팅 | 김영란
관리 | 김정숙

발행처 | 오픈하우스 @openhousebooks
출판등록 | 2007년 11월 29일(제13-237호)
주소 | 서울시 마포구 서교동 465-18(121-842)
전화 | 02-333-3705   팩스 | 02-333-3745
홈페이지 | www.openhousebooks.com

ISBN 978-89-93824-73-5 (03840)

- 잘못된 책은 바꾸어 드립니다.
- 값은 뒤표지에 있습니다.

이 책은 환경보호를 위해 재생종이를 사용하여 제작하였으며 한국간행물윤리위원회가
인증하는 녹색출판 마크를 사용하였습니다.